Les Indécis

Peter Rock

Les Indécis

Traduit de l'anglais (américain)
par Anne-Laure Paulmont et Frédéric Collay.

roman

Éditions rue *f*romentin
Paris

Ils créèrent en une seule nuit une situation nouvelle et maintenant on aurait dit qu'ils ne savaient plus qu'en faire.
À cet instant, l'indécision était leur seul art de vivre.

Yukio Mishima
Le Marin rejeté par la mer

Préface

Que fait exactement le traducteur ? Il se penche sur le texte. Pour le voir de plus près. Pour en saisir les mécanismes à différentes échelles, il change constamment de focale – le mot, la phrase, le ton. En parallèle, cent fois sur le métier, il remet sa traduction. Il repasse encore une fois pour polir, ôter une aspérité, rectifier l'équilibre d'un paragraphe, la justesse d'une réplique.

Au terme de ce périple, il connaît le texte sous toutes ses coutures.

Or l'observation au microscope est rarement flatteuse : Ava Gardner aurait sans doute préféré que John Huston évite les plans rapprochés dans *la Nuit de l'Iguane*. C'est vrai pour le cinéma. Ça l'est aussi pour la littérature. Indépendamment des qualités de l'œuvre (j'insiste), les lectures répétées d'un même roman peuvent s'avérer fastidieuses, voire douloureuses. Les livres, dans leur grande majorité, n'ont pas pour vocation d'être relus. *Les Indécis* de Peter Rock échappe à cette règle.

À la lecture du livre, on est saisi par l'ambiance étrange, vaguement irréelle qui plane sur ce Portland de la fin des années 90. Une impression d'irrésolu qui n'est pas sans rappeler la série *Twin Peaks*, la côte Ouest peuplée d'êtres bizarres, les miles et les miles d'immensités couvertes de gigantesques sapins, parcourus à bord de camionnettes déglinguées, le crachin permanent, la présence fantomatique des autochtones. La comparaison s'arrête là : lorsque Lynch et Frost s'amusent à semer des indices à l'infini, ferment une porte en même temps qu'ils en ouvrent trois et finalement adoptent le rythme propre au soap opera d'un coup de théâtre à la minute, Peter Rock, lui, construit un monde cohérent. Le mystère est ailleurs.

Sans être un roman à clef, *Les Indécis* se construit autour d'énigmes. Même si le principal n'est pas là, le lecteur ne peut pas s'empêcher de s'interroger. Par exemple : cet homme en pantalon de costume et chemise blanche, que fait-il, de nuit, à quatre pattes dans les fourrés en bordure d'Oaks Park, le parc d'attraction de Portland ? Ou encore : une péniche dont les amarres ont été sectionnées dérive sur le fleuve. Pourquoi un tel geste ? La victime croit savoir qui a fait le coup mais…

Avant tout, Peter Rock vient de la tradition du roman noir. Des scènes construites comme des plans-séquences pour créer de la tension, aucune considération psychologique, il raconte essentiellement ce que les personnages voient. Et quand ils ne *voient* plus (ce qui donne lieu à deux scènes d'anthologie), ils doivent se rabattre sur leurs autres sens. Le fantastique se loge alors dans ce qu'on ne peut justement pas voir, ces interstices de la perception à la limite du rêve. À ce moment-là, *Les Indécis* cesse de s'apparenter à aucun genre.

La richesse, la complexité du livre ne se manifestent pas seulement dans les détails de l'intrigue. La couleur de certains lieux, leur luminosité recèlent une vérité propre au personnage qui les visite, comme ces tableaux qui laissent voir telle de leurs nuances subtiles seulement sous un ciel nuageux, et telle autre sous le soleil. L'obscurité complète du dédale des souterrains de Portland où se perdent Chris et Kayla provoque tantôt une sensation d'étouffement, de menace, tantôt, parce qu'elle est si opaque, une impression inexpliquée d'apaisement, celle que ressent peut-être le ver dans son cocon. Celles que ressentent probablement Victor et ses congénères.

Portland, sous la plume de Peter Rock, possède quelque chose de merveilleux, de presque magique. Et d'ailleurs, les morceaux de pages de magazine Playboy que disperse Natalie en espérant qu'ils trouvent preneur sont les petits cailloux qui forment un chemin dans ce conte de fées moderne. Ces indications, les descriptions précises des rues, des quartiers ne servent à rien au lecteur, car il reste déboussolé et égaré, quelque part entre la rivière et le zoo de la ville. Chris, Natalie et même Heather l'aveugle, en revanche, savent très bien où ils vont. Ils n'hésitent jamais sur la route à prendre, que ce soit dans le méandre des rues de Chinatown, les sentiers de Forest Park – avec ses visions hallucinées de hordes de chiens perdus – ou au milieu des embranchements autoroutiers.

À l'arrivée, Rock a fait preuve d'un tel talent pour envelopper son histoire d'un halo d'étrangeté que, curieusement, on accepte argent comptant le postulat fantastique à la base de l'histoire. Et on suit ses personnages sans se retourner, guidés par l'électricité qui parcourt les pages du roman, laissant un léger goût métallique dans la bouche, doublée d'une vibration, une note tenue qui résonne longtemps après avoir refermé le livre.

Frédéric Collay

Première partie

1.

Natalie aimait marcher sous la pluie. Elle trouvait à cette bruine fine du petit matin un goût de métal. Ses pieds dérapaient, à la fois sur la graisse des rails de la voie ferrée et sur les traverses en bois. Sur la I-5, à seulement vingt mètres à sa gauche, les camions passaient en trombe, direction Seattle, et continuaient plus au nord. De l'autre côté de la rivière qu'enjambait le Burnside Bridge, on distinguait une enseigne lumineuse, un cerf en plein bond avec les mots Made In Oregon.

Elle avait le pas déterminé et rapide d'une femme préoccupée par ses affaires. Les gens lui demandaient souvent où elle allait comme ça, ce qui la mettait hors d'elle. Elle tournait à l'adrénaline, à l'électricité pure, ne fermait pas l'œil de la nuit.

La travée du pont descendait jusqu'à elle, vers Towne Storage[1], bâtiment aux briques rouges sales, rythmé par des rangées de fenêtres sans lumière. La silhouette noire de son réservoir à incendie se découpait sur fond de ciel sombre et les lions peints sur les murs gardaient la tête baissée. Les lions étaient connus pour leur courage, et ils vivaient ensemble, en meutes. Elle, elle était solitaire, fière, courageuse.

1. Société d'entreposage pour particuliers. (*Toutes les notes sont des traducteurs*)

Au-dessus d'elle, le Burnside Bridge coupait l'Interstate-5 puis plus loin, après un embranchement, la 84 bifurquait vers l'est. Sur les échangeurs dont les boucles s'enroulaient les unes autour des autres, les voitures filaient à toute allure, dans un flou coloré. Dans l'habitacle, les gens – petites têtes rondes – tournaient leur regard vers l'extérieur.

Ces gens ne pouvaient pas manquer Natalie, debout là avec ses habits d'homme, ses Dickies[2] et ses chaussures de chantier. Elle était blonde, d'un blond foncé, et elle ne savait pas trop pourquoi elle avait gardé les cheveux longs. Elle s'était fait deux nattes qu'elle avait entortillées pour les coincer sous sa casquette de base-ball. Elle portait des chaussettes remontées jusqu'au genou, comme toujours, mais ça, les gens qui roulaient au-dessus ne pouvaient pas le savoir. À leurs yeux, elle avait sans doute plus l'allure d'un ado que d'un adulte, à voir la façon dont elle était engoncée dans ses habits ou ses oreilles percées mais sans boucles. Parfois le contact du métal lui était insupportable. Sa montre lui avait brûlé un carré de peau sur le poignet, et elle l'avait balancée. Depuis, elle ne savait jamais quelle heure il était, elle se fiait au soleil quand il se montrait, chose rare. Elle aurait peut-être pu mettre une montre dans sa poche, s'il y avait eu la place. Sa poche droite contenait déjà une barrette à l'effigie de Daisy, la fiancée de Donald Duck, les clefs de la camionnette, celles de la caravane et celles de son casier chez Towne Storage, une recette de chili dont elle ne se servirait jamais, un outil multifonctions Leatherman, un sifflet à roulette en cas de pépin. Un stylo. Une pile. Dans l'autre poche, il y avait des photos de ses filles.

Les conducteurs, dans leurs autos, pouvaient voir en elle une fille, un homme, un garçon ou une femme, mais aucun d'entre eux n'aurait été capable de deviner ce que Natalie s'apprêtait à faire ce matin-là, dehors sous la pluie.

C'était au milieu des buissons d'arbustes et des grillages que se trouvaient les meilleurs endroits, leur habitat naturel. Elle ignora les morceaux de tissu, les bouts de plastique. Et soudain, là, *Bon*

2. Pantalons de travail.

Dieu ! elle tomba sur un tas de feuilles déchirées : le papier glacé luisant, la couleur d'une peau, une promesse. Elle dérapa sur le gravier, et se jeta dessus comme par peur que quelqu'un d'autre s'en empare avant elle. Sous ses doigts, la photo avait la texture agréable du papier usé, raidi et humide. Ce n'était pas une des siennes, et, indéniablement, elle en ressentait une certaine excitation, un vague plaisir teinté de nostalgie.

Le visage de la femme était déchiré en deux, ce qui ne l'empêchait pas de sourire. C'était un morceau de catalogue Fred Meyer[3], les pages Mode Femme, qui présentaient des articles de lingerie pudique à taille haute, un soutien-gorge de maintien qui devait peser au moins trois kilos. La femme au visage coupé en deux était une épouse, celle d'un responsable des ventes de Beaverton gonflé d'orgueil qui racontait à qui voulait l'entendre qu'il était marié à un mannequin. Ce corps doux, ces cheveux bruns impeccablement lavés et bouclés invitaient à la caresse. La main d'une autre femme dont le reste du corps manquait s'approchait de l'épaule dénudée de la première. Toutes les deux étaient sans doute au milieu d'une de ces séances de pseudo-strip-tease dont les gens des catalogues raffolaient. Et puis on avait découpé la page de l'amie peut-être plus désirable.

Natalie laissa tomber le bout de papier, le remit à sa place, pour que quelqu'un d'autre puisse le trouver. Elle se releva et quitta l'endroit, satisfaite. On n'entendait que ses pas et le bruit de papier de verre que produisait le tissu raide de son blouson en jean à chaque balancement de ses bras. Elle bifurqua à droite et s'éloigna de l'autoroute, de la voie ferrée et de la rivière. Quelques rues plus loin, sur mlk[4], les feux, minuscules yeux clignotants, passèrent au vert.

Elle avait une photo de trois de ses filles avec elle, toutes datant de 1976, pliées dans les poches de son blouson. Elles devaient avoir atteint la quarantaine bien sonnée aujourd'hui, mais elle les préférait telles qu'elles étaient en 1976, lorsqu'elles

3. Chaîne de supermarché américaine.

4. Boulevard Martin Luther King.

souhaitaient à l'Amérique un joyeux anniversaire[5]. Elle arrivait encore à dénicher des magazines d'époque dans les brocantes et les magasins d'antiquités. Parfois, les propriétaires mettaient de côté pour elle les numéros spéciaux du Bicentenaire : sous leur emballage plastique transparent, les magazines sentaient un peu le moisi. La plupart du temps, ils étaient bien conservés, mais elle les froissait légèrement au préalable avant de les sortir. De temps à autre, elle déchirait un peu ses filles ; elle s'imaginait ce mélange de contrariété et d'excitation à ne trouver que les jambes, le cul ou les talons hauts. Un visage à moitié délavé ici, une paire de seins là, un pied nu avec une chaînette autour de la cheville, une oreille, une expression de douleur ou de plaisir, déchirée. C'est ainsi qu'elle les avait trouvées, et même si elle savait que certains jugeaient la pornographie ennuyeuse parce qu'artificielle, elle-même gardait en mémoire des impressions spontanées, trop intenses et inattendues pour être fausses.

Natalie ne ralentit pas son allure. En s'approchant du Burnside Bridge et des ombres sous ses piliers, elle passa devant les quais de chargement dont les portails métalliques baissés, carrés rouges et bleus, contrastaient avec le béton clair des bâtiments. Sur la chaussée, les rails du tramway abandonné formaient des stries dans le bitume, qu'elle enjamba. Sous un des quais, on avait à moitié rentré une chaise roulante. Là-dessous, sur un vieux matelas, dormait quelqu'un dont les pieds dépassaient, la plante noire de crasse. Elle passa sans faire de bruit pour ne pas le déranger.

Au-dessus de sa tête, sur la partie haute du mur de Towne Storage, les lions ressemblaient plus à des ours. Natalie, où qu'elle aille, ne se séparait pas de Miss Novembre, Patti McGuire, qui, au milieu du décor d'un *diner* typique du Midwest, pose dans une robe dont tous les boutons sont défaits. Accoudée au juke-box, la peau d'une souplesse inouïe, elle vous regarde droit dans les yeux d'un air de défi. Patti adore la CB, la chaleur suinte de chaque pore de sa peau. Et, se frottant contre elle, page contre page, voici Miss Mai, blonde peroxydée, chaussée de bottes en peau

5. Bicentenaire de la Déclaration d'indépendance de 1776.

de serpent dont la fermeture Éclair est déjà descendue. Miss Mai appuie son postérieur nu contre le métal froid d'un flipper, et les tétons de ses seins forment comme une deuxième paire d'yeux écarquillés. Il y a aussi Deborah Borkman, Miss Juillet, portant des chaussettes à rayures qui lui remontent jusqu'au genou et rien d'autre. Le corps hâlé, tendu et svelte, les cheveux coiffés en arrière, elle monte une tente. Elle tient dans ses mains une corde épaisse qui pend mystérieusement d'on ne sait où, comme si elle allait grimper jusqu'au Ciel, monde auquel elle appartient sans aucun doute. Posant dans des salles de bain, des salles de billard ou des granges, ces filles ont des corps, elles ont envie de les montrer. Souvent près d'elles se trouvent des cordes. En boucle, tendues à mort, ou en arrière-plan, laissées là par accident et en même temps sources de possibilités infinies, bobines chargées d'électricité.

Natalie glissa une main dans sa poche, palpa les pages, les photos, les filles. C'était comme poser un collet avec, pour appât, des feuilles susceptibles de s'envoler, de brûler, de se perdre. À la différence près qu'elle n'essayait d'attraper rien ni personne – en apparence du moins. Elle s'efforçait seulement de garder le lien avec ce frisson originel, de le transmettre, de faire passer à quelqu'un d'autre ce qu'elle avait ressenti.

Les livraisons avaient déjà commencé. Dans ce quartier, c'étaient principalement des fruits. Elle approcha d'une rangée de semi-remorques appartenant à la Pacific Coast Fruit Company. Là, elle ralentit le pas et s'accroupit. Elle sortit d'une poche de son blouson une partie d'une des pages centrales de magazine qu'elle déplia. Elle entraperçut un bout de couverture en laine rouge et blanche, un morceau de toile de tente, et reconnut la photo. Dans l'air flottait une odeur sucrée de fruit pourri. Elle replia la feuille déjà rigidifiée, et la glissa sous le caoutchouc noir et épais d'un pneu, là où un carré de peau ne manquerait pas d'attirer l'attention de quelqu'un et le ferait mordre à l'hameçon.

Natalie pénétra dans la zone d'ombre à l'abri de la pluie, le revers obscur du Burnside Bridge au-dessus d'elle. Sous la réverbération assourdissante de la circulation, elle discerna un bruit, un crissement très net et sourd, perceptible à intervalles réguliers. Elle marqua un temps, prêta l'oreille. Le son venait de sa droite, depuis le long mur bas, sur lequel on avait peint à la bombe des centaines de crânes blancs qui semblaient former une pile compacte. Puis le bruit revint, en coup de vent, tout près d'elle.

Soudain, une tête surgit, celle d'une jeune fille, glissant le long du mur. Une extrême concentration se lisait sur la pâleur de son visage. Elle portait les cheveux longs, noués en arrière. Son regard était fixé droit devant elle, entièrement dans l'anticipation mais non moins calme pour autant. Sa tête passait dans un glissement de droite à gauche, puis disparaissait – et avec elle, le bruit.

Natalie, interloquée, fit un pas en direction du muret et se pencha par-dessus : la fille faisait du skateboard ; elle glissait sur des parties de béton lisse qui formaient des courbes sur des parois verticales, les mains libres, les genoux et les coudes fléchis, laissant derrière elle un sillage quasiment visible dans la pénombre matinale. La fille refit son apparition en haut d'une rampe plutôt raide, au sommet du mur le plus proche d'elle. Le côté de sa planche glissa un instant sur la bordure du muret, puis elle disparut de nouveau. Seule subsista l'image fugitive de son visage, suspendue entre deux mouvements, vers l'avant et vers l'arrière. Mais déjà, complètement absorbée, elle s'élançait vers la figure suivante, les yeux brillants, sans même voir Natalie.

Juste au-dessus de sa tête, un panneau apposé à une des colonnes du pont rappelait qu'il était interdit de consommer de l'alcool dans le skatepark. Camping interdit, actes de vandalisme interdits, bagarres interdites, et surmontant le tout, un appel au respect des RELATIONS DE BON VOISINAGE. Le panneau « graffitis interdits » n'avait empêché ni les crânes, ni, à une trentaine de mètres de là, sur le grand mur à l'endroit où la pente du pont formait un angle plus aigu, tout un pan de flammes rouges et jaunes qui évoquaient les silhouettes des damnés. En avant des flammes, la Faucheuse, encapuchonnée, se dressait avec une faux de sept mètres de long.

La jeune fille sur son skateboard glissa en direction de Natalie, puis soudain disparut dans un caisson creusé à même le sol, abrupt et parfaitement circulaire, dont l'ouverture ne dépassait pas quelques mètres. Elle décrivait des cercles rapides à l'intérieur, les pieds au niveau de la tête, le corps à l'horizontal. Son visage dénué d'expression était tourné vers le haut, et, dans cet espace rond et blanc, sa queue de cheval immobile dans les airs semblait aussi rigide que les aiguilles d'une horloge.

Natalie, tenaillée par l'envie de se rapprocher, se pencha en avant. Près de la Faucheuse, par-delà le sommet du muret dont le béton était effrité, elle aperçut un espace sous le pont avec un passage qui y menait. On pouvait y tenir debout et avoir une excellente vue sur le skatepark en dessous. Les murs bas à chaque coin étaient surmontés de grillage qui, par endroits, avait été plié et aplati. Tandis qu'elle en faisait le tour, elle passa devant des gribouillis obscurs qui avaient été recouverts de graffitis, d'autres crânes, puis le mot FEAR tracé en grandes lettres blanches. Elle grimpa comme elle le put jusqu'en haut, la terre et les gravas de béton lui offrant peu de prise. Quand elle se redressa, sa tête touchait presque le dessous noirci de la voûte du pont.

Les fumées des pots d'échappement se concentraient là, mêlées à l'odeur de feux de camp éteints depuis des lustres, et le vacarme des voitures couvrait le bruit des roulettes de la jeune fille. La surface du béton, grise et lisse comme du verre poli, rappelait de la peau d'éléphant. L'adolescente se tenait en équilibre sur une jambe, et de l'autre poussait de toutes ses forces en frappant le sol dans un bruit sec pour gagner de la vitesse. Elle avait des écouteurs sur les oreilles, portait un jean déchiré, des baskets noires, un t-shirt blanc à manches longues. Son corps, de petite taille et anguleux, était constamment en mouvement, dans un équilibre parfait. Ses genoux fléchis propulsaient la planche toujours plus haut sur les murs, puis de là, elle planait comme en apesanteur. Natalie aurait voulu interpeller la fille, l'applaudir, mais en même temps elle avait peur de l'interrompre, et, en brisant sa concentration, de la tirer de sa rêverie. Elle fit un effort pour garder ses mains dans ses poches et se contenter d'écouter le bruit des roulettes, le raclement du *tail*[6] de la planche en bois contre le béton.

6. Partie arrière de la planche.

La jeune fille surgit au sommet d'un muret tout proche, sa main plongea très bas et, dans un crissement de roulettes, la planche emporta ses pieds et ses jambes dans les airs au-dessus d'elle dans un cercle parfait. Splendide.

Natalie entendit des pas derrière elle, suivis d'un raclement, comme si on traînait quelque chose.

— Tu cherches de la dope ?

La voix grave du jeune homme qui s'adressait à elle était plus proche qu'elle n'aurait dû l'être.

— De la coke, des amphés ?

Une capuche recouvrait son visage, et il gardait les mains dans les poches de son jean deux fois trop grand pour lui.

Elle lui fit signe que non, et lui tourna le dos. D'un geste, elle lui demanda de partir.

— Je t'ai vue tout à l'heure, et je t'ai un peu suivie. Je veux pas d'embrouilles, mais je vois bien que tu cherches quelque chose.

— Je suis occupée là.

Le son de sa voix quand elle prononça ces derniers mots lui sembla inhabituel. Elle se tourna pour lui faire face tout en essayant de garder la fille dans son champ de vision.

— Tu la connais ?

— Je te posais la question, c'est tout. Je voulais juste…

Elle le coupa.

— J'ai un couteau sur moi. Tu veux que je hurle ?

— Putain, t'as un problème ou quoi ?

Il recula en la fixant, sans arrêter de cligner des yeux. Puis il passa derrière un poteau, et, s'aidant des pieds et des mains, il disparut.

À mesure qu'on s'approchait de l'heure de pointe, le vacarme des voitures prenait de plus en plus d'amplitude au-dessus d'elle. Le bruit des roulettes s'était arrêté et la skateuse n'était plus en vue. Sous ses pieds, le béton se déroulait en bandes grises et vides. Sur sa droite, dans un parking abandonné, trois corbeaux sautillaient en se cherchant des noises, leurs ailes noires et luisantes à moitié déployées. En hâte, elle redescendit la pente, le souffle court, maintenant tant bien que mal son équilibre dans les éboulis, jusqu'aux murs du skatepark.

La skateuse, immobile près des semi-remorques, gardait le visage détourné. Elle tenait à la main un journal ou un prospectus dont elle tournait les pages abîmées. Elle avait toujours ses écouteurs sur les oreilles et ne pouvait pas percevoir le bruit des pas de Natalie, qui s'approchait d'elle subrepticement. Celle-ci tentait de reprendre son souffle, de ralentir le pas. Elle n'était plus qu'à un mètre de la fille, elle aurait pu, en tendant le bras, lui toucher l'épaule.

L'adolescente se retourna brusquement tout en fourrant la feuille de papier dans sa poche, arracha ses écouteurs qui atterrirent de part et d'autre de son cou et son visage se crispa en une grimace menaçante.

— Salut, dit Natalie. Pas de panique…

Elle s'aperçut qu'elle dépassait la skateuse d'au moins une tête, et qu'au sommet de son crâne, ses cheveux d'un blond sale formaient une raie délibérément irrégulière en forme d'éclair. Ses épais sourcils se rejoignaient presque. Elle avait la peau d'une blancheur extrême, les lèvres pâles et gercées. Ses yeux bleus ne cillaient pas. Elle se baissa et attrapa sa planche de skate d'une main. De l'autre, elle tenait un long étui rigide et noir.

— Qu'est-ce que tu as là-dedans ?

La jeune fille répondit d'une voix étonnement rauque :

— Ma flûte traversière.

— Tu lisais un truc là, qu'est-ce que c'était ?

— Rien.

— En tout cas, tu t'y connais en skate. Je t'ai vue faire.

La skateuse haussa les épaules. On discernait des lignes illisibles écrites au stylo-bille sur le dessus de ses baskets. L'arrière de sa planche était tourné vers Natalie : les roulettes étaient d'un orange intense, et les *trucks*[7] élimés jusqu'à l'os. Sur les flammes

7. Support des roulettes de skateboard, généralement en aluminium.

peintes couvertes de nombreuses rayures on avait tracé au marqueur le mot INDÉCIS.

— Ça veut dire quoi, ça ? demanda Natalie en montrant l'inscription.

— Aucune idée, c'est un copain qui l'a écrit.

— Tu te sens en sécurité, ici toute seule, si tôt le matin ?

— La sécurité…

Natalie sourit, tandis que s'installait un silence étrange, mélange de la curiosité qu'elle avait éveillé chez l'adolescente et de peur, la peur que cette dernière s'efforçait de dissimuler. Hors de question qu'elle se sauve en courant, du moins pas tout de suite. Dans l'air, l'odeur des fruits trop mûrs était presque palpable.

— Qu'est-ce que tu écoutais ? demanda Natalie.

— Du japonais.

— Hein ?

— Une méthode de langue, pour apprendre à parler.

Des trous avaient été découpés à l'extrémité des manches de sa chemise blanche et ses pouces passés dedans les tendaient à bloc. Elle avait pratiquement un corps de garçon, qui commençait à peine à dévier, à se trahir, à ressembler à ce qu'il allait devenir. Ce corps était pris dans cet instant délicieux où tout bascule.

— Je crois bien t'avoir vue lire quelque chose, reprit Natalie. Tout à l'heure.

De nouveau, la skateuse haussa les épaules.

— Je crois bien t'avoir vue regarder Deborah Borkman.

— Qui ça ?

— Elle a gagné son premier concours de beauté, un petit concours local, à neuf ans. Elle aime grimper aux arbres et faire du jardinage.

La jeune fille écoutait attentivement, un peu désemparée en reconnaissant le texte sorti tout droit du magazine.

— Si ça vous appartient, je vous le rends.

La jeune fille esquissa un geste en direction de sa poche.

— Non, non. Ce n'est pas ça. Tu peux la garder.

— La garder ?

— Debbie Borkman.

Natalie sortit de sa veste une autre photo issue du même magazine. Miss Juillet, debout dans une baignoire installée dehors, semblait prendre beaucoup de plaisir à sa toilette matinale, et enjoignait les curieux à en profiter également. Avec un bout de crayon à mine, Natalie écrivit son numéro de téléphone, qu'elle recopia d'un autre bout de papier, sur le ventre charmant de la belle Deborah. Elle tendit la page du magazine à la skateuse.

La jeune fille fourra la feuille à l'intérieur de sa poche.

— Et après ? demanda-t-elle.

— J'aurais besoin d'aide pour deux ou trois trucs, répondit Natalie.

Ce geste, ces mots, la prirent un peu elle-même par surprise. Elle n'y avait pas réfléchi à l'avance.

— Est-ce que tu pourrais m'aider ? Bien sûr, tu serais payée pour ça.

La jeune skateuse laissa retomber sa planche sur ses roues, et posa un pied sur la bande noire rugueuse. Elle sortit un pouce du trou dans sa manche, étendit le bras et regarda l'heure à sa montre.

— Le boulot, mes copains pourraient le faire aussi ? demanda-t-elle.

— Passe-moi un coup de fil, on trouvera une solution.

— Le bahut.

La jeune fille fit un geste en direction de la rue en contrebas. D'un coup de pied, elle fit pivoter sa planche.

— *Dozo yoroshiku*, dit-elle, avant de s'élancer.

— Ça marche, alors, lui cria Natalie. À plus.

Elle se retrouva de nouveau seule et sortit de dessous le pont. Est-ce qu'il commençait à pleuvoir ? Je m'en fous, se dit-elle. Les autochtones, eux, ne remarquaient même pas la pluie, on aurait dit qu'ils étaient dotés de branchies à la naissance. Elle restait sur ses gardes. Tout en marchant, fouillant l'obscurité des yeux, le nez à l'affût, elle donnait de vifs coups de tête à droite et à gauche. S'il y en avait d'autres, elle saurait bien les trouver.

Elle se serait satisfaite de peu, elle ne demandait rien de plus qu'un catalogue de sous-vêtements. Les trucs hardcore, ce n'était pas son genre. Elle aimait mieux un peu de douceur, de fierté et d'évocation. Elle avait une prédilection pour les vieux *Playboy*, comme ceux qu'elle avait trouvés au tout début, vingt-cinq ans plus tôt. Elle se rendait bien compte qu'elle n'avait pas une mémoire d'éléphant, mais parfois les souvenirs lui revenaient par vagues d'un seul coup, et ceux qui comptaient vraiment se répétaient et l'assaillaient avec force : elle n'était encore qu'une gamine quand, à Denver, elle était tombée sur les magazines. Elle les avait trouvés dans un jardin municipal, sous un buisson. Quelqu'un les avait planqués là, un garçon de son âge ou un peu plus vieux, qui les avait piqués à son père ou à son oncle. *Plaisirs pour homme* : la délicieuse devise du magazine faisait monter les enjeux. On était en pleine célébration du bicentenaire de la Déclaration d'indépendance, Natalie avait douze ans, l'âge tendre où se mêlent les idées de liberté et de possibilités infinies. Son corps de femme, pas tout à fait formé alors, témoignait, ou plutôt donnait des signes de cette promesse de liberté que les *playmates*, par les poses qu'elles prenaient, incarnaient, en plein milieu des années 70, quand cette affirmation n'était pas entachée d'ironie. Elles y croyaient, tout comme elle, petite fille tenant dans sa main les magazines déchirés que la pluie avait rigidifiés. Elle avait accumulé ces photos et appris par cœur le nom de ces femmes. Elle n'avait jamais ressenti un tel bonheur auparavant, mélange d'excitation et d'anticipation, et, tandis qu'elle marchait sous la pluie ce matin-là, elle était envahie par une énergie identique.

2.

Chris s'était fait une égratignure au coude. Il le replia pour que Kayla et Leon puissent la voir de plus près. Leon fronça les sourcils et Kayla – la pointe de la langue entre les dents, un reflet brillant au niveau de la raie en dents de scie de ses cheveux – prit une mine déçue. La blessure était moins sérieuse qu'ils ne l'avaient imaginé. Honnêtement, elle n'était pas aussi boursouflée, ni aussi sanguinolente qu'ils l'auraient voulu. Le résultat d'une chute banale ; son skate s'était dérobé sous ses pieds, juste au moment où il se laissait retomber de l'autre côté du muret, rien d'impressionnant.

Le skatepark sous le pont était bondé. Comme c'était toujours le cas en fin d'après-midi, des types plus âgés s'amassaient là, tatouages, bonnets de laine et sourcils percés. Des trois amis, c'était Kayla la meilleure skateuse, et de loin. Mais elle avait du mal à se faire une place dans les descentes sans se faire couper la route. Elle était la seule fille du park, ce qui expliquait pourquoi elle venait s'entraîner de si bonne heure le matin, bien avant d'aller au lycée.

— Elle est où ? demanda Leon à Kayla.

— Elle va venir.

— Elle n'est jamais arrivée en retard jusqu'ici.

— Et en plus on a cours demain, ajouta Chris.

L'air était lourd, humide. Ils avaient travaillé cinq soirs pour Natalie au cours du dernier mois, et malgré tout ils ne se sentaient pas rassurés. Ils se tenaient tous les trois au croisement d'East Burnside et de MLK, à attendre, avec leur sac à dos rempli de livres, leur étui d'instrument de musique dans une main et un skateboard dans l'autre. Leon était plus grand, plus robuste que les deux autres, mais cela n'avait pas toujours été le cas. Ils s'étaient rencontrés à l'école à l'âge de dix ans au sein d'un programme pour élèves surdoués baptisé Horizons. Plus de cinq années s'étaient écoulées, et aujourd'hui, inséparables, ils fréquentaient tous les trois le même lycée. Avec le temps, ils avaient développé un mépris accru envers leurs pairs, surtout en les voyant se laisser lentement glisser vers la vie superficielle et navrante du monde adulte. Ils croyaient dur comme fer que la perspective d'une existence aussi déprimante n'était pas inévitable et la tournure qu'avait prise leur destinée avec la rencontre de Natalie, que Kayla avait dénichée, leur semblait particulièrement prometteuse.

Kayla se balançait doucement, assise à cheval sur son skate, les pieds posés par terre, les genoux remontés. Leon s'éloigna sur sa planche, son étui à trombone à l'épaule. Il parcourut quelques dizaines de mètres, et, comme pour prouver qu'il n'avait pas peur de la poignée de Mexicains regroupés là qui fumaient et discutaient en espagnol, il les toisa d'un air scrutateur. C'était un lieu de rassemblement comme il en existait tant d'autres. On venait pour y trouver de la main-d'œuvre illégale bon marché, du travail de nuit au black. Les hommes ne remarquèrent même pas Leon lorsqu'il passa devant eux en roulant, qu'il fit déraper le *tail* de son skate, s'arrêta, effectua un virage à cent quatre-vingts degrés et revint vers Chris et Kayla. Il fit un geste en direction du carrefour : la fourgonnette toute rouillée était garée à moins d'une rue de distance et tournait au ralenti.

— La voilà, lança-t-il, et Kayla se leva d'un bond.

Fidèle à son habitude, Natalie passa lentement, au volant de sa Ford pourrie, comme s'ils ne s'étaient pas fixé rendez-vous, comme si elle cherchait la meilleure main-d'œuvre possible.

En haut de la rue, un homme cria quelque chose en espagnol, puis il descendit du trottoir et fit signe du bras. Natalie passa devant lui en roulant, s'arrêta, et finalement recula au ralenti en direction du trio d'adolescents. Elle laissa son moteur tourner, comme d'habitude, tandis qu'elle descendait pour les inspecter.

Sa longue chevelure blonde tombait, raide, sur ses épaules. Elle portait de lourdes bottes noires, un bleu de travail à manches longues, zippé sur le devant. Elle s'adressa à eux :

— Comme travailleurs, vous semblez plutôt solides. Ça se voit.

Elle parcourut des yeux la rue et les Mexicains lui rendirent son regard, intéressés.

— Oui, dit Kayla.

— Évidemment, poursuivit Natalie, vous m'avez l'air bien jeunes.

Cela faisait partie du jeu. Impossible de savoir si Natalie les taquinait ou si elle oubliait. Elle s'immobilisa un instant pour réfléchir à côté de sa vieille camionnette à la carrosserie marron et blanc qui tournait au ralenti dans un bruit de ferraille.

— Je m'appelle Natalie, et vous ne m'avez jamais vue avant aujourd'hui.

— Jamais, reprit Leon et Kayla lui donna un coup de coude.

— Le boulot que j'ai pour vous n'a rien de compliqué, continua Natalie. Je ne vous demanderai pas d'enfreindre la loi ni de faire quoi que ce soit sans votre consentement. Je vous demande simplement de garder le secret.

Tout en parlant, elle se dirigea vers l'arrière de la camionnette. Un hayon en fibre de verre recouvrait l'arrière du véhicule. Elle l'abaissa puis rabattit la portière arrière.

— Ton nom ?

— Kayla.

— Kayla, j'aimerais mieux que ce soit toi qui t'installes à l'avant avec moi. Les garçons, grimpez à l'arrière.

Leon et Chris lancèrent leurs sacs à dos, les boîtiers de leurs instruments et leurs skateboards dans la camionnette, et montèrent à l'arrière en rampant. Le sol du véhicule était recouvert d'une planche de contreplaqué, et par-dessus, on avait jeté un vieux bout de moquette orange qui sentait la poussière, la vieille laine, le soleil des jours passés. Les garçons s'étendirent de tout leur long et Natalie referma la portière sur eux. Au bout d'un moment, la camionnette se mit en route.

— Je ne vous demanderai pas d'enfreindre la loi, grommela Leon en accompagnant ses paroles d'un reniflement. Ben voyons.

Allongé sur le dos, il glissa les mains sous sa tête et ferma les yeux.

Leon avait les cheveux bruns et frisés, et son nez était parsemé de taches de rousseur sombres. Il n'aimait pas qu'on dise de lui qu'il était costaud, pourtant c'était bien le cas ; en plus d'être physiquement fort et de posséder des bras et des jambes musclés, ses poignets étaient épais et il se mouvait avec lenteur et calme. Il était capable de s'endormir n'importe où. Chris le regarda un instant puis se tourna pour se mettre sur le dos. Il s'étira, et veilla à ce que ses pieds s'alignent sur ceux de Leon. En s'aidant des coudes, il se positionna parallèlement à son ami : allongés tous les deux, épaule contre épaule, ils étaient de la même taille. Les yeux ouverts, il regardait fixement les fissures dans le toit en fibre de verre blanche de la camionnette.

Après un cahot, le véhicule fit un écart et les amortisseurs craquèrent. Chris se redressa pour essayer de se repérer. Ils étaient passés de l'autre côté de la rivière et roulaient toujours sur Burnside, le long d'une forte côte en plein centre-ville. Il jeta un œil à la nuque de Natalie. Elle avait relevé ses cheveux sur un côté, ce qui laissait voir, sur la peau très pâle de son cou, un collier composé simplement de quatre ou cinq fils de cuivre. Deux panneaux de verre formaient une séparation entre l'arrière et l'avant de la camionnette, avec deux vitres coulissantes. La dernière fois, Natalie les avait entrouvertes pour faire passer à Chris et à Leon des bouts de bœuf séché. Aujourd'hui, elle gardait les yeux rivés sur la route droit devant elle. Pendant ce temps, un gros livre posé sur les genoux, Kayla lisait, probablement un guide pratique sur l'électricité. Ça la faisait triper, les sciences exactes, les chiffres. Chris se débrouillait mieux en histoire. Leon, quant à lui, s'était spécialisé en musique et en art oratoire, mais en réalité il était fort en tout. Pour l'instant, il dormait.

Chris peinait à voir à travers les vitres. Sur la main de Kayla, il discerna une inscription au stylo-bille : LEON. Pourquoi n'avait-il pas remarqué cela avant ? Et pourquoi n'y avait-il pas aussi son nom d'écrit ? À tout hasard, il vérifia son autre main : rien, elle ne portait aucune marque. Au bout d'un instant, il vit Kayla se pencher en avant pour changer de station de radio. Dans son mouvement, son t-shirt se releva et il entraperçut les poils quasi inexistants au creux de ses reins, qui formaient en cet endroit un croissant comme un lever de soleil. Chris sentit les poils soyeux de ses bras se dresser dans un frisson. Il n'ignorait pas que Kayla aurait préféré avoir des poils plus blonds sur les bras pour qu'ils se voient moins, ni qu'elle avait commencé à se raser les jambes. En collant son oreille à la vitre, il entendait, par-dessus les bruits du moteur, des sons, une vague musique classique, du Mozart à deux balles, qui sortait de l'autoradio. La tête tournée vers l'extérieur, il regarda par le petit hublot sur le côté du toit en fibre de verre. Surgissant dans l'obscurité de la nuit, les tombes blanches d'un cimetière sur le versant d'une colline émirent un éclair bref et intense. La pluie s'annonçait, Natalie ne les faisait jamais travailler par beau temps.

Chris inspecta de nouveau son coude : on ne voyait qu'une petite quantité décevante de sang, qui avait d'ailleurs déjà séché et ne laisserait qu'une vague croûte minable. Pas de quoi fouetter un chat.

— Alors ? demanda Leon les yeux toujours clos.

— Je dirais qu'on est en route pour Beaverton.

— Tu voudrais pas me faire réviser ma biolo ?

— Pas tout de suite, répondit Chris.

— Qu'est-ce que tu fous ?

— Je réfléchis.

— Tu as fini *Le Bruit et la Fureur* ?

— C'est très surfait, répondit Chris.

Leon se redressa, se frotta les yeux, et lança un regard autour de lui :

— Ce n'est pas une mauvaise chose qu'elle ait recouvert sa camionnette d'un couvercle. Tu sais, les chiens qui voyagent à l'arrière des pick-ups ont toujours la rétine qui se décolle, ils deviennent aveugles. Dans toutes les SPA, toutes les fourrières, il y a un quartier juste pour eux. Des cages à perte de vue de ces chiens aveugles. Des chiens de péquenauds pour la plupart.

Tout en parlant, il rapprocha l'étui de son instrument de musique et en défit les fermetures. Il l'ouvrit. À la place de son trombone, il contenait tout le matériel que Natalie leur avait confié, les sangles, cordes, attaches et gants. Les écouteurs orange, avec au bout du fil les pinces crocodiles, tombèrent de la boîte. Kayla leur avait assuré qu'elle allait trouver comment s'en servir, à force de chercher sur Internet.

— J'ai vu Kayla changer de station de radio, dit Chris.

— Parfait. Et Natalie, qu'est-ce qu'elle a fait ?

— Rien. Tu lui donnerais quel âge ?

— Trop vieille pour qu'on lui fasse confiance, répliqua Leon.

Par la fenêtre, les centres commerciaux et les nouveaux immeubles d'habitation défilaient, puis des champs à perte de vue, des vaches, des moutons, de l'herbe verte.

— Alors, à ton avis, qu'est-ce qu'elle trafique ? demanda Chris.

— On en est toujours au premier stade, on récolte des renseignements.

— Ça, je le sais.

— C'est intéressant, reprit Leon. On s'était bien mis d'accord là-dessus. C'est loin d'être ennuyeux. Pour l'instant.

— Oui, pour l'instant, répéta Chris.

Natalie pila sur le gravier du bas-côté de l'autoroute, et après un long dérapage, la camionnette s'arrêta. Les corps de Chris et Leon se cognèrent l'un à l'autre, et ils eurent à peine le temps de s'asseoir avant que les portes arrière s'ouvrent en grand.

— Descendez, cria Natalie. Et mettez-vous en rang !

Ça faisait partie du jeu. Les skateboards restaient dans la camionnette, avec les sacs à dos, la clarinette de Chris et la flûte traversière de Kayla. Debout entre Leon et Kayla, Chris faisait face à Natalie qui, telle une forcenée, faisait les cent pas, le doigt pointé vers l'autoroute pour leur montrer, dans le ciel, le soleil couchant, et en bas les champs qui tombaient dans l'obscurité et les câbles noirs entre les immenses pylônes électriques.

— Magnifique, disait Natalie. Quelle heure est-il ?

— Huit heures, répondit Chris.

— Je serai de retour à dix heures.

— Neuf heures et demie, on a école demain, dit Kayla.

— Très bien, dit Natalie en tournant les talons. Ne me décevez pas, leur lança-t-elle par-dessus son épaule.

Là-dessus, elle sauta à bord de la camionnette, claqua la portière, démarra en trombe et disparut au loin.

— Ben dis donc, souffla Leon, elle t'a fait ce délire pendant tout le trajet ?

— Pas vraiment, elle se contentait de parler.

— Elle n'a même pas de montre, remarqua Chris.

— De quoi elle parlait ? demanda Leon.

Les trois amis s'assirent sur le bas-côté, pas une âme qui vive à des lieues à la ronde, rien que les champs à perte de vue. Ils entreprirent de démêler les sangles et les harnais. Il n'y avait pas la moindre brise. Les fils à haute tension reliaient des pylônes dont les sommets avaient une forme triangulaire et sur lesquels de plus petits triangles, comme des oreilles, donnaient à l'ensemble l'aspect d'une tête de chat. Les câbles passaient par-dessus des collines basses et éloignées, et, pour leur faire un passage, on avait aménagé une trouée en abattant tous les arbres en dessous.

— Oh, j'y crois pas, dit Kayla en montrant de l'autre côté de la route les fils électriques soutenus par des poteaux classiques en bois. Ne restons pas de ce côté, on va passer en face, là ils ont réduit la tension d'un cran ou deux. Nom d'un chien, qu'est-ce qu'elle croit !

— Qu'est-ce que c'est que cette expression ? demanda Leon. Nom d'un chien ?

— Est-ce que tu vas la boycotter ?

— Pas sûr.

Le trio avait ses règles concernant les expressions clichés ou à la mode, et ils s'interdisaient les mots grossiers.

— Alors, de quoi parlait-elle ? demanda Chris.

— De rien, répondit Kayla. Des questions sordides sur ce que ça fait d'être une fille, avec lequel de vous deux je sortais, des trucs débiles d'adultes.

— Elle n'est pas différente des autres, continua Leon, mais elle, elle nous paye. Finalement, elle travaille pour nous autant qu'on travaille pour elle.

À l'horizon, une lumière vacilla, suivie au loin du son étouffé du tonnerre. Dans le ciel, les premières étoiles apparaissaient.

— Est-ce que c'est bien malin de faire ce qu'on va faire ?

— Pas très.

Ils traversèrent l'autoroute en courant, puis continuèrent dans les herbes hautes. Tout en se préparant, ils restaient attentifs aux phares des voitures et veillaient à parler à voix basse. Ils ignoraient à peu près tout du maniement du matériel que leur avait remis Natalie dans un grand sac Qwest. Il ne faisait aucun doute qu'elle l'avait volé à la compagnie de téléphone. Ils en éprouvaient une certaine admiration.

— Ça ne me dérange pas de faire celui-ci, dit Chris, ou alors le suivant.

— On verra si je fatigue, répliqua Leon.

Comme il avait la plus grande pointure, les chaussures à crampons lui allaient mieux qu'aux autres. Cela lui plaisait de grimper en haut des pylônes : une fois perché, il pouvait se permettre de leur donner des ordres.

Marcher au sol avec les crampons se révélait difficile, c'était un peu comme se promener avec de grandes lames de couteau au niveau des chevilles qui se plantaient dans le sol à chaque pas. Chris et Kayla aidèrent Leon à se mettre debout, puis à s'approcher du poteau autour duquel ils firent passer la large ceinture de toile. Ils l'accrochèrent ensuite au harnais et le soulevèrent pour lui épargner l'ascension de quelques centimètres. Une fois les crampons profondément ancrés dans le bois, Leon fit monter la ceinture le long du poteau, puis il porta son corps en arrière et libéra un crampon après l'autre pour s'élever un peu plus. Lentement, il grimpa, ne s'arrêtant que pour ôter les échardes de ses mains. Il avait oublié ses gants. Au sol, Chris et Kayla allèrent cacher l'étui à trombone et les affaires dont ils n'auraient pas besoin, puis ils reprirent leur poste sous le poteau.

— Rien que le neutre ! lui cria Kayla qui avait mis ses mains en forme de haut-parleur. Ne touche pas aux autres fils avec le coupe-câble.

— C'est ça, c'est ça, c'est ça, dit Leon dans un murmure qui leur parvenait à peine. Il fait drôlement plus chaud là-haut.

— Quoi ?

— Rien, laisse tomber.

Il serra la petite lampe de métal entre ses dents pour être plus à l'aise pour travailler.

La première fois, Natalie leur avait tout expliqué tellement vite que c'était un miracle qu'ils aient pu en réchapper. À chaque expédition, ils en apprenaient davantage, et grâce aux recherches de Kayla, ils s'y prenaient de mieux en mieux.

Leon trancha le fil du neutre, celui qui passait au milieu des autres et reliait à la terre. Le fil partit dans les airs avec un claquement et sous le relâchement de la tension, le poteau vacilla, puis s'immobilisa. Les lourds fils de cuivre cédaient toujours dans un coup de fouet, ils s'envolaient en tous sens, s'entortillaient autour des autres fils, autour d'eux-mêmes, puis se déroulaient, successivement raides et lâches, pour finir par s'abattre au sol.

Chris et Kayla partirent dans une course effrénée pour voir lequel des deux parviendrait à attraper en premier l'extrémité. Puis, tandis que Leon descendait du poteau derrière eux, ils commencèrent à plier le fil pour l'enrouler. Le rouleau grossissait à vue d'œil. Chris se chargeait de le rouler et Kayla le soulevait pour que les hautes herbes ne viennent pas se coincer dessous.

Lorsque les écheveaux atteignaient à peu près trente-cinq centimètres de diamètre, ils devenaient trop lourds. Entre-temps, d'habitude, Leon avait fini de descendre du poteau, ôté ses crampons et il allait les rejoindre avec la pince coupante. Il coupait le fil, et, ensemble, ils mettaient le lourd rouleau de côté et continuaient le travail sur le suivant, jusqu'au poteau d'après, qu'escaladait Leon pour qu'ils puissent finir cette section de câble et enchaîner sur la suivante. Ils guettaient toujours les phares, même si l'autoroute était peu fréquentée. Dans la nuit silencieuse, une vache qui broutait non loin d'eux poussa un meuglement grave. Elle leva sa tête noire et blanche et jeta un regard vide en direction de Chris et Kayla.

— On a une copine qui est en train de nous mater.

— Concentre-toi plutôt sur ce que tu fais, répliqua Kayla.

— Elle pourrait donner un coup de main, Natalie, dit Chris. Ou au moins rester dans les parages.

— Trop risqué. Et puis, c'est une adulte. Tu t'attendais à quoi ?
— Je me demande où elle peut bien aller.

***

Natalie, assise à la table d'un restoroute, toute seule dans son box, regardait les camions passer sur l'autoroute en se demandant comment les gamins se débrouillaient, là-bas. Avant d'entrer dans le restaurant, elle avait retiré sa salopette. Elle portait un chemisier à fleurs et des sandales à brides bleues, l'ensemble n'étant pas sans rappeler celui de Whitney Kaine, Miss Septembre 1976.

— Je peux prendre votre commande ?

Natalie leva les yeux vers la serveuse, collier de chanvre autour du cou et anneau tatoué au doigt.

— Drôle de temps, continua la fille pour meubler le silence. Vous êtes venue visiter les vignobles ? Vous êtes de passage ?

— Je suis ici pour affaires.

— Vous êtes dans quelle branche ?

— Je crois bien que je vais prendre un steak. Est-ce que vous avez des légumes en conserve ?

— On ne sert que des légumes frais. On est un restaurant bio.

Impossible pour Natalie de se souvenir de la dernière fois où elle avait mangé un fruit ou un légume frais. Ce qui lui plaisait dans les conserves, c'était l'arrière-goût métallique, mais même en boîtes, ils ne constituaient pas une partie essentielle de son alimentation.

— Et nous ne servons pas de viande, dit la serveuse.

— Donnez-moi n'importe quoi alors. Le premier plat au menu.

— Pardon ?

— Je n'ai pas faim.

— Vous n'êtes pas obligée de commander quelque chose.

— Oui, mais j'aimerais bien rester ici. Et j'aimerais vous payer pour le temps que je passe ici et la place que j'occupe. Ça vous semble louche ?

— Vous aimez les plats épicés ? demanda la serveuse qui faisait de son mieux.

— Avant, oui, répondit Natalie.

— Je vais vous apporter le plat du jour. C'est des aubergines, mais je suis sûre que vous allez aimer.

Natalie se tourna vers la fenêtre. Elle n'avait ni le temps ni la patience de s'adonner à ces conversations stériles sur la pluie et le beau temps, portant sur les opinions minables d'un tel ou les aspirations sans intérêt d'un autre. Dans quelle branche était-elle ? Qu'est-ce qui l'avait amenée au poste qu'elle occupait présentement ? D'ailleurs, est-ce que c'était bien d'un emploi qu'il s'agissait, sachant qu'elle reversait l'intégralité de ses revenus à ses petits, à ses ouvriers ? Le cuivre dur étiré de calibre 6 s'écoulait à soixante cents la livre, ce qui revenait à deux cent quarante dollars le mile au bas mot. Toute cette ambiance de mystère dont elle enveloppait les gamins, ces conneries de camouflage, tout ce cinéma était, au bout du compte, superflu. En revanche, elle savait parfaitement par quel bout les prendre, et ça ne la dérangeait pas le moins du monde de nourrir leur côté revêche, leur sentiment de supériorité. Ils étaient fiables, sérieux, et ça lui plaisait. Elle ne détestait pas leurs manières d'experts en herbe, ni le peu de respect qu'ils lui témoignaient.

Un coup d'œil à l'horloge au mur : il lui restait quarante-cinq minutes. Il fallait être rentré de bonne heure car ils allaient en cours le lendemain, lui avaient-ils dit. Ils avaient besoin de sommeil pour être en forme à l'école. Le sommeil. Avant, elle en avait besoin. À présent, elle n'éprouvait pas de fatigue, elle se sentait comme toujours, gonflée d'énergie, à bloc, à la limite de l'explosion. Elle pouvait passer des jours sans dormir, sans même y penser. Puis elle s'effondrait pendant quarante ou cinquante heures d'affilée, après quoi elle était repartie pour une semaine sans fermer l'œil. Les chercheurs reconnaissaient ignorer la raison pour laquelle les gens avaient besoin de sommeil. Le cerveau des dauphins se mettait en mode sommeil, par moitié, sans quoi ils se noieraient, et peut-être avait-elle un mode de fonctionnement similaire, jamais complètement endormie ni complètement réveillée.

Seule dans le restoroute, elle sentait la pression monter. Des prises électriques sortaient un vent chaud imperceptible, des étincelles, invisibles et silencieuses, qui se dirigeaient vers elle à une allure folle, une montée de tension, comme un serpent qui éteignait tout sur son passage. Fourchu, hargneux, gonflé d'énergie un instant puis retombant mollement. Par tous les interrupteurs, provenant de tous les appareils électriques, surgit un sifflement coupant et elle entendit le cuistot laisser échapper quelque chose sur le sol de la cuisine, puis un juron tandis que toutes les lumières s'éteignaient.

* * *

On n'entendit pas le moindre souffle de vent, aucun crépitement ni étincelle, pas de boules de feu. Rien qu'une forte détonation, et, suspendu à une hauteur vertigineuse du sol, Leon secoué de spasmes comme si son corps était intégralement dépourvu d'os. Il frappait frénétiquement le poteau des bras et des jambes, ses crampons laissant de profondes entailles dans le bois, projetant une pluie d'échardes dans les yeux de Chris et Kayla. Cela semblait ne jamais devoir s'arrêter, ne jamais devoir le libérer. Il ne lâchait pas prise, la grosse pince coupante enserrée dans sa main réduisait en poussière la faïence des isolants et fracassait les poutres transversales. Dans sa chute, le fil de cuivre coupé tranchait tout sur son passage.

Kayla poussa un hurlement. Elle percuta Chris : tous les deux, la tête renversée, gardaient les yeux rivés sur le haut du poteau, duquel, finalement, Leon, commença à se libérer. Les crampons profondément enfoncés dans le bois, il glissait dans son harnais et se tortillait dans sa sangle de toile. À quinze mètres au-dessus du sol. Il glissa sur un mètre et demi, s'accrocha à quelque chose, puis dérapa un peu plus bas. Il avait les yeux grands ouverts même s'il ne voyait rien. Il glissa droit sur eux, la tête la première, de plus en plus près, emmêlé dans ses cordages, et s'arrêta soudain, pendu à un mètre du sol.

Ils se tinrent tous deux à distance, par crainte d'avoir à le toucher. La peau de son visage livide était parcourue de tressaillements, et il postillonnait en sifflant un mélange de morve et de salive. Le regard fixe, les bras ballant, il finit par laisser tomber la pince qui atterrit avec un bruit sourd sur l'herbe mouillée. Au bout d'un instant, Kayla tendit la main, puis Chris l'imita. Ils étendirent leur ami sur le sol.

— Est-ce qu'il respire ? demanda Chris. Il est vivant ?

Leon ne bougeait pas. Son visage s'apaisa, la peau de nouveau lisse, et ses paupières se fermèrent doucement.

Kayla s'agenouilla à ses côtés, lui inclina la tête en arrière et lui ouvrit la bouche. Après lui avoir pincé le nez, elle lui souffla de l'air dans les poumons. Elle vérifia que sa poitrine se soulevait puis recommença, au point de perdre son souffle elle-même. Elle attendit et vit la poitrine de Leon se soulever toute seule.

— Il va bien, dit Chris. Il va s'en sortir.

— Il a un goût de brûlé.

Leon rapprocha ses bras et cala ses mains contre sa joue, dans la position du dormeur. Tous ses cheveux étaient roussis sur un côté. Il recommença à s'agiter, ses membres pris de légères secousses. Il se mit à grincer des dents comme s'il mâchait du chewing-gum, puis il déglutit comme s'il était en train de boire. Il roula des yeux avant de les refermer complètement.

Une voiture passa sans ralentir. Ils n'y prêtèrent pas attention. Une vague de pluie tiède passa sur eux, puis s'éloigna.

— Ça ne peut être que la foudre, répéta Kayla. Elle a dû frapper à des kilomètres, et d'ici, on n'a rien vu. C'était la foudre, la foudre.

Elle tenta de le libérer des crampons et des sangles, dans l'espoir vain que cela servirait à quelque chose.

— Ne me touchez pas, s'écria brusquement Leon.

Il s'assit, sa tête pivota à droite et à gauche, il avait l'air complètement déphasé.

— Est-ce que tu m'entends ? Je suis là, à côté de toi.

— Comment ? Qui ça ?

— Doucement Leon, reste allongé.

Chris et Kayla échangèrent un regard, tous les deux perdus, figés. Une brise fraîche balaya les hautes herbes autour d'eux. L'instant d'après, Natalie se trouvait là. Ils n'avaient pas vu ni entendu sa camionnette arriver. Elle les pressa :

— On y va ! Ça traîne, là, qu'est-ce qui se passe ? Et tes cheveux à toi, ils étaient comme ça tout à l'heure ?

Chris se tourna vers Kayla, qui lui rendit son regard. Elle ouvrit la bouche.

— Oui, ils étaient comme ça.

Dans la poche arrière de son jean, sa lampe torche, qu'elle avait oubliée, était toujours allumée, formant, à travers le tissu, une tache ronde d'un bleu plus clair.

Leon se retourna vers eux. Ils lurent sur son visage le signe qu'il les reconnaissait enfin.

— Tout va bien ? demanda Natalie. Il faut charger le fil dans la camionnette, et puis mettre les bouts. Plus on traîne, plus on court le risque de compromettre toute l'opération.

— On était en train de se reposer, lui dit Chris. On a fait trois balles.

— Vous reposer ? Et le dernier fil alors ?

Elle montrait du doigt le câble qui, libre de toute tension, écrasait un peu les hautes herbes. C'était celui que Leon avait sectionné. Il parla, la voix pâteuse :

— Oui. Allez, c'est bon, on y va.

Il donnait l'impression d'être sur le point de basculer sur le côté, mais, à quatre pattes, il s'approcha des rouleaux de fil. Au bout d'une vingtaine de mètres, il parvint à se redresser, quasiment incapable de marcher. Chris et Kayla le suivaient de près pour le rattraper et pour empêcher Natalie de le voir. Mais elle ne faisait pas attention à lui, elle s'affairait, pour dégager le fil des herbes et en faciliter l'enroulage. Toujours vêtue de son bleu de travail, elle avait cependant troqué ses chaussures de chantier noires pour des sandales bleues. Et tandis qu'elle embobinait les derniers centimètres de câble, elle oscillait de droite à gauche pour garder l'équilibre.

Elle poussa un cri, soudain : « Attention ! Les phares d'un camion ! » et ils se jetèrent tous à plat ventre dans l'herbe humide, en retenant leur souffle le temps de laisser le véhicule passer.

La pluie avait cessé et cédé la place à un vent tourbillonnant. Ils se relevèrent tous les quatre et se dirigèrent ensemble vers la camionnette, chacun portant un des lourds rouleaux d'où sortaient de longs brins d'herbe verte emmêlés au fil de cuivre. Leon avait trouvé le moyen de rassembler la ceinture, les crampons, les écouteurs, son étui à trombone. La semelle de sa chaussure gauche, dont le bas était noirci, béait, et Chris, devant lui, faisait son possible pour que Natalie ne le remarque pas. Mais son attention se portait sur les rouleaux de fil qu'elle avait commencé de charger à l'arrière du pick-up.

— On va rester à l'arrière tous les trois, dit Kayla

— Si ça vous chante.

Ils escaladèrent le hayon et rampèrent à l'intérieur, serrés l'un contre l'autre, trempés mais en sécurité, coincés au milieu de leurs skateboards, de leurs affaires et des rouleaux de fil. Le visage de Natalie apparut un instant par la vitre arrière au moment où elle la fermait. Suivirent le bruit du moteur qui démarrait, et la sensation qu'ils venaient de pénétrer sur l'autoroute. À l'arrière, les balles de cuivre roulaient en tous sens, leurs pointes piquantes se prenant dans les habits, les cheveux. Ils avaient tous les trois étendu leurs jambes pour bloquer les rouleaux avec leurs pieds. Ils se cramponnèrent l'un à l'autre et restèrent ainsi, blottis en une étreinte serrée.

3.

Assise dans sa camionnette garée depuis la nuit précédente au même endroit sur East Burnside, Natalie regardait les gamins faire du skate à n'en plus pouvoir. Ses bottes noires étaient posées sur le siège passager à côté d'elle. Les sandales qu'elle portait lui faisaient mal lorsqu'elle conduisait, mais elle n'avait pas eu le temps d'en changer, trop anxieuse d'aller vérifier que tout allait bien pour les enfants après la grosse panne de courant. Elle voulait aussi comprendre à quel point ils étaient impliqués dans tout cela. Quelque chose se tramait avec ces trois-là, difficile de dire quoi. Elle laissa échapper un petit rire en les voyant disparaître sous le poids de leurs sacs à dos et de leurs instruments de musique, et débouler en skate sur le trottoir, en rang serré, sous les cris de surprise des piétons.

Elle enclencha la première, et se glissa dans la circulation fluide du milieu de la nuit, prit la direction du sud sur MLK, passa devant le quartier des restos mexicains et des boîtes de strip-tease pour laisser derrière elle l'entrepôt d'articles de fêtes. Kayla, la skateuse, avait calé la radio sur cette horrible station de musique classique. Natalie tourna le bouton pour l'arrêter entre deux stations. Autrefois peut-être, il lui était arrivé d'écouter de la musique classique. Et par une nuit de tension semblable à celle-ci, elle l'avait peut-être même appréciée. Elle se remémora soudain qu'à une époque, elle avait été folle de blues, des noms ressurgirent de nulle part : Buddy Guy, Robert Johnson, Johnny Winter. Depuis un bon moment déjà, la musique, tous genres confondus, la rebutait, elle préférait ces parasites qui vous hérissaient les poils à mesure que les fréquences grimpaient dans les aigus et suivaient les impulsions magnétiques des orages. Tout en conduisant, elle entendait les énormes bobines de fil qui roulaient à l'arrière de la camionnette comme si, chargées d'électricité, elles tentaient de se libérer.

La faim la tenaillait. Elle accéléra, prit l'embranchement de Tacoma à toute blinde, et remonta MLK dans l'autre sens en direction de chez elle, près de Johnson Creek. La route sillonnait des quartiers aux rues mal éclairées, aux maisons délabrées ; des chiens au poil humide y avaient perdu la voix à force d'aboyer dans le vide. La rue où elle habitait passait du bitume au gravier pour finir en chemin de terre. Elle était capable de faire les deux cents derniers mètres du chemin les yeux fermés et d'ailleurs c'est ce qu'elle s'entraînait souvent à faire.

Son voisinage se limitait à une maison abandonnée, aux portes et fenêtres barrées par des planches. Comme il reposait sur des parpaings qui s'enfonçaient dans le sol meuble, son mobile home, de taille modeste, avait un air penché. Bleu pâle, avec une fine bande de blanc soulignant les fenêtres, rouillé, et salement cabossé à l'arrière, à l'endroit où il s'était probablement renversé au cours d'un transbordement antérieur. Elle aimait l'idée que sa maison aussi avait une histoire, qu'elle avait connu d'autres lieux, offert un toit à d'autres personnes, d'autres possibilités.

Elle se gara en dérapage sous l'immense cèdre, coupa le contact, ce qui mit fin aux parasites de la radio. Ses bottes à la main, elle claqua la portière de la camionnette et ouvrit le portail en grillage. Elle était perpétuellement en mouvement. La cour était couverte de touffes de mauvaises herbes poussant entre les capsules de bière que les anciens locataires avaient abandonnées là, au milieu de piles de magazines laminés par plusieurs saisons d'intempéries. Le cadre de la moustiquaire, cassé, jouait librement sur ses charnières dans un vacarme métallique, comme pour l'inviter à franchir le seuil, à pousser la porte d'entrée, puis à enjamber le monceau de courrier réacheminé, les offres d'emploi et les publicités pour sociétés de cartes de crédit.

Elle alluma tous les interrupteurs d'un coup. Elle raffolait de cette lumière vive, fluorescente, onde électrique qui oscillait à une fréquence telle qu'il était impossible de dire si cet éclat était constant ou intermittent. Elle était arrivée chez elle, dans cet endroit où il était impossible de se cacher. Où que l'on se trouve, on pouvait ressentir le poids des pas sur le plancher. Deux chambres à coucher, une partie salle à manger/salon qui donnait sur une cuisine américaine et la table encombrée de magazines, comme elle aimait la voir.

D'un geste vif, elle ouvrit le frigo et se servit un verre de Tang allongé, avec beaucoup d'eau et peu d'orange, et elle déchira un paquet de Slim Jim[8], qu'elle mâchonna vigoureusement tout en mettant de l'eau à bouillir. Avec toute cette activité, sa fringale

8. Marque de longues saucisses sèches très populaires.

s'estompait en même temps que sa nervosité, et elle se mit à feuilleter les pages d'un magazine : avril 1976, Denise Michele dans une hutte de paille, pas loin d'un hamac en cordage, sans surprise. Ses jambes sont moins longues que la plupart des autres, la peau plus foncée (bien que les traces de son bikini soient très visibles malgré tout, le genre de détail qui échappe à la majorité des gens), la hanche gauche légèrement relevée. Son sarong à rayures est entrouvert comme si elle était en train de l'ôter pour le laisser glisser sur le sol ou bien de l'enfiler, le nouer, quoique maintenant qu'elle s'est laissé prendre à l'improviste, elle n'en fera rien. Son expression étonnée témoigne de son agréable surprise. Elle a de grands yeux, ses cheveux noirs couvrent ses épaules nues et parfaitement lisses. Elle se tient près d'une échelle de bambou, son bras droit encore luisant d'humidité.

La casserole était en train de déborder ! Natalie se tourna, furieuse contre elle-même. Elle éteignit la plaque chauffante et essaya de récupérer la papillote. Peut-être que quelqu'un était en train de l'observer derrière la vitre ? Qu'est-ce qu'il irait s'imaginer ? Elle se dirigea vers les fenêtres pour descendre les stores, ces mêmes fenêtres qui étaient coincées par la rouille dans leurs rails, et de toute façon il n'y avait pas de stores, alors elle éteignit la lumière à la place, puis la ralluma et retourna vers les plaques de cuisson. Dans l'ensemble, elle se sentait vraiment bien, mieux que jamais. Pourtant, certains jours, elle parvenait seulement à se concentrer sur ce qu'elle était en train de faire, et elle aurait aimé pouvoir anticiper.

L'eau bouillait de nouveau. Elle faisait cuire ses currys et ses pommes de terre à l'eau, enveloppés dans du papier alu. Elle mangeait des bonbons aux fruits et des barres de céréales énergétiques. De la nourriture pour astronaute. Son « régime de l'espace » ; elle ne s'asseyait jamais pour manger, rebondissait d'un coin à l'autre de la cuisine s'imaginant en état d'apesanteur. Elle devait effectuer un énorme effort pour que sa gorge et les muscles de son œsophage retiennent les aliments, pour éviter qu'ils ne soient régurgités dans la cuisine où ils auraient été suspendus dans les airs. En même temps qu'elle flottait, mâchait et avalait sa nourriture, de sa main libre elle tenait le magazine ouvert. Elle lisait et regardait attentivement l'échelle de bambou à côté de Denise Michele. Les barreaux n'étaient pas cloués, ils s'encastraient parfaitement dans les montants de l'échelle. Les clous, ça aurait fait factice, alors que cette échelle était bel et bien authentique, aussi réelle que l'expression du visage de Denise, un visage plein d'espoir. Elle est en pleine possession de sa liberté, et elle en profite, l'avenir est impossible à prédire, et cependant – rien ne pourra l'empêcher – il s'annonce éblouissant. Et, à juste titre, elle est fière de sa poitrine ronde, haute et pleine ; le dessous est plus clair et elle prend plaisir à exhiber ses tétons foncés. Toute innocente, prise au dépourvu sans ses habits, elle est, malgré tout, heureuse qu'on la surprenne au naturel, pas le moins du monde gênée.

Le téléphone sonna. Natalie ne reconnut pas le son immédiatement. Il lui fallut un moment pour retrouver l'appareil sous un autre magazine. Une voix d'homme s'adressa à elle :

— Natalie, vous avez obtenu des résultats ce soir ? D'après mes sources à l'entrepôt, on n'a pas vu la trace du nouveau fil de cuivre.

— Nom d'un chien, j'ai oublié…

— Je ne peux pas me permettre un tel oubli.

— Non. Enfin, oui. Enfin, je n'ai pas oublié, ça a réussi, mais je n'ai juste pas pensé à déposer les balles. J'ai eu un empêchement. Mais j'y suis arrivé. Elles sont dans la camionnette.

— Dans ce cas, vous savez ce qu'il vous reste à faire. Et aussi, continua l'homme, quand j'aimerais que vous le fassiez.

Natalie raccrocha. Elle regarda les perles d'eau sur la poitrine de Denise, sur sa gorge, elle regarda la lumière jouer sur son bras droit, essaya de comprendre d'où elle venait. Deux pages plus tôt, avant les chutes d'eau et le piano à queue, ah, la voilà, elle est dans son bain, un bain moussant qui plus est, source d'espérance, d'anticipation. Non pas qu'elle ne soit toujours propre, elle se lave pour le plaisir, et à sa façon d'essorer son gant de toilette, des bulles viennent s'accrocher ici et là…

La sonnerie du téléphone retentit de nouveau, une seule fois, comme pour rappeler Natalie à l'ordre, ce qui la tira de sa torpeur.

… oui, oui, il y avait des choses à faire. D'accord. Le morceau de saucisse qu'elle mâchouillait perdit d'un seul coup toute sa saveur. Le fil. Elle avait réussi. Miss Avril ! Elle reposa Denise Michele, elles se reverraient à l'occasion, pas de doute là-dessus, en 1976, à Hawaii. Après tout, Denise vient de là, de ce quarante-neuvième État dont la liberté toute fraîche, toute récente, ne demande qu'à se montrer aux yeux de tous, tout comme Denise. Elle a été danseuse polynésienne et a tenu un petit rôle dans un épisode de *Hawaii Police d'État*. Elle a un caractère de feu, mais sait aussi faire preuve de tendresse et de sensualité. Natalie fut obligée de la mettre de côté, obligée de poser ses sandales pour enfiler ses chaussures de chantier. Elle sortit, traversa la cour et monta dans la camionnette.

Elle ouvrit la portière à l'arrière, qui s'abaissa d'un coup dans le prolongement du plancher de la camionnette. Elle rampa sur ses genoux jusqu'aux quatre balles de fil que ses petits avaient récoltées pour elle. Les trois premières étaient de qualité plutôt moyenne, mais le quatrième et dernier rouleau différait totalement des autres. Un léger vrombissement se faisait entendre à l'intérieur de cette balle électrique merveilleuse. Elle posa sa joue contre le métal, puis de la main, chercha le bout pointu du fil et en déroula sur 50 cm un brin mince, aussi fin qu'un cheveu mais bien plus résistant. Elle le tortilla jusqu'à ce qu'il se ramollisse et cède. Ensuite, elle en fit une boucle qu'elle se passa autour du cou pour se donner de la force.

Il fallait qu'elle se remette au volant ! Qu'est-ce qu'il lui prenait ? Ressortir, refermer le coffre, monter dans l'habitacle, mettre la main sur la clef, allumer le contact, et sortir sur le chemin de terre. Le moteur de la camionnette grogna, provoquant au passage le réveil des chiens endormis du voisinage, et elle refit la route en sens inverse en direction de MLK. Elle ajusta son rétroviseur. À l'arrière se trouvaient les balles de fil de cuivre. Elle les avait presque oubliées. L'homme les lui avait remises en mémoire. Oublier, en soi ce n'était pas forcément très grave, mais cela pouvait compliquer les choses. De quoi exactement avait-elle besoin de se souvenir ? Elle gardait dans un tiroir de son mobile home une liste comportant des informations : son nom, ses numéros de comptes bancaires, un calendrier où elle inscrivait les dates que l'homme lui dictait, les lieux. Il lui arrivait même d'oublier le tiroir, et lorsque, étonnée, elle l'ouvrait par hasard, la mémoire lui revenait. Ces absences brisaient le lien entre le passé et l'avenir et la poussaient à prendre d'autres directions. Elle avait le sentiment que, face à cela, elle ne pourrait pas toujours continuer à se voiler la face. En réalité, c'était tentant de ne pas se souvenir justement, d'oublier complètement pour seulement repenser aux jours heureux, où elle s'était sentie aussi libre que les filles des magazines. Elle avait envie d'aller toujours de l'avant, elle se sentait pousser des ailes, ne s'autorisait aucun temps mort !

Lui serait-il possible d'oublier ? De tomber dans la routine, le train-train ? Ce qu'on appelait « se souvenir », n'était-ce pas justement oublier d'oublier ? Il fallait qu'elle soit forte ! Qu'elle garde le cap au lieu de tourner en rond. Et pourtant, elle conservait toujours dans sa poche un morceau de papier avec son adresse, qu'elle n'oubliait quasiment jamais à présent, et son numéro de téléphone. Comment l'avait-il repérée ? Est-ce que c'était elle qui l'avait trouvé ? Cela remontait à l'époque où elle venait de s'installer à Portland, une période difficile. À la suite d'une virée nocturne où elle avait perdu le fil du temps, elle s'était réveillée au matin avec un numéro de téléphone dans la poche. Il avait des propositions à lui faire, lui avait-il dit. Il comprenait sa situation. Il n'attendait pas d'engagement de sa part, ils ne se rencontreraient en aucune circonstance, et ce serait toujours lui qui appellerait, jamais le contraire. Quelques semaines plus tard, elle avait essayé son numéro. Il était aux abonnés absents, ce qui ne l'empêchait pas de très bien savoir comment la joindre. Il la payait toujours sans délai, et lui donnait un reçu, comme si tout était parfaitement légal.

4.

Ils étaient tous les trois installés à bord du MAX, le train desservant l'ouest de la ville, qui fonçait à travers les zones d'immeubles sombres. Il était minuit passé. Les genoux de Kayla se cognaient à ceux de Leon et de Chris, entre lesquels elle était assise. Il fallait que les garçons inventent des mensonges pour pouvoir rester dehors si tard, mais pas Kayla : elle vivait avec son père qui travaillait de nuit et passait presque l'intégralité de ses journées à dormir. Sa liberté était rarement remise en question.

Quand ils prenaient le bus, ils s'asseyaient toujours ensemble tout au fond, épaule contre épaule. De même, dans le MAX, ils s'installaient aussi loin que possible à l'arrière de la rame, sans avoir à voyager à contresens. Ils aimaient voir où ils allaient.

— Donc, voilà ce qu'on m'a raconté, commença Kayla. En fait, non, laissez tomber.

Il n'y avait qu'un seul autre passager dans le MAX, cinq sièges plus loin, un grand type malingre dont les longues jambes et les chaussures de cuir noir à bout pointu dépassaient dans l'allée. Sa barbe noire était aussi taillée en pointe et formait un V effilé en dessous de son menton. Il dormait, peut-être, ou bien il les observait, les yeux mi-clos.

— Vas-y, raconte, dit Leon.

— Non, répondit Kayla. Ça ne va pas vous plaire.

— Comme tu veux, dit Chris. Mais tu n'as pas le droit de t'arrêter au milieu comme ça, tu connais la règle…

— O. K., c'est bon, reprit Kayla. Voilà, j'ai entendu parler d'un mec en Californie, sa bite était si longue qu'elle traînait par terre quand il marchait…

— Qui t'a raconté ça ? coupa Chris.

— Ne l'interromps pas, dit Leon. Tu te souviens que Kayla a décidé qu'il fallait qu'on écoute son histoire.

— Bref, continua Kayla. Ce type, rien que pour aller se promener dans la rue, il fallait qu'il s'enroule son machin autour de la jambe, plusieurs tours avant de l'attacher. Mais un beau jour, il voit un truc qui lui fout la trique, et vous savez ce qui s'est passé ?

Les deux garçons se contentaient de la regarder d'un air grave. Ils faisaient de leur mieux pour avoir l'air blasé.

— Il s'est cassé la jambe en trois endroits, conclut-elle.

Personne ne dit rien. L'histoire de Kayla avait jeté un froid passager sur le trio. Ils avaient une règle là-dessus entre eux : ils n'abordaient pas le sujet du sexe. Au niveau du genou, Kayla avait un trou dans son jean qui s'effilochait. Sur sa peau claire, on voyait à cet endroit outre la trace crayeuse d'une ancienne cicatrice, son nom écrit au stylo-bille rouge, ainsi qu'un ou deux autres mots que Chris n'arrivait pas à déchiffrer. Il se détourna et fixa son propre reflet dans la fenêtre. Avec cette coupe courte, on aurait dit qu'il était brun. Cela lui donnait un air plus jeune. Il se passa la main dans les cheveux. Il était allé se faire tondre le crâne avec Leon, par solidarité. À la suite de l'accident, une semaine plus tôt, ce dernier s'était retrouvé chauve d'un côté, et il avait bien fallu égaliser. Chris avait voulu savoir combien ça coûtait de se faire faire la barbe, et le coiffeur lui avait rétorqué, avec sa condescendance d'adulte : « Pour toi ? Je pourrais te mettre un peu de crème là, sous le nez, et puis j'irais chercher le chat pour qu'il la lèche et hop ! Ni vu ni connu ! »

— Je ne vous ai pas raconté cette histoire parce que je la trouve intéressante, poursuivi Kayla, mais parce que quelqu'un d'autre le pense. C'est ça qui est intéressant. Triste à pleurer.

— Mais quand même, tu vois bien comment ils agissent tous à l'école, reprit Chris. Du jour où tu baisses la garde devant ce genre de truc, ça te vide le cerveau aussi sec.

— Et dès que tu te mets à copuler, tu cours le risque d'avoir des gosses, ajouta Leon. Et c'est comme ça que tu te retrouves parent.

— Ce n'est pas complètement leur faute, dit Kayla.

— Ils auraient bien dû le voir venir.

— Et si on ne fait pas attention, on va finir exactement comme eux, dit Chris.

Leon était pensif.

— Peut-être, ou pas…

— À moins qu'on ne trouve une autre solution pour nous, poursuivit Kayla.

— C'est ça, c'est ça, c'est ça.

Devant eux, le barbu maigre étendit ses longues jambes à travers l'allée centrale. Pour se détendre le cou, il pivota la tête d'un côté, le visage pointé droit sur eux, puis de l'autre, et son regard se détourna de nouveau.

— C'était rien qu'une histoire débile. Probablement qu'elle n'est même pas vraie.

— C'est sûr que non, ajouta Chris.

Ils demeurèrent silencieux un instant, tous les trois, à attendre, avec, appuyées contre leurs genoux, leurs planches dont le scotch antidérapant leur frottait durement la peau à travers le tissu du jean. Ils utilisaient tous des *decks*[9] Santa Cruz, mais ils avaient raclé le bois pour rendre la marque illisible. Avec des marqueurs, ils coloraient l'intérieur des roulettes Kryptonic au point où les mots disparaissaient. En revanche, impossible de camoufler qu'ils utilisaient des *trucks* de marque Independent. Pour l'instant, ils procédaient à l'inspection des roulements et des fixations de leurs skates, et réglaient la tension et le serrage des *trucks*. Chris prit une clef et desserra le sien. Il voulait pouvoir effectuer des virages larges, quand, dans l'obscurité, il redescendrait des collines.

— Et Natalie ? demanda-t-il.

— Comment ça ?

— Elle n'est pas pareille. Je ne crois pas. Rien à voir avec les autres adultes. C'est sa façon de nous parler, droit au but. Elle ne prend pas une voix de gamine sous prétexte qu'on est jeune, pas une trace de condescendance, et puis elle s'en fout qu'on l'aime ou pas.

9. Plateau.

— Mais on ne sait pas vraiment comment elle parle aux autres, objecta Kayla.

— N'empêche, elle est différente.

— Ça, c'est ce que tu penses. Tu as envie qu'elle soit différente des autres.

— Pas toi ?

— C'est pas comme si elle me plaisait ou quoi.

Le MAX s'arrêta, puis repartit et longea le stade PGE, avec ses gradins déserts et sombres, et, en contrebas, le motif noir et incliné du diamant sur le terrain de base-ball.

— Ça va faire une semaine. À votre avis, on va retravailler pour elle ? demanda Chris.

— Tu sais ce qui a été convenu : je l'appelle chaque jour à la même heure, et elle me dit si c'est oui ou non, répondit Kayla. Et là, ces derniers temps, c'est non, non, non.

— Et elle dit quoi d'autre ?

— Que je devrais recevoir l'argent bientôt. Le règlement pour la dernière fois. Quand est-ce qu'on va pouvoir l'ajouter au reste ? leur demanda Kayla.

L'argent s'accumulait. Ils n'y touchaient pas, ils le gardaient dans leur cachette secrète. Un jour ils partiraient s'installer quelque part ensemble, et ils mèneraient une existence que personne avant eux n'avait vécue, un style de vie inédit dont il leur restait encore à clarifier le pourtour. L'argent jouait un rôle important dans leur projet. Crucial.

— Peut-être qu'elle s'inquiète à cause de ce qui s'est passé la dernière fois, dit Chris.

— Elle n'est même pas au courant, répliqua Kayla. Même Leon n'en a qu'une vague idée.

Leon ne semblait pas remarquer qu'elle parlait de lui. Il était bien trop occupé à ajouter un nouveau graffiti à ceux qui se trouvaient déjà sur la vitre du wagon. Il se servait des clefs de chez lui pour graver les lettres I-N-D-É-C et il allait attaquer le I. Les deux autres le regardaient faire : tout en écrivant, il faisait un bruit avec sa bouche sans s'en rendre compte. Sa chaussure était enroulée de gaffer argenté pour maintenir la semelle en place. Il portait les mêmes chaussures que le jour de l'accident. Ces derniers temps, il semblait plus calme, serein, sa mâchoire du haut s'était un peu réconciliée avec celle du bas. Il grignotait à peine à l'heure du déjeuner, et n'avait jamais très faim après l'école. Il semblait se désintéresser des études. Quand ils lui posaient des questions sur l'accident, sur ce qui s'était passé, sur ce qu'il ressentait, il faisait semblant de ne pas se souvenir. *C'était pas si terrible*, voilà tout ce qu'on arrivait à tirer de lui, une réponse agaçante mais qui donnait envie d'en savoir plus. Il devait bien leur cacher quelque chose. Leurs règles interdisaient pourtant de garder des secrets.

— Alors, Leon, qu'est-ce que tu en penses ? demanda Kayla

Il leva la tête.

— Hein, fit-il en relevant la tête.

— Moi, j'en sais rien, dit Chris. Les Indécis, c'est peut-être le nom parfait pour une bande de losers, mais ça colle pas du tout avec des types qui en ont dans le cerveau.

— On n'a pas besoin d'un nom, dit Kayla.

Chris embraya.

— En plus, ça nous met dans la même catégorie que ces gens qui s'inscrivent à des trucs, des groupes, des clubs…

— Des adhérents, quoi, renchérit Kayla.

— C'est pas un nom, dit Leon. Quand on qualifie quelqu'un d'indécis, c'est toujours en comparaison avec ce que la masse des gens s'accorde à trouver sensé. Du coup, si tous les autres, tous les adultes te prennent pour un type à la ramasse, un indécis, c'est qu'en fait tu n'en es pas un, et t'es probablement plus malin qu'ils ne le pensent.

En levant les yeux, Chris aperçut par la fenêtre la Highway 26, parallèle à la voie ferrée. Une voiture solitaire, une berline, se maintenait au niveau du train. D'un seul coup, le conducteur ouvrit sa portière, soit parce qu'elle était mal fermée, soit pour cracher quelque chose dans la rue, et l'espace d'une seconde l'habitacle du véhicule s'éclaira. C'était un vieil homme avec une longue tignasse blanche emmêlée, qui souriait tout seul. Il roulait tard dans la nuit pour rentrer chez lui, ou peut-être prendre la fuite. Il referma la portière et la lumière s'éteint. Il s'évanouit et au même moment le train s'engouffra à l'intérieur d'un tunnel.

La lumière vacilla. Quelque chose clochait. Est-ce que le type à la barbichette taillée en pointe ne s'était pas rapproché d'une rangée ? On l'aurait juré, même si c'était dur à dire avec certitude dans l'obscurité soudaine. Ils restèrent assis serrés les uns contre les autres, à attendre. Ils descendaient à l'arrêt suivant.

— Bon, ne vous en faites pas, j'ai un plan, dit Kayla. Je suis en train de rassembler tout ce qu'on sait sur Natalie dans un carnet. J'ai une ou deux idées pour trouver son adresse, à partir du numéro de téléphone qu'elle m'a donné. Avec ça, on en apprendra plus sur elle et on saura à quel point elle est différente.

« Washington Park. »

Une voix de femme préenregistrée sortit du haut-parleur audessus de leurs têtes. La lumière se ralluma, et d'un seul mouvement, ils se levèrent tous les trois tandis que le train, dans une secousse, s'immobilisait.

En sortant du wagon, Chris jeta un regard par-dessus son épaule : apparemment le barbichu ne les avait pas suivis. Il était resté dans la rame qui poursuivait sa route dans la faïence blanche du tunnel en les laissant là, livrés à eux-mêmes.

Kayla cracha sur les rails.

— Nom d'un chien ! Je peux plus attendre ! dit-elle.

— Non, mais, écoute-toi. Regarde-toi. Tu copies. Peut-être que c'est toi qui as des vues sur Natalie, dit Chris.

Leon, qui était déjà en train de les attendre, calait la porte de l'ascenseur pour éviter qu'elle se referme. Ils étaient tout proches, et commençaient à se préparer. Seul Chris portait un casque, avec un autocollant de tête de mort collé sur le côté. Kayla sortit ses gants en cuir tout usés et brillants au bout des doigts et à la paume. Elle s'entraîna à faire des *kick-flips*[10]. Au moment où la partie arrière de sa planche, le *tail* affûté, frotta contre le sol en métal, le son se répercuta sur les murs de la station. Dans la

10. Salto pendant lequel, d'une pression du pied, le skateur fait faire à sa planche un tour complet dans les airs.

cabine, les chiffres au-dessus des boutons indiquaient l'élévation par rapport au niveau de la mer. Ils étaient montés dans l'ascenseur à 137 mètres et il les libéra à 211 mètres. Ils débouchèrent directement sur le parking du zoo, au milieu des panneaux indiquant la navette de Washington Park, qui n'était plus en service à cette heure. Les cercles de lumière que projetaient les réverbères par endroits servaient à sécuriser le lieu, exactement ce qu'ils comptaient éviter.

Ils se déplacèrent en silence, sans utiliser leurs skates. Ça serait pour plus tard. La clôture grillagée de trois mètres de haut, surmontée de fil de fer barbelé, s'étirait depuis la porte d'entrée, trente mètres sur leur gauche. Ils se rapprochèrent et lancèrent tous les trois leurs skates par-dessus le grillage. En chuchotant, ils se faufilèrent sous le premier grillage et escaladèrent le deuxième. Au passage, Kayla tapota la pancarte en fer INTERDICTION D'ENTRER de l'ongle. Une fois de l'autre côté, ils glissèrent sur une pente uniformément couverte de buissons denses, puis, en formation serrée, ils traversèrent une autre section de buissons identiques mais en montée cette fois. Silencieux et furtifs, ils aboutirent sous une terrasse en bois et, s'aidant des piliers, se hissèrent sur les planches en s'aidant mutuellement.

Ils se tenaient à présent sur la terrasse, tout près des chamois endormis, blancs et hirsutes. Au son de leurs murmures, les têtes barbichues et cornues se relevèrent et les bêtes assistèrent au passage hâtif des trois silhouettes obscures. Chris salua de la main :

— Coucou, les gars, c'est nous, on est de retour !

— Doucement, lui intima Leon.

Une fois sur l'asphalte, ils posèrent précautionneusement leurs skates au sol, sans bruit. Ils marquèrent un temps, couvrant des yeux la pente devant eux et plus loin, le zoo qui s'étendait à leurs pieds. L'odeur des bêtes leur parvenait déjà aux narines ; des appels sourds, des cris nocturnes montaient vers eux.

— Il ne faudra pas oublier de se chronométrer, dit Kayla. À son poignet, le cadran arrondi de sa montre renvoya le reflet d'un rayon de lune. Combien de temps est-ce que ça nous a pris, la dernière fois ?

— Huit minutes pour traverser le zoo, répondit Leon, vingt jusqu'au centre-ville.

Sur ces mots, il disparut loin devant. Sa semelle droite brillait comme un flash fugace, à cause du morceau de gaffer collé dessous. Il avait posé ses deux pieds sur la planche, le corps en boule pour laisser le moins de prise possible au vent, et le bras gauche plié en avant pour trancher de la main l'air et en faciliter le passage autour de lui.

— À toi, dit Chris. Je vous rattraperai.

— C'est ça, répliqua Kayla. Tu peux courir.

Elle s'élança d'un coup de talon, suivie de près par Chris qui ne la perdait pas de vue. Ils démarrèrent lentement car il y avait toujours des bosses, et les cailloux les plus clairs dans la chaussée se confondaient avec les lignes droites peintes au sol. Puis progressivement, l'air doux se rafraîchit et, sur la route, la surface passa de granuleuse à lisse. Ils aimaient tous la vitesse, mais des trois, c'était Kayla qui en raffolait le plus et savait comment la contrôler. Ils passèrent à toute allure sur le pont qui enjambait les rails du train miniature du zoo, à cette heure vide et morne. Le vent soufflait à leurs oreilles et leur amenait les larmes aux yeux. Personne d'autre n'emprunte ce parcours, personne n'en avait eu l'idée. Ils entament le premier virage serré sur la droite, débouchant sur une section en S. Kayla, en tête, se penche pour l'aborder, et le bout de ses doigts gantés effleure le sol, puis très vite, un virage à gauche les entraîne sous une tonnelle basse ; ils passent à côté des lions de mer et des loutres, et une autre tonnelle souterraine les entraîne dans une grotte ; Chris retient sa respiration comme s'il était sous l'eau, impossible de dire où se terminent les parois de verre, tandis que les poissons, comme des ombres suspendues en l'air, nagent autour de lui ; puis arrive le passage sur le tapis, dont la friction sur les roulettes le ralentit, mais il a prévu le coup et porte son poids en arrière ; Kayla, elle, est déjà passée de l'autre côté ; à son tour il retrouve le bitume, les roulettes repartent librement à toute vitesse devant les éléphants de mer dressés avec leur allure de grands sages. Fluides et gracieux à la façon de fantômes noirs géants sur un grand écran blanc de cinéma, ils agitent leurs nageoires et leur queue en l'observant, ils sont assez gros pour en avaler trois comme lui au petit-déjeuner ; sorti de là, dans l'air frais débarrassé de l'odeur de poisson, il passe en trombe devant la cabane des pingouins, mais il commence à perdre de la vitesse sur le plat (ici, sur cette partie dangereuse, où ils sont à découvert et ralentis, un gardien de nuit qui ressemblait vaguement à un agent de la sécurité était sorti de sa hutte la deuxième fois qu'ils avaient fait cette descente ; il avait surgi de nulle part vers le Bearwalk Café, mais le temps qu'il arrive à l'endroit où Kayla se trouvait, elle avait déjà filé 50 mètres plus bas, et, tandis que, le dos tourné, il la regardait descendre, Leon et Chris l'avaient frôlé à toute vitesse, chacun d'un côté, en poussant des hurlements, tout en glissant vers l'enclos des gibbons) et doit pousser de toutes ses forces pour ne pas perdre son élan. Il entend les frappements du pied de Leon et ceux de Kayla, battements syncopés tandis qu'ils passent en un éclair devant les grandes cages des gibbons, qui restent debout toute la nuit, perchés dans les hauteurs de leur cordage en chanvre. Plus loin sur la gauche, les ours, tirés de leur sommeil par le bruit des roulettes, dressent l'oreille. L'air est saturé de l'odeur du fumier, du foin et du musc d'animaux non identifiés. Au passage, ses bras nus frottent contre des bambous, des fougères et d'autres plantes aux feuilles larges et fraîches. Il a mal aux jambes, mais la prochaine grande descente n'est plus très loin, juste après le bâtiment des éléphants d'Asie, et ensuite la gravité prendra le relais, juste assez pour…

… il s'élance sous les bras en croix du totem, dont les multiples têtes, empilées les unes sur les autres, montrent leur profil effrayant, et, filant à l'allure d'une fusée, il laisse derrière lui la toundra de l'Alaska, le bœuf musqué aux mouvements ralentis, le grizzly caché des regards indiscrets et les loups complètement décharnés, traînant la patte en hurlant à la mort. Rien n'était comparable à ce bruit de roulement, cette sensation qu'il ne saurait nommer, et pour couronner le tout, ils étaient ensemble, Chris, Kayla et Leon, les trois sommets d'un triangle, qui faisaient plier et se tordre les arêtes, les coins et les angles. Ça lui plaisait de passer en dernier, de garder les deux autres dans son champ de vision et d'imaginer qu'au même instant tous les serpents s'enroulaient étroitement sur eux-mêmes, les jaguars et les tigres faisaient les cent pas en refermant leur mâchoire dans le vide et décrivaient des courbes aussi fluides que les siennes, et de penser aux yeux jaunes et mi-clos des crocodiles aux aguets, immobiles sous la surface tiède de l'eau, au zèbre irascible, à la tête de la girafe à langue bleue qui, saisie d'étonnement, pivotait dans son sillage.

Faire du skate, c'était tout ce qui comptait. Mis à part le rugissement de leurs douze roulettes, il n'y avait que la lune dans le ciel, les animaux au-dessus d'eux, et la ville en contrebas. Et, précédant Chris, un étrange halo luisait dans le ciel – lumière éblouissante. Son regard se porta vers Leon qui se relevait de sa position accroupie, le corps dressé tandis que l'axe de ses roues se mettait à chanceler et que, sous l'effet de la vitesse, la planche sous ses pieds perdait de sa stabilité. Leon tourna la tête et son profil pâle se détacha à la lumière d'un rayon de lune – où regardait-il ? Certainement pas là où il allait – et ses roulettes cognèrent contre quelque chose, ou bien il perdit simplement l'équilibre. Son corps fut projeté, puis dérapa sur un côté. Sa planche, elle, partit en sens inverse en pivotant sur elle-même. Kayla l'évita de justesse et Chris fut forcé de faire une embardée.

Ils se précipitèrent tous les deux à l'endroit où gisait la silhouette immobile et sombre de Leon sur l'asphalte. Kayla se pencha vers l'arrière, posa ses gants et glissa de côté dans un crissement, son corps à quelques centimètres à peine du sol. Quand la planche de Chris sortit de la route, il porta tout son poids vers l'arrière pour compenser l'attaque du gravier sur le bas-côté mais il n'y parvint pas et perdit l'équilibre. Sa planche fut propulsée derrière lui, et, pour tenter d'éviter la chute, avec de grands moulinets des bras, il courut sur le côté d'un talus, ses semelles claquant fort sur le sol, sauvé grâce à cette voie de secours inclinée, comme un poids lourd sans freins. Son casque battait sur sa tête, tout comme son cœur dans sa poitrine tandis qu'il se retournait pour chercher Leon, et l'endroit d'où venait la lumière.

Kayla était déjà auprès de Leon. Ce dernier essayait d'escalader le grillage afin de mieux voir. Le côté gauche de son jean était en lambeaux, et il ne restait rien de la manche de sa chemise de flanelle. On voyait à la lumière lunaire, sur son bras ensanglanté, les gravillons incrustés dans sa peau. Il n'avait pas l'air de s'en soucier.

— Qu'est-ce qui te prend ? s'écria Kayla.

Avec Chris, elle tenta de se hisser au niveau de Leon, pour pouvoir lui parler en face et voir ce qu'il regardait. C'était comme s'il ne les entendait pas.

À leurs pieds s'étendait la Highway 26, l'Autoroute du Crépuscule. Les phares de quelques rares voitures montaient jusqu'à eux. Plus près, à une vingtaine de mètres, un ouvrier dans une nacelle élévatrice travaillait sur une ligne électrique. Il était éclairé par des projecteurs ultra-puissants et portait un casque de chantier jaune, un habit de caoutchouc noir et d'épais gants de protection. Il remettait à leur place les câbles à l'aide d'une longue canne munie de pincettes à son extrémité. La grue qui maintenait la nacelle dans les airs émettait des grognements chaque fois que l'ouvrier, d'un geste de la main, faisait signe qu'on le monte ou qu'on le descende. Une étincelle s'envola, retomba, disparut. Leon était agrippé au grillage. Il observait, subjugué.

— Écoute, on peut pas rester là, lui dit Kayla. On va se faire coincer. Il faut qu'on traverse la grille, là-bas, pour retourner sur la rue.

Elle montra de la main l'enclos des trois kangourous, où le grillage était affaissé.

Leon se tourna vers elle, comme s'il venait de reprendre connaissance. Puis il pivota vers Chris, lui sourit, et entreprit de redescendre.

— Tu te sens bien ? lui demanda Chris. Tu peux remonter sur ta planche ?

— Bien sûr que oui.

5.

Se lancer sur les traces de quelqu'un en transport en commun n'était pas facile, mais si Natalie persistait à ne pas les appeler, à ne pas les contacter, alors ils iraient jusqu'à elle. Ils recherchaient l'obscurité, en avaient un besoin vital, même lorsque les jours rallongeaient, même quand le lendemain ils avaient école. Ça compliquait les choses, mais ils ne rechignaient pas devant la complication, ils envisageaient ça comme une source de possibles.

En sortant du bus par la porte arrière, ils lancèrent un « merci » sonore au chauffeur qui ne leur répondit pas. Il leur en voulait encore d'avoir pratiqué leurs instruments à l'arrière de son bus, Kayla la flûte, Chris la clarinette. Le volume aurait été encore plus fort si Leon avait bien voulu sortir son trombone, mais il avait refusé de jouer. La mine pensive, le regard perdu dans le vide, il s'était contenté de s'asseoir à leur côté, un clou en acier galvanisé serré entre les dents.

Lorsqu'il reprit sa route, les fenêtres éclairées du 75 effectuèrent une large courbe dans la nuit pour finalement disparaître. Ils regardèrent tous les trois le bus s'éloigner, leurs instruments rangés dans les étuis à l'intérieur de leurs sacs à dos et les skates posés au sol. Dans l'air flottait l'odeur des déchets qu'on fait brûler, mais aucun feu n'était visible.

— C'est par là, fit Kayla en vérifiant l'adresse dans son carnet. Au sud de Johnson Creek.

Leon sortit le clou de sa bouche et le balança dans un buisson. Ils lancèrent leurs planches sur la route rugueuse qui longeait des rangées de maisons sans lumières. Chris portait des chaussures neuves, des Chuck Taylor noires montantes comme d'habitude, que sa mère avait prises une taille trop grandes, et qui le faisaient trébucher un petit peu à chaque poussée du pied. Leon était plus à l'aise sur sa planche qu'à pied, il boitait un peu ces derniers temps, quoiqu'il ne l'aurait admis pour rien au monde. Il s'était écoulé une semaine depuis sa chute du zoo, et sous la lumière des hauts réverbères on aurait dit que son bras était toujours en sang, qu'il ne cicatrisait pas. Leon accéléra, dépassa Chris pour tenter de rattraper Kayla. Elle était loin devant, fière de ses talents de détective, fière d'avoir trouvé l'adresse, et elle voulait y arriver la première.

Progressivement, le revêtement de bitume se changea en terre battue. La planche sous le bras, ils continuèrent à pied.

— Alors on se pointe devant sa porte et on frappe ? demanda Leon. Ça m'étonnerait qu'elle soit très contente de nous voir.

— Je suis juste curieux de savoir où elle habite, dit Chris. Pour voir si elle vit avec quelqu'un ou toute seule, ou si elle est mariée, ou quoi.

— Tu rêves, intervint Kayla. Aucune chance qu'elle soit mariée.

Les ombres des maisons se découpaient sur le ciel nocturne, éclairées par endroits de quelques lumières. Chris reprit :

— … et puis, qu'est-ce qu'elle fait avec tout ce fil ? Et tout le reste, elle ne donne jamais d'explications, elle ne dit jamais rien sur elle.

— Je vois pas pourquoi elle le ferait, dit Kayla. C'est pas comme si on était là à la harceler de questions !

— Bon alors ? s'impatienta Leon. On se pointe devant chez elle et on sonne poliment ?

D'un mouvement d'épaule, Kayla fit glisser son sac à dos devant elle, ouvrit la fermeture Éclair et fouilla à l'intérieur. Elle en sortit des écouteurs orange, reliés par des fils électriques à deux pinces crocodiles.

— Hé, lâcha Leon. D'où tu sors ça ? Tu aurais au moins pu me demander.

— Ça nous appartient à tous les trois, et puis je suis la seule à savoir le faire marcher.

— Ah, vraiment ?

— Maintenant, oui.

Kayla s'arrêta et leur montra un bâtiment bas, juste devant eux, à travers les fenêtres duquel on apercevait la lumière tremblotante des néons. On avait obstrué de planches toutes les portes et fenêtres de la seule habitation aux alentours, une ruine de style victorien.

— C'est la baraque la plus pourave que j'ai jamais vue, commenta Chris.

— C'est un mobile home, ça compte pas vraiment, dit Kayla.

— Alors, c'est à ça que ça ressemble ? Pourquoi est-ce qu'elle habite dans ce coin paumé ?

— Parce qu'elle n'est pas comme tout le monde, voilà pourquoi. Elle n'a pas envie de les avoir tout autour d'elle. C'est toi qui répètes à longueur de temps qu'elle est différente.

— Je n'ai pas dit qu'elle l'était à cent pour cent, corrigea Chris, j'ai seulement dit qu'il y avait des chances qu'elle soit différente.

— On va bien voir, dit Kayla.

Près de là, sous un grand cèdre, se trouvait la camionnette de Natalie. Kayla fit un geste pour la montrer aux deux autres, mais, hésitants, ils restèrent où ils étaient, sur le sentier. Ils échangeaient des regards furtifs, puis reportaient leur attention sur le mobile home.

Leon fut le premier à parler :

— Moi, je vous suis, c'est vous qui décidez. Tout me va.

— "Tout me va" ? reprit Kayla. Cette expression n'est pas autorisée.

— Et puis il est temps que tu aies un avis, Leon, continua Chris.

Il s'approcha du pick-up, et les autres lui emboîtèrent le pas.

— Elle irait nulle part sans sa camionnette, non ?

— Elle pourrait très bien avoir une autre voiture.

— Mais est-ce qu'elle laisserait toutes les lumières allumées ?

Ils planquèrent leurs skates et leurs instruments sous le pick-up et, pour éviter de se faire repérer, ils se collèrent contre le véhicule. La carrosserie sentait la terre, l'essence, la rouille. Par les vitres teintées, Chris reconnaissait le tapis orange, la banquette arrière vide.

Le cou renversé en arrière et le visage tourné vers le ciel, Kayla désigna le poteau téléphonique à côté de la camionnette, qui s'élevait dans les airs à quelques pas du grand cèdre.

— Impeccable, dit-elle. On va mettre sa ligne téléphonique sur écoute.

— Et si personne ne l'appelle ?

— Au moins, on aura une vue plongeante de là-haut.

— Si elle est chez elle, dit Chris.

— Si c'est effectivement chez elle, ajouta Leon. Qui va grimper au poteau ?

— Chris, répondit Kayla. Toi, tu es toujours blessé, et moi j'ai besoin d'avoir les mains libres.

— Pour faire quoi ? demanda Leon.

— Pour écrire.

— Je vais bien, répliqua Leon. Pour écrire quoi ?

Il cessa de discuter quand il vit Kayla tendre les crampons et le harnais à Chris. Elle lui accrocha les écouteurs téléphoniques à la ceinture et lui fourra un gros tournevis dans la poche arrière de son jean.

— Nous, on sera dans l'arbre, lui dit-elle. Juste à côté de toi.

Chris commença de grimper. Il ne portait pas de gants. Les crampons, trop grands pour lui malgré ses chaussures, dérapaient sur le bois. Tandis qu'il montait lentement, il entendit le bruit du capot métallique du pick-up qui pliait, puis le même bruit, cette fois sur le toit. Kayla et Leon, debout sur le véhicule, agrippèrent les branches basses du cèdre et prestement, ils se hissèrent dans l'arbre, hors de vue. Chris prit le parti d'avancer lentement, marquant une pause pour respirer tous les deux pas. Il ne regardait pas en bas. Il se sentait complètement à découvert.

— Et si elle nous repère ? dit-il.

— Probable qu'elle n'y ferait même pas attention, répondit Kayla.

Au-dessus de lui, elle et Leon attendaient.

— De toute façon, elle ne verrait que moi, remarqua Chris. Vous, elle ne peut pas vous voir.

Au bout de dix minutes, il avait la tête au niveau des poutres transversales, vraiment près des fils. Un passage avait été taillé au milieu des branchages et dans le tronc de l'arbre pour laisser passer les fils électriques. De deux grands coups de pied latéraux, il enfonça les crampons profondément dans le poteau, et se laissa aller en arrière, retenu par le harnais, pour se reposer.

— Fais gaffe ou tu mets les mains, Leon, intima Kayla. Le fil passe juste ici.

— Je fais gaffe, c'est bon.

Assis dans les branches, ils regardaient Chris qui n'était qu'à quelques mètres d'eux.

— C'est quoi la suite ? demanda-t-il.

Kayla montra le boîtier en plastique, logé au sommet du poteau, au milieu des isolants. La boîte grise n'était pas fermée à clef, car il n'y avait aucune raison que quiconque aille mettre son nez là-haut. À l'aide du tournevis, Chris, suivant les instructions de Kayla, fit sauter le couvercle, puis attacha les pinces crocodiles de l'écouteur aux boucles de fil électrique rigide qu'elle lui avait décrites. Elle lui lisait en murmurant les éléments qu'elle avait notés dans son carnet et qu'elle avait dégottés dans des livres ou sur Internet.

— Maintenant, on attend, dit-elle. Pendant que j'y pense, elle m'a payée pour la dernière fois, ça fait un peu plus de trois cents. J'irai planquer l'argent après-demain, dimanche.

— J'aimerais bien qu'elle nous rappelle pour une autre mission, dit Leon. Je peux grimper, je vais bien.

— Peut-être encore un peu indécis, dit Kayla.

— Absolument hilarant, rétorqua Leon. Vraiment très drôle.

— Parlez à voix basse, coupa Kayla. Leon, si tu rates une autre réunion, on partira sans toi. Est-ce que tu as pratiqué le morceau de Haendel ? Celui des *Feux d'Artifice Royaux* ?

Ils attendaient. Les sangles de toile serraient Chris aux hanches, il se sentait déjà des douleurs dans les jambes et il enlevait les échardes qu'il avait dans les mains. Ça avait l'air plus confortable dans l'arbre. En bas, des fenêtres du mobile home sortait une lumière qui s'allongeait en formes rectangulaires dans la courette, jetant un drôle d'éclairage sur les amas de papiers déchirés qui la jonchaient. On ne discernait aucun mouvement par les fenêtres. Des reflets carrés – des miroirs ou des livres brillants – recouvraient la surface des tables et des plans de travail. C'était tout. Chris jeta un regard en bas. La terre semblait éloignée, dure. Il essayait de ne pas se souvenir, de ne pas revoir la façon dont Leon, sanglé dans le même harnais, avait dérapé le long du poteau, le corps vrillé.

Soudain, il y eut un mouvement, la projection d'une ombre, on se déplaçait à l'intérieur, vers le mur du fond, puis une femme apparut dans l'encadrement de la fenêtre, ses longs cheveux châtain foncé encadraient ses épaules d'un blanc brillant. Elle portait un soutien-gorge noir et peut-être rien d'autre, le rebord de la fenêtre la masquait à moitié au niveau de la taille et ne laissait visible que le haut de son corps.

— Ce n'est pas elle, dit Leon.

— Si, c'est juste qu'elle s'est teint les cheveux, répliqua Kayla.

— Pourquoi ?

— Peut-être que c'est sa couleur naturelle.

— Vous êtes sûrs que c'est elle ? demanda Chris.

De là-haut, cette femme avait l'air plus frêle, plus menue que Natalie.

— Regardez son visage, dit Kayla. Et sa façon de tourner en rond, ou de cracher dans l'évier…

— D'accord, d'accord.

Natalie tenait à la main quelque chose d'argenté, du papier alu. Elle remplit une casserole d'eau et la posa sur la plaque chauffante. Les bretelles noires de son soutien-gorge se découpaient sur sa peau blanche. Elle laissa tomber la feuille d'alu dans l'eau puis traversa la petite pièce, s'arrêta devant la fenêtre et sourit.

— Elle ne peut voir que son propre reflet, dit Kayla dans un murmure.

— Alors elle se sourit à elle-même, en conclut Chris.

Leon, assis dans l'arbre, ne disait rien. Il était tout près de là où passaient les fils électriques.

— C'est génial, dit Kayla.

Cinq minutes s'écoulèrent. Natalie s'enfonça plus loin dans l'obscurité de la pièce, et ils la perdirent de vue. Chris jeta un œil sur la propriété adjacente, une maison haute, abandonnée, où personne ne vivait mais qui restait habitable. Ses jambes étaient parcourues de tremblements. Alors qu'il tentait tant bien que mal de les faire cesser, Natalie refit son apparition. D'un placard, elle sortit un grand verre qu'elle remplit d'eau et dans lequel elle mélangea une cuillerée d'une substance orange. Elle avala le liquide d'un trait, la tête renversée en arrière. Elle se gratta le front, écarta une mèche. Puis, elle souleva ses cheveux. On aurait juré qu'ils se détachaient de son crâne.

— La vache, s'exclama Chris.

— Chut, murmura Kayla, c'est une perruque, tu vois bien.

Natalie s'était fait tondre la tête, ne laissant qu'une ombre foncée de cheveux sur son crâne. La perruque à la main, elle passa une porte et disparut de nouveau. Quelques instants plus tard, elle réapparut, tête nue, sans sa perruque. Arrivée devant l'évier, elle s'aspergea le visage d'eau et passa sa main sur la rondeur de son crâne, comme pour s'en remémorer la forme. Sa tête avait l'air beaucoup plus petite, vulnérable. En la voyant faire, Chris glissa également la main sur sa tête et sentit ses cheveux soyeux et courts qui commençaient à repousser, puis, en plissant les yeux, il porta son regard un peu plus loin sur la forme lisse de la tête de Leon.

Sans crier gare, Natalie pivota et se retrouva face à la fenêtre. D'où ils se trouvaient, ils pouvaient entendre tous les trois distinctement la sonnerie du téléphone. Chris, paralysé, était tellement absorbé par ce qu'il voyait qu'il fallut que Kayla le rappelle à l'ordre d'un petit sifflement pour le sortir de sa torpeur. D'une main tremblante, il ramena les écouteurs en plastique qui pendaient à sa ceinture, et les plaqua à ses oreilles.

C'était sans aucun doute la voix de Natalie, son ton direct et tranchant, qui alternait avec celle d'un homme, assez aiguë et hésitante.

— Natalie ?

— Oui.

— C'est Steven.

— Steven ?

— Mais si, vous savez bien, de San José. Okitonics.

— Okitonics ? répéta-t-elle.

— C'est ça. On travaillait là-bas ensemble avant.

— Je crois que je n'y travaille plus.

— Je le sais bien, dit-il. Moi non plus je n'y travaille plus, d'ailleurs.

— C'était à San José ? La vache… En Californie ?

— Je suis ici, dit l'homme. À Portland.

— Comment m'avez-vous retrouvée ?

— J'habite sur une péniche. Juste au sud de Sellwood Bridge, en contrebas d'Oaks Park, vous savez, le centre d'attractions. Ils viennent de rouvrir pour la saison.

Chris répétait tout ce qu'il pouvait en murmurant, mais il peinait à suivre le rythme de la conversation, à renvoyer suffisamment d'informations à Kayla pour qu'elle puisse les prendre en note. Il gardait les yeux fixés sur Natalie pendant qu'en même temps il l'écoutait parler au téléphone. À présent, elle parcourait la pièce des yeux à la recherche d'un crayon, puis on aurait dit qu'elle se mettait à écrire directement sur le mur à côté du téléphone. Chris avait l'impression d'entendre le frottement de la mine sur le papier car, en même temps, plus près de lui, Kayla griffonnait la conversation qu'il lui transcrivait.

— Est-ce que vous m'avez suivie jusqu'ici ? demandait Natalie

— Quoi ? Oh non, pas du tout. Je suis venu en Oregon parce que je voulais prendre un peu mes distances. Comment ça va, vous ?

— Est-ce que quelqu'un vous a dit où me trouver ?

— Mais non, j'ai agi sur un coup de tête, dit l'homme, Steven. J'étais au Fred Meyer ce matin, je faisais mes courses, et j'ai cru vous voir, ou quelqu'un qui vous ressemblait beaucoup, sauf pour les cheveux…

— Tu m'étonnes, dit Kayla dans un souffle, et la petite bande étouffa un rire.

— … j'étais curieux de voir ce que vous étiez devenue. Je me disais qu'on commençait à bien s'entendre, si ce n'est plus, et puis il s'est passé ce qui s'est passé, et vous avez disparu.

Natalie faisait les cent pas au milieu de sa cuisine, et en virevoltant elle s'entortilla le fil du téléphone autour du cou. On voyait, à travers la fine couche des cheveux qui repoussaient, des reflets sur son cuir chevelu, des lignes blanches et droites comme des éclairs. Elle pivota dans l'autre sens et le fil du téléphone se dénoua.

— Est-ce qu'on aura du signal d'en bas ? demanda Chris. Il faut que je descende du poteau. Je sens plus mes jambes. J'ai peur de tomber.

— Fais gaffe, dit Kayla.

Il laissa pendre les écouteurs au bout du fil dans un mouvement de pendule, et avec eux les minuscules voix ballottaient de gauche à droite au même rythme. Kayla tendit la main et les attrapa. Elle les plaqua contre son oreille, et Leon, debout sur une branche un cran en dessous, se pencha pour écouter lui aussi.

Les crampons de sa chaussure libérés du bois, Chris désengagea son pied gauche. La descente demandait moins d'effort que l'ascension, mais était tout autant éprouvante pour les nerfs. De là où il se tenait, il voyait en contrebas Natalie, toujours au téléphone, et en levant les yeux, Leon et Kayla qui écoutaient attentivement sans le voir ni même se rendre compte qu'il était presque arrivé à terre.

Il sauta pour atteindre le sol. Sous ses pieds, la terre vacilla un instant, mais il se sentit rassuré. Il défit la boucle de son harnais, ôta ses crampons et fourra le tout sous la camionnette. Puis il grimpa sur le capot, et, à travers le pare-brise mal éclairé, il aperçut une pince, un marteau, un emballage de bœuf séché Slim Jim et une casquette de baseball sur le tableau de bord. D'un seul mouvement, il se releva et se hissa dans l'arbre pour rejoindre ses amis.

Kayla se poussa pour lui faire une place à côté d'elle sur la branche.

— Ça commence à devenir vraiment intéressant, dit la jeune fille.

Elle regarda Chris, puis Leon juste au-dessus d'elle.

— Attention à tes mains, Leon, tu viens de poser la main pile sur la ligne haute tension.

Le fil des écouteurs était toujours accroché au poteau téléphonique, les pinces crocodiles tenaient bon. Elle avait calé le casque entre son épaule et son oreille, ce qui accentuait encore la tension du cordon électrique. Elle écrivait avec une telle vigueur qu'elle en faisait bouger la branche où elle était assise. Chris se pencha et tenta de déchiffrer ce qu'elle écrivait dans son carnet pour reconstituer la partie de la conversation qu'il avait manquée. Avec son crayon noir, Kayla écrivait en travers de la page, sans tenir compte des lignes : NINUPHAR. N-I-N-O-U-F-A-R. AMITIÉ. ACCIDENT.

Elle tendit les écouteurs d'une main toute poisseuse de sève, et Chris les prit. Il les tenait entre leurs oreilles, pour pouvoir écouter tous les deux. Leurs visages étaient pressés l'un contre l'autre.

— Qui vous a dit cela ? demandait Natalie.

— On a raconté tout un tas d'histoires. Et comme vous n'êtes jamais revenue, personne n'était capable de faire la part du vrai et du faux. En fait, je n'ai jamais bien compris si vous aviez quitté votre emploi, ou s'il y avait réellement eu un accident, ou les deux ou ce que…

— Pourquoi êtes-vous si curieux ? En quoi ça vous regarde ?

Chris ressentit contre son visage le sourire de Kayla, sans perdre une miette de la conversation.

— Parce qu'on s'entendait bien, continuait Steven. Vous et moi, on était amis, du moins je le croyais. J'ai passé ce coup de fil parce que j'ai cru vous apercevoir, et j'étais curieux… Je n'avais pas l'intention de…

— Tout le monde a la même tête chez Fred Meyer, coupa Natalie. Ça vient de l'éclairage.

L'eau dans la casserole était en train de déborder. Elle repêcha le sachet en aluminium brûlant et le secoua, chacun de ses gestes empreint d'impatience.

— Où voulez-vous en venir ? Vous voulez qu'on se voie ?

Tandis que Chris écoutait attentivement, la joue douce et fraîche de Kayla se pressait contre la sienne, elle avait une respiration légère et son oreille l'effleurait parfois. Sur la branche du dessus, Leon étiré pour entendre, avait rapproché sa tête. Leurs trois crânes formaient une sorte de triangle osseux au milieu duquel ils percevaient chacune de leurs déglutitions, chacun de leurs battements de cils. Ils écoutaient en même temps, et déchiffraient la conversation. On aurait dit qu'ils pouvaient lire les pensées les uns des autres, un avant-goût de ce qui se passerait un jour, entre eux, s'ils tenaient parole et se traçaient la voie qu'ils avaient choisie.

— Oui, ça me semble une excellente idée, répliqua Steven. On pourrait se voir pour discuter. Choisissez l'heure et l'endroit, et j'y serai.

6.

Les taches de pétrole, clairement visibles sous le clair de lune, donnaient des reflets multicolores aux eaux du port. Les carpes à la recherche de détritus étaient à l'origine des vaguelettes qui troublaient la surface de l'eau. Les cabin-cruisers, qui roulaient avec le clapot, portaient des noms en grosses lettres, tapageuses et dorées : MER-VEILLE, BOCOUDECASH, TROISIÈME FEMME.

Steven détacha les cordages des amarres sur le quai et les enroula sur le pont. Au démarrage, le moteur cracha une épaisse fumée noire qui se dissipa dans le ciel. Le *Ninoufar*, bateau large et lent, avait son gouvernail placé en poupe. Il s'écarta en douceur du quai, puis suivit les bouées qui indiquaient le passage jusqu'au chenal. Depuis la barre, il voyait Heather seule dans la cabine, avec ses lunettes de soleil, et Ross qui haletait à ses pieds. Le chien, un croisement de hyène et de berger allemand, portait un harnais rouge avec, en lettres blanches, l'inscription : SVP PAS DE CARESSES, JE SUIS EN SERVICE.

— Qu'est-ce que tu fais ? lui cria Heather.

— Attends qu'on soit sur la rivière, répondit Steven. J'attacherai la barre et je viendrai te rejoindre.

Heather travaillait comme coordonnatrice pour une association, l'Œil qui Voit, qui formait des chiens guides d'aveugles. Elle-même était progressivement en train de perdre la vue : la cataracte avait entraîné un détachement de la rétine, que les opérations à répétition avaient endommagée au-delà de tout espoir de rémission. Steven ne la connaissait que depuis un mois, et à cause des évolutions de sa cécité, de ses changements imprévisibles, il était souvent difficile de déterminer ce qu'elle pouvait distinguer ou pas.

— On est déjà en route ? demanda Heather qui l'avait entendu approcher.

Elle avait une peau pâle et lisse, et un visage en forme de cœur ; elle se coiffait en arrière, ce qui laissait voir la naissance de ses cheveux bruns et bouclés.

— Oui, répondit Steven. Il fait 12 mètres de long de la proue à la poupe, et rien ne pourra en venir à bout.

Il se mit alors à lui décrire les planchers en chêne, les rivets de cuivre dont on s'était servi à la place de clous, la table montée sur poulies, les hublots.

— Est-ce qu'on peut sortir sur le pont, demanda Heather. C'est trop calme, trop immobile là-dedans. J'ai envie de sentir que je suis sur un bateau et pas dans un salon.

Il installa la petite table à l'avant du bateau, où on tenait à peine, ainsi que deux petites chaises. Il y disposa l'assiette de crackers, le fromage et la bouteille de vin avant d'aider Heather à venir s'y installer.

Tandis qu'elle se tenait devant lui, il lui dit :

— Tu es magnifique.

— Rien que pour toi.

Elle ouvrit grand les bras comme pour lui montrer. Elle avait les hanches et les épaules bien en chair, le corps ferme et robuste. Avec son mètre quatre-vingts, elle dépassait Steven de quelques centimètres et ses sandales rouges à talon la rehaussaient encore un peu plus. Ses boucles brunes lui arrivaient aux épaules. Elle portait un maillot marin rayé blanc et bleu.

Ils remontaient à présent le courant vers le nord, et passaient déjà sous les piles du Sellwood Bridge. Steven avait attaché la barre avec un tendeur pour la maintenir dans l'axe. Il y avait si peu de monde sur la rivière et ils avançaient si lentement que si un danger quelconque survenait, Steven aurait largement le temps de changer de cap.

— J'aime le vent, dit Heather. Parfois, je l'entends à la cime des arbres, ou bien passer dans un sifflement autour des immeubles et puis, subitement, il s'abat sur moi. En fait, je crois bien que plus je perds la vue, plus le vent va jouer sur mon humeur. Le vent remplace le soleil.

— C'est très beau, dit-il en resservant du vin. C'est touchant même. On est en train de passer devant Oaks Park[11], sur la droite. Je suis sûr que tu entends les cris des mômes qui font des tours de montagnes russes et de grande roue. D'ici je vois les lumières du parc qui passent sous les arbres et au-dessus aussi. Il faudra qu'on y aille un de ces jours.

— J'y suis déjà allée. J'ai descendu les grands toboggans roses, j'ai fait des autos tamponneuses, du tir à la carabine. Il fallait viser les personnages : le pianiste, la moufette. J'y suis allée, j'ai vu tout ça.

— Excuse-moi, dit Steven qui sentait, sous la table, le museau froid de Ross, le chien, contre sa main.

— Oh, il ne faut pas, dit Heather.

Elle sourit, puis adopta une expression plus neutre car, pensait-il, elle ne pouvait pas voir son visage, et ils ne se connaissaient pas assez pour savoir déchiffrer leurs changements d'humeur. Elle avait des lèvres d'un rouge profond. Elle ôta ses lunettes ; ses yeux, très écartés, étaient soulignés d'une ombre bleu clair, ses paupières formaient une ligne clairement dessinée, mais il y avait un nuage devant ses yeux, qu'elle gardait à moitié fermés. Ses pupilles vagabondaient en permanence, en alerte.

11. Parc d'attraction de Portland.

— C'est "LE Nénuphar", ou seulement "Nénuphar" ?

— En fait, c'est *Ninoufar*, N-I-N-O-U-F-A-R, le gars à qui je le loue est d'origine iranienne.

— Ninou, répéta Heather pour en entendre la sonorité dans sa propre bouche.

— Ça me fait tellement plaisir que tu sois ici, finalement, dit Steven. Que tu aies pu arriver seule jusqu'ici, je veux dire. J'aurais pu tout aussi bien aller te chercher.

— Oh non, pas la peine. J'en ai profité pour entraîner Ross à prendre le bus avec moi. Enfin, il va falloir pas mal de temps pour le dresser comme il faut, c'est pas gagné.

Steven coupa d'autres tranches de fromage, puis lui fit passer l'assiette. Il aimait bien la regarder manger. Il l'observa fouiller, identifier et finalement trouver un cracker, tout cela à l'aide de ses doigts. Elle avait des miettes sur le menton et aussi sur tout le devant de sa chemise. Quand il la regardait, il pouvait se permettre de poser les yeux n'importe où. Par exemple, à l'intérieur de son sac à main d'où dépassait sa canne blanche télescopique, qui faisait trente centimètres repliée et un mètre cinquante à son maximum. Il raffolait de la voir la déplier instantanément, d'un mouvement sec du poignet, à la manière d'un magicien.

— Alors, comment tu as occupé ta journée de repos ? lui demanda-t-elle.

— Je n'ai pas fait grand-chose. J'aurais pu travailler aujourd'hui.

— Même les bénévoles ont besoin de prendre des jours de repos, dit Heather en souriant. Surtout les bénévoles.

— J'ai nettoyé le bateau et je suis allé faire des courses à Fred Meyer.

— Il y avait des bonnes affaires ?

— En fait non, reprit-il, mais il s'est passé un truc assez bizarre. Je suis tombé sur quelqu'un avec qui je travaillais avant, à San José. Je ne savais pas qu'elle était ici, ça m'a surpris de la voir.

— Comment ça ?

— Ce n'est pas comme si j'étais proche d'elle, rien à voir avec ça. C'était plutôt une connaissance.

— Rien à voir avec quoi ? demanda Heather dans un rire. Tu devais bien la connaître d'une façon ou d'une autre, vu la façon dont tu en parles. Il s'est passé quoi ?

— Il s'est passé quelque chose, reprit-il. Elle a pour ainsi dire disparu. Un accident, d'après ce que j'ai entendu dire. Mais ça n'a jamais été très clair, les gens disent tout et n'importe quoi. Tout le monde pensait qu'elle reviendrait, mais on ne l'a jamais revue.

— Et tu as parlé avec elle ?

— Des tonnes de fois, répondit-il.

— Non, au supermarché. Aujourd'hui.

— Oh. Aujourd'hui. Eh bien, je ne m'attendais pas à la trouver là, et pendant un moment je me suis demandé si c'était bien elle. J'ai failli aller lui parler, j'ai hésité, et puis c'était trop tard pour le faire.

La table remua au moment où le chien qui jusque-là était allongé en dessous, se leva. Ses griffes glissèrent sur le pont et il aboya.

— Ross, commanda Heather, et le chien se recoucha immédiatement, l'air penaud.

— C'est à cause du chat, dit Steven.

— Sur la rive ?

— Non, ici, sur le bateau.

— C'est le tien ?

— Une passagère clandestine, répondit-il. Elle vit sur le quai.

La chatte noire et blanche était plantée sur le toit de la cabine. Le dos rond, le poil hérissé et la queue dressée, elle fixait Ross sur le pont.

— Calme, fit Heather en caressant le chien sous la table.

Derrière le bruit de fond du moteur, le silence commença à s'installer. Du coin de l'œil, Steven observa la chatte disparaître vers l'arrière du bateau lequel, lentement, se frayait un chemin à travers les eaux sombres, laissant derrière lui, à l'ouest, les rives de Ross Island. Heather pencha sa tête de côté au son des voitures qui passaient sur le pont au-dessus d'eux. En jetant un œil à tribord, Steven apercevait à l'avant, dans l'axe des feux de signalisation de leur embarcation, les ponts Marquam et Hawthorne qui enjambaient la rivière. Bientôt, ce seraient les lumières d'autres ponts : le Morrison, le Burnside, le Steel, le Broadway.

— À mon avis, tu devrais appeler les renseignements, pour voir si elle a le téléphone, suggéra Heather.

— Comment ?

— La femme que tu crois avoir reconnue. On va essayer maintenant.

— Pourquoi ça ? demanda Steven.

— Et pourquoi pas ?

— Qu'est-ce qui t'intéresse tant dans cette histoire ?

— Je trouve ça intrigant, et je suis curieuse de savoir pourquoi ça te rend si nerveux.

Elle le poussa à aller chercher son téléphone portable dans la cabine. Puis, une fois qu'ils eurent trouvé le numéro de Natalie, elle le persuada d'appeler.

— Il faut que tu le fasses, sans ça tu n'arrêteras jamais d'y penser.

Il composa le numéro. Au bout de deux sonneries seulement, on décrocha, mais s'agissait-il bien de Natalie ? Au début, à juger de la voix à l'autre bout du fil, il était loin d'en être sûr. Il peina à trouver les mots pour expliquer qui il était, et il ne se sentait pas à l'aise de se savoir écouté par Heather.

— C'était à San José ? dit Natalie au milieu des craquements du téléphone. La vache… En Californie ?

— Je suis ici, dit-il. À Portland.

— Comment m'avez-vous retrouvée ? Est-ce que vous m'avez suivie jusqu'ici ?

— Quoi ? Oh, non pas du tout.

En même temps qu'il parlait, il se tourna vers l'avant pour observer l'eau du fleuve et la vitesse du courant. La chatte refit son apparition, puis fila le long du plat-bord. En se retournant, il vit à quel point Heather était concentrée sur ce qu'il disait, l'oreille tendue vers lui tout en se penchant pour caresser la tête de Ross.

Natalie continuait :

— Un accident ? C'est un peu dur à avaler.

La facilité avec laquelle il l'avait retrouvée le laissait comme sonné, et cependant le timbre de sa voix lui paraissait étrange, encore plus que la première fois où ils s'étaient rencontrés. Il se leva et s'éloigna de la table en direction de la cabine.

— On a raconté toutes sortes d'histoires. Et comme vous n'êtes jamais revenue, personne n'était capable de faire la part du vrai et du faux.

— Pourquoi êtes-vous si curieux ? En quoi ça vous regarde ?

— Parce qu'on s'entendait bien, continuait Steven. Vous et moi, on est amis, du moins je le croyais. J'ai passé ce coup de fil parce que j'ai cru vous apercevoir, et j'étais curieux... Je n'avais pas l'intention de...

Natalie l'interrompit :

— Où voulez-vous en venir ? Vous voulez qu'on se voie ?

— Excellente idée, répliqua Steven. On pourrait se voir. Choisissez l'heure et l'endroit, et j'y serai. Ou bien passez à la marina, on ira faire un tour en bateau sur la rivière.

— Alors vous n'êtes pas loin du Riverside Corrall ? demanda-t-elle d'une voix qui avait repris un ton plus familier, moins guindé.

— Oui, c'est possible. C'est près de la rivière, non ? C'est pas un bar à strip-tease ?

— Si. Attendez, ne quittez pas.

Silence à l'autre bout du fil. Steven essaya sans succès d'entendre sa respiration.

— Est-ce qu'il y a un problème ?

— Pendant un moment, j'ai cru qu'il y avait quelqu'un dehors. Et si c'était vous qui veniez ici mercredi prochain ? On pourrait prendre un verre. Je vais essayer de vous expliquer comment venir jusqu'ici.

Steven nota avec attention les explications de Natalie. Puis il dit :

— Bon, il faut que j'y aille. Ça me fait vraiment plaisir de vous avoir retrouvée. On se voit bientôt, alors.

Ross et Heather levèrent tous les deux la tête lorsque Steven revint s'asseoir à table.

— Vraiment étrange, cette voix qui resurgit du passé.

— On aurait dit que c'était plus qu'une simple connaissance, dit-elle. "Ça me fait plaisir de vous avoir retrouvée..."

— Oui, peut-être, fit Steven qui ne savait pas trop quoi dire. Bon, j'ai passé un peu de temps avec elle, mais avant qu'on ait vraiment eu le temps de bien se connaître, elle a disparu.

— Tu la trouvais attirante ?

— Dur à dire.

Il essaya de se remémorer Natalie, puis éclata de rire.

— Qu'est-ce qu'il y a ?

— Un souvenir, sur la façon dont on parlait d'elle. Oui, elle était attirante : petite, énergique, les cheveux très bruns. Très entreprenante. Beaucoup d'énergie.

— Tu as déjà dit énergique. Alors, qu'est-ce qu'on disait sur elle ?

— Je ne peux pas te dire, c'est un peu vache, laisse tomber. Voilà ce qui s'est passé, un jour dans le couloir, on s'est mis à discuter, comme ça, par hasard, et par la suite on est sorti boire des verres ensemble quelques fois. Elle n'était pas... en fait, elle n'est pas beaucoup plus vieille que moi, mais elle était cadre, elle faisait plus ou moins partie des gens qui avaient monté la boîte.

Les tasses et les casseroles qui étaient pendues à des crochets dans la cabine s'entrechoquèrent dans un tintement léger au passage d'un bateau isolé de pêcheurs à la ligne.

— Et après ? s'enquit Heather. J'ai envie de savoir la suite.

— Les mecs au bureau blaguaient toujours sur elle : elle est aussi glaciale parce qu'elle n'a pas assez de nichons ou de poil à la chatte, ce genre...

— Et tu as eu la preuve du contraire ? le taquina Heather.

— Non... comment dire ? Non, pas pour ces choses-là en particulier. Je ne l'ai jamais trouvée particulièrement froide, plutôt le genre très orienté business.

— Et elle s'est évanouie, comme ça. Et maintenant tu l'as retrouvée, et vous allez vous voir. Très intéressant. Et prometteur.

Steven leur resservit du vin, et ils sirotèrent tous les deux leurs verres, confortablement installés dans leurs fauteuils, apparemment plongés dans leurs réflexions. Une mèche de cheveux pendait devant le visage d'Heather, et il attendit en vain qu'elle l'écarte d'un geste. Il avait très envie de tendre la main et de le faire pour elle. Leurs jambes se touchaient sous la table, et il se demanda si c'était dû au hasard. La voix d'Heather le fit sursauter :

— Où est-ce qu'on en est ?

— Quoi ?

— On en est où, à quel niveau ?

— On vient de passer sous le Burnside Bridge.

Il hésita un peu à lui donner une description plus détaillée. Ross le regardait de dessous la table, comme s'il le doutait de sa capacité à dévier la conversation.

— Toute la ville est sur notre gauche, le centre-ville, avec toutes les tours éclairées, et les lumières des maisons sur la colline en arrière-plan. Quand on est sur l'eau, on voit vraiment plein de choses. On pourrait revenir dans quelques semaines, pour le feu d'artifice du 4 Juillet…

— Ça me plairait beaucoup, dit-elle.

Elle pencha la tête en arrière comme pour regarder le ciel.

— Tu me trouves attirante, dit-elle d'un ton qui n'était pas interrogatif. Est-ce que tu me trouverais aussi attirante si au lieu de perdre progressivement la vue je la retrouvais ?

— Je ne sais pas ce que tu veux que je réponde à cette question.

— Ce que tu ressens.

— Eh bien, tout cela est relativement hypothétique. Peut-être que non, tu es comme tu es.

— C'est juste, dit-elle.

Steven ne voyait pas où elle voulait en venir, ou bien si elle se moquait de lui. Il n'arrivait pas à déchiffrer le ton de sa voix. Elle lui demanda :

— Tu ne penses pas que les blondes en veulent aux hommes de les préférer ? Ou alors que les femmes qui ont des gros seins détestent leur armée de soupirants ?

— Peut-être, oui. Mais c'est différent, ce n'est pas quelque chose qui vient de l'intérieur ?

— Tu es sûr que c'est différent ?

Il tendit la main par-dessus la table et prit doucement celle d'Heather, dont les doigts étaient gras à cause du fromage.

— Tu me trouves attirant, dit-il, mais sa phrase à lui avait des intonations interrogatives, plus qu'il ne l'aurait voulu.

— Je ne sais pas. À quoi tu ressembles ?

— Je peux me décrire.

— Non.

Elle retira sa main et pressa un bouton sur sa montre : une toute petite voix de robot lui apprit qu'il était neuf heures vingt-huit. Il faudrait bientôt qu'ils fassent demi-tour. Steve lui dit :

— J'ai lu dans un livre qu'un type avait divisé ses amis en deux groupes : ceux qu'il connaissait avant d'avoir perdu la vue, et dont il se remémorait le visage, et ceux...

— Je ne te parle pas de livres, le coupa Heather. Il n'est question que de toi et de moi. J'ai une vague idée de ce à quoi tu ressembles et ça me suffit.

— Et alors, de quoi j'ai l'air ?

— C'est marrant, mais tu me ressembles beaucoup. Les cheveux plus courts, mais bruns et épais, des sourcils que tu devrais probablement épiler. Ta poitrine est plus petite que la mienne, ça va de soi. Parfois, en hiver, tu te laisses pousser la moustache.

— Tu veux savoir si tu as tapé dans le mille ?

— Je le sais, dit-elle. J'arrive parfois à discerner les formes, quand il y a beaucoup de lumière. J'ai remarqué cette façon que tu as de te cambrer quand tu ris par exemple. Ta posture m'inquiète un peu, on dirait que tu es peu sûr de toi quand tu bouges. Mais je pourrais m'y faire, ou me convaincre que ce n'est pas définitif. Le plus important, c'est que les chiens t'aiment, ils ont confiance en toi et, eux, ils ne mentent pas.

Depuis toujours, il avait un truc avec les chiens, ils semblaient attirés par lui. Cela l'embarrassait parfois. Son physique était loin de la description d'Heather. Quand elle poserait les mains sur lui, si cela se produisait un jour – en tout cas pas ce soir, mais il saurait être patient – elle se rendrait alors compte que ses cheveux tirant sur le roux étaient en train de se dégarnir, et qu'au lieu du type fort qu'elle s'imaginait, il était plutôt du genre maigrichon. Il ne tirait aucune fierté de son physique, toute cette peau très pâle recouverte de taches de rousseur… Il s'était laissé dire qu'elles s'éclairciraient avec le temps, mais cela ne s'était pas produit. Les sentirait-elle en effleurant son visage ?

— Forest Park, dit-il en tournant son regard vers l'ouest.

— *Le plus grand espace sauvage urbain d'Amérique*, déclama Heather en reprenant le slogan. Des loups, des ours, du danger à la croisée de chaque chemin.

— Encore aujourd'hui ?

— Avant, j'allais souvent y faire des randonnées, dit-elle.

— Même maintenant, alors que la nuit est tombée, on peut distinguer les différentes nuances de vert, les écarts et la hauteur des arbres, on peut deviner les différentes espèces d'animaux.

Ils se turent un long moment.

7.

Kayla avait tressé ensemble les deux paires d'écouteurs qui étaient branchées à son walkman. Elle et Chris avançaient serrés l'un contre l'autre pour écouter les *Tableaux d'une exposition* de Moussorgski. Ils se dépêchaient de traverser le dernier lotissement pour remonter Thurman Street. Cette rue conduisait à l'entrée de Forest Park, où la masse verte et dense des arbres les attendait. Il faisait chaud ce jour-là, mais dans le ciel sombre, les nuages étaient bas.

Le mouvement symphonique plongea en chute libre, s'éleva de nouveau dans les airs, puis retomba. Le regard de Chris se porta sur le bas des Dickies noirs de Kayla dont les bords étaient tout élimés, car elle les avait découpés à hauteur de la cheville. La connaissant, il se doutait qu'elle guettait les parties de flûte, quant à lui, il attendait la clarinette. L'ensemble résonnait avec une sonorité fantasmagorique, le genre musique idéale pour une maison hantée. Il avait lu que ce morceau était censé évoquer, sous une forme musicale, le sentiment que l'on éprouve devant une série de tableaux. Toute son attention se concentrait entièrement sur la musique, toutefois Chris percevait les couleurs autour de lui – les bleus et les verts des maisons, le rouge vif d'une voiture garée dans la rue – et elles s'accordaient avec les mouvements harmoniques de la composition. Tout en avançant, il mâchait un caramel mou et ne perdait pas une miette de la symphonie. Attention, les clarinettes… Devant lui, de grands arbres au feuillage vert sombre bouchaient l'horizon. Il se retourna. Auraient-ils dû patienter un peu plus ? Leon ne s'était pas pointé au point de rendez-vous. Peut-être les attendrait-il là-bas ?

La musique s'arrêta, Kayla avait le doigt posé sur le bouton « stop ». Elle tira sur les écouteurs, qui tombèrent de part et d'autre de son cou, puis tira sur ceux de Chris. Elle enroula les fils et fourra le tout dans son sac. Elle leva les yeux vers lui.

— Il a complètement oublié.

— Je ne sais pas ce qu'il a, dit Chris. Il a changé.

— Un zombie. Ça doit être la puberté, ou un truc comme ça. C'est inévitable, il va reprendre pied, Leon. Il va tomber sur un miroir, et ça va le remettre d'aplomb, direct.

Ils n'avaient pas leurs instruments avec eux, ni leurs skates. Ils effectuaient une mission toute simple, repoussée depuis trop longtemps. Cela concernait l'argent, qui pour l'heure était dans le sac de Kayla et qu'ils allaient déposer. Pas à la banque car, ils étaient d'accord là-dessus, la banque trouverait ça louche, autant de pognon en leur possession, mais dans leur planque, loin à l'intérieur de Forest Park. C'était toujours Kayla qui recevait l'argent : en liquide, par la poste, glissé dans une enveloppe sécurisée. Jamais de chèque, jamais de mots, jamais d'adresse d'expéditeur. De la même façon que c'était à Kayla qu'incombait la tâche d'appeler Natalie, c'était aussi elle qui, immanquablement, recevait le règlement. Pas de variation possible.

Pendant un bref instant, Chris tint le caramel serré entre ses dents de devant, et Kayla en profita pour le lui chiper. Elle se le fourra dans la bouche, et en riant, le recracha dans sa main, puis, d'un geste, lui remit le bonbon dans la bouche. Il trouva que le goût du caramel collant et sucré était légèrement différent, plus agréable, plus savoureux.

On était en tout début d'après-midi, peut-être qu'ils retrouveraient Leon plus tard. Ils étaient arrivés au bout de la route, au parking qui marquait le début du sentier. Un camping-car Volkswagen était garé là, apparemment depuis longtemps. Un véhicule orange, avec des rideaux d'un jaune sale qui obstruaient les fenêtres et le toit de toile déplié. Sur le pare-chocs, un autocollant avec ces mots : « LA BIÈRE AIDE L'HOMME BLANC À DANSER DEPUIS 2 000 ANS. »

— Des babas cools, dit Chris.

— Triste à mourir, reprit Kayla.

Quelqu'un avait placardé des avis de recherche de chiens perdus sur tous les arbres en bordure du parking. Ces portraits photocopiés de fox-terriers, de border collies, de labradors, les montraient dans leur état domestique : assis sur des sofas, dans des pick-ups, parfois au milieu d'enfants ou portant des gilets tricotés main, toute langue dehors. On pouvait lire leur nom sur les affiches : Butch, Ranger, Serena, Shaggy. Le nombre d'affiches ne cessait d'augmenter, avec les têtes de nouveaux chiens. Leon avait une théorie : d'après lui, Forest Park grouillait de tous ces chiens revenus à la vie sauvage, chassant en bande au milieu des loups et des cougars.

— La horde s'agrandit, commenta Kayla

— Tu ne crois pas qu'en voyant tous ces chiens perdus, les gens hésiteraient à venir promener le leur dans ce parc, ou alors qu'ils penseraient au moins à prendre une laisse.

Un peu à l'écart, plus près du sentier, une autre affiche, différente des autres, avec la photo d'un homme. Cette tête anguleuse aux yeux profondément enfoncés semblait les dévisager. Sa barbe noire taillée en pointe donnait à son menton la forme d'une dague. Le texte était placé à gauche de la photo :

Victor Elias MACHADO
STATUT LÉGAL :

Individu placé sous surveillance judiciaire, suite à incarcération pour tentative d'agression sexuelle. Notice valide jusqu'au 3 août 2003.

CONDITIONS PARTICULIÈRES :

Machado ne doit en aucun cas entrer en contact avec des mineurs des deux sexes, ni approcher les lieux fréquentés par des mineurs (aires de jeux, cours d'école, salles de jeux, jardins publics). Il est astreint aux obligations suivantes : Se soumettre à des séances de détecteur de mensonge menées de façon aléatoire. Éviter tout contact avec la victime, ou avec les proches de la victime. S'abstenir d'ingérer toute substance ou boisson entraînant l'ébriété. Il lui est formellement défendu de posséder ou conduire un véhicule à moteur.

VICTIMES DE PRÉDILECTION :

Mineurs des deux sexes, faisant partie de son entourage ou non.

SIGNALEZ TOUT ÉCART DE CONDUITE
OU INFRACTION AU CENTRE
DE CORRECTION DU DISTRICT
DE MULTNOMAH

— Victor Machado, lut Chris. Il n'a pas l'air net. Sa tête me dit quelque chose.

— J'imagine que le camping-car n'est pas à lui.

— Il est sûrement en train de courir avec la meute des chiens errants.

— À quatre pattes ? Il en serait bien capable, dit Kayla. Allons-y.

Sur le chemin en gravier, pendant quelques minutes, le bruit de leurs pas emplit tout l'espace. Ils étaient tous les deux chaussés de Converse Chuck Taylor montantes et grimpaient sur le sentier en s'égratignant au passage. Au fur et à mesure qu'ils montaient, c'était comme si la végétation se refermait autour d'eux. Les lianes épineuses des ronces, d'un vert très foncé, poussaient à travers le chemin avec des ondulations reptiliennes. Et au-dessus de leurs têtes, les lierres formaient un tissu dense avec en arrière-plan la cime des sapins immenses. Les fougères parvenaient à pousser sur les pentes les plus abruptes. Les jours de pluie, l'eau circulait d'une plante à l'autre, et l'ensemble, dans un balancement souple, prenait des allures de chute d'eau. Chris avait déjà vu ça. Pour l'heure, le temps était sec, l'air chaud et lourd, et le souffle du vent passait au sommet des grands arbres, loin d'eux, imperceptible.

— On aurait dû apporter quelque chose à boire, dit-il.

Kayla fit glisser son sac à dos devant elle, tout en gardant la sangle autour des épaules et sans ralentir le pas. Elle défit la fermeture Éclair et farfouilla à l'intérieur. À son grand regret, au lieu d'une bouteille d'eau, elle en sortit un vieux bout de papier froissé et plié, aux bords déchirés. Elle le lui tendit sans un mot.

C'était une page de magazine. Chris la déplia. Il jeta un œil rapide à la photo puis détourna le regard, en se demandant si Kayla n'était pas en train de le tester. La photo s'imprima dans son esprit : une femme nue, debout dans une baignoire au milieu de nulle part. Ses seins ronds et saillants pendaient lourdement. Elle avait une jambe relevée sur le bord de la baignoire, l'autre dans l'eau et entre les deux, on percevait ses poils. Elle se tenait près de quelque chose, un arbre, ou peut-être une tente. Elle était en train de presser une éponge et contre son corps nu s'en écoulait une eau claire. À lire l'expression sur son visage, on pouvait penser que l'eau était soit glaciale, soit bouillante. Elle avait la tête penchée en arrière, et la bouche entrouverte. Sur son ventre parfaitement bronzé, on avait écrit des chiffres au crayon. Chris retourna la feuille : peut-être y avait-il quelque chose de l'autre côté qu'il était censé voir. Deux photos de la même femme, entièrement nue à l'exception de chaussettes rayées noires et jaunes qui lui remontaient au genou, la montraient étendue sur une couverture de laine rouge et noire, l'une sur le dos, l'autre sur le ventre. Elle avait la tête relevée dans les deux cas et ses ongles longs et incurvés, vernis d'un rouge sombre, lui donnaient un air maléfique.

— Tu peux la regarder aussi longtemps que tu veux, mais il faudra me la rendre, dit Kayla.

— Et qu'est-ce que je pourrais bien en faire ? répliqua Chris.

— N'essaie pas de me faire croire que ça ne te plaît pas, c'est tout juste si tu arrives à la regarder et à marcher en même temps. Tu oublies même de fermer la bouche… fais gaffe, tu pourrais te mordre la langue.

— C'est toi qui te trimballes avec ce truc.

Il lui rendit la page de magazine, qu'elle plia et rangea soigneusement. Ils cessèrent de parler et suivirent le chemin qui serpentait devant eux.

— Ouah, s'exclama Kayla, en lui plaquant le bras en travers de la poitrine. Du doigt, elle lui indiqua un vallon en contrebas de l'endroit où ils se tenaient. On pouvait, à travers les arbres, apercevoir des zones de bleu. Accroupi, Chris remarqua sous le soleil éclatant un bord arrondi. Kayla lui expliqua :

— C'est un bassin, un étang.

— Je ne l'avais jamais remarqué avant.

— On ira nager après.

— On verra.

— Ce n'est pas vraiment bondé, fit remarquer Kayla. Tu pourras garder ton slip, si tu préfères.

— Il y a sûrement un grillage.

— Comme si ça suffisait à nous arrêter. Allez, viens.

Kayla jeta un œil aux alentours pour pouvoir repérer l'endroit à leur retour, et ils reprirent leur ascension. Tandis qu'elle refaisait sa tresse et serrait la pointe de ses cheveux en passant et repassant son élastique autour, elle faillit écraser une énorme limace-banane de quinze centimètres de long. Elle réussit à l'éviter au dernier moment en faisant un bond sur le côté.

— Je me demande si je ne vais pas me raser la tête, pour être comme toi et Leon.

— Et comme Natalie aussi. Tu es sérieuse, là ?

— Peut-être.

— C'était quoi ces chiffres ? demanda-t-il.

— Quels chiffres ?

— Sur la photo que tu m'as montrée ?

— Tiens, tiens, ça t'a plu, alors.

— Il y avait des chiffres écrits au crayon.

— C'est le numéro de téléphone de Natalie.

— Pourquoi ?

— Elle me l'a donnée la première fois qu'on s'est rencontrées. La photo, je veux dire.

— Mais tu ne nous l'as jamais dit !

— Et alors ? dit-elle. Ça n'a pas d'importance, non ?

Chris ne répondit rien, il lui emboîtait le pas, un peu perdu. Il essaya, sans en avoir l'air, de deviner quelle tête elle faisait, mais son visage ne laissait rien paraître. Elle se contentait de marcher, et sur son t-shirt blanc, les brides du sac à dos formaient deux bandes verticales. Sous le tissu, il discernait la présence des bretelles de son soutien-gorge. Elle avait commencé à en porter deux ans auparavant.

Ils dépassèrent la première croix, gravée sur un tronc d'arbre, puis la deuxième, fausses indications avant la troisième croix, bien plus discrète que les autres. Arrivés là, ils s'assurèrent qu'on ne les observait pas. Ils soulevèrent un buisson de ronces qui poussaient au bord du chemin pour dévoiler une sorte de tunnel qui s'enfonçait dans les épines. Chris baissa la tête et, en rampant, s'avança le premier. Toutes les toiles d'araignées se ramassaient sur son front, tandis qu'il s'efforçait de retenir les branches et les tiges fraîchement poussées pour éviter qu'elles fouettent Kayla derrière lui. Ils se trouvaient déjà presque au bout du tunnel lorsque la pente s'accentua brusquement. Le passage s'ouvrit et ils émergèrent au milieu d'une caverne basse en calcaire, à l'ouverture étroite : à peine deux mètres de large sur un de haut. Elle était complètement camouflée par les buissons.

Chris se poussa de côté pour faire de la place à Kayla. La grotte était tout juste assez grande pour eux. Au fond de la paroi, elle se réduisait à une ouverture d'à peine trente centimètres de haut qui continuait probablement encore très loin. Pour eux, il ne faisait aucun doute qu'il s'agissait d'un repaire de chauves-souris.

Kayla gratta le sol, écarta la terre et les feuilles jusqu'à ce qu'elle dégage une pierre plate, blanche. Dessous elle trouva leur cagnotte, une petite barrique de bois cerclée de cuivre et enveloppée dans deux sacs plastique. Elle la déballa et fourra l'argent à l'intérieur.

— On a combien là-dedans en tout, à ton avis ? s'enquit Chris.

— Plus de mille, facile.

— Et il nous faut combien ?

— Beaucoup plus.

— Il n'y aura que nous trois, personne d'autre, et on mènera ensemble la vie qu'on veut.

Chris se pencha en avant : malgré les branches et les feuilles des buissons, il apercevait dix mètres plus bas un bout du chemin qu'ils avaient pris pour monter jusque-là. Il reprit :

— C'est bien ça notre plan, non ? On est tous d'accord.

— Oui. Qu'est-ce qu'on pourrait bien faire d'autre ?

— J'en sais rien. C'est seulement que… Leon n'en parle plus du tout.

— Oh, tu sais, Leon. Il galère en ce moment. Ça doit être passager. J'espère juste qu'il n'est pas en train de faire n'importe quoi à l'école.

— C'est sûr, ça va passer.

Chris la regarda remettre à leur place la cagnotte et la pierre et les recouvrir sans laisser aucune trace. Il poursuivit :

— Au moins, c'est bientôt les vacances, et on n'a presque plus de notes. Ils sont franchement fainéants, les profs, leur plan c'est de nous coller devant des films pendant les deux dernières semaines de cours.

— C'est clair, acquiesça Kayla. À propos, nos amis du club des premiers de la classe t'ont dit qu'on risquait de se faire virer si on continuait à sécher les réunions ?

— Et alors ? Ils ne peuvent pas modifier nos bulletins, et ils ne savent pas ce qu'on sait. Tout ce qu'ils veulent, c'est nous avoir sous la main pour pouvoir nous surveiller.

— Ils voudraient avoir l'impression que leur avis compte, dit Kayla en souriant.

Elle sortit son cahier de son sac à dos. Elle l'ouvrit, le parcourut un instant et mit le doigt sur une ligne sur laquelle étaient inscrites une date et une heure.

— Il reste deux jours avant que le type aille rendre visite à Natalie, dit-elle. Son vieux pote. Ça va être quelque chose. Ce serait dommage que Leon rate ça.

Redescendre de la grotte était plus facile, il leur suffisait de faire attention à ce que personne ne les voie sortir du buisson et le tour était joué. L'instant d'après, sur le chemin, ils brossaient leurs vêtements pour se débarrasser des épines et de la poussière. En regardant Kayla, Chris se souvint du projet de baignade. Le seul fait d'y penser le rendait nerveux, peut-être avait-elle oublié ? Ils reprirent leur marche. Plus bas, loin d'eux, il voyait les reflets de la rivière, avec au milieu quelques bateaux de petite taille, et les ponts qui la traversaient et formaient comme les rayons d'une roue.

À un tournant du chemin, ils aperçurent une femme âgée qui grimpait vers eux sur son VTT. Son casque ne pouvait contenir la masse de ses cheveux frisés qui s'en échappaient de tous côtés. Elle semblait ne pas avancer du tout, et, à dix mètres, ses halètements leur parvenaient déjà.

— Bien le bonjour, leur lança-t-elle en s'inclinant vers eux.

— Bien le bonjour, reprirent-ils en chœur, puis, comme elle les dépassait, ils levèrent les yeux au ciel.

En contrebas, la gare de triage semblait plus proche, tout comme les chantiers navals avec leurs immenses grues d'acier penchées sur la rivière.

— Tiens, je suis sûr que ce petit sentier conduit à l'étang, dit Kayla.

Tout en la suivant, Chris ne quittait pas des yeux le zigzag dans ses cheveux, ni le mouvement de balancier de son sac à dos, entre ses épaules saillantes. Il n'était pas sûr d'avoir envie de nager, ou de retirer ses habits devant Kayla, même en gardant ses sous-vêtements. Il avait l'impression que quelque chose était sur le point de se produire, et il aurait donné cher pour savoir quoi. L'étang circulaire, avec son eau calme et fraîche, revigorante, s'offrait à sa vue par intermittence entre les arbres.

— Tu transpires pas, toi ? demanda Kayla. Moi si.

— Bien le bonjour, répliqua Chris, et tous les deux éclatèrent de rire.

Chris renversa la tête en arrière et plissa les yeux pour voir à travers les branches le ciel qui était devenu bleu. Au même moment, Kayla s'arrêta et il la percuta violemment, au point qu'ils faillirent tomber.

— Regarde.

Au milieu du chemin de terre battue un petit lapin gisait mort. Sur son poil marron, aucune trace. On aurait pu le croire endormi. Kayla lui toucha l'oreille avec une branche, et le ramassa de ses mains nues, puis le déposa derrière un buisson en retrait du chemin.

— Il ne pèse rien du tout, dit-elle. Allez, viens, on y est presque.

Chris se dépêcha de la suivre. Dans son sac, le cahier et toutes les autres affaires qu'elle y avait fourrées sautaient en tous sens, les clefs et les pièces s'entrechoquaient dans un bruit de ferraille. Mais arrivés presque tout en bas, alors qu'ils pensaient être au niveau de la surface de l'étang, quelque chose de bizarre les arrêta. À travers les arbres, on aurait dit que l'eau bleue s'était solidifiée, transformée en mur vertical, ou alors pétrifiée, sertie d'un cylindre de verre.

Kayla et Chris s'avancèrent au milieu de la petite clairière, où poussaient de hautes herbes sèches. Il ne s'agissait aucunement d'un étang, mais d'un réservoir dont le mur peint en bleu mesurait plus de dix mètres de haut, avec une échelle sur le côté. Circulaire et plat à la surface, voilà ce qu'ils avaient vu d'en haut. L'échelle leur était inaccessible car elle démarrait à trois mètres au-dessus de leurs têtes, cependant une corde pendait du premier barreau. Sur le côté, les mots MAYFAIR RESERVOIR #1 étaient inscrits. Chris frappa du poing contre le réservoir. Il s'attendait à ce qu'il sonne creux, mais aucun écho n'en sortit, comme quand on tape dans un mur de briques.

Tout en jouant avec la corde pour donner au gros nœud qui la terminait un mouvement de balancier, Kayla souriait. Avant même qu'ils ne prononcent une parole, elle avait saisi la corde et se soulevait de terre, les semelles de ses baskets en appui sur la paroi métallique du réservoir. Une fois parvenue à l'échelle, elle laissa aller la corde et ce fut au tour de Chris de grimper.

Tandis qu'il finissait de se hisser, elle avait déjà entrepris de faire le tour du réservoir. Là se trouvaient les restes d'un feu de camp, un morceau de matelas de camping en mousse, et une chaise pliante en fer, cassée. En se soulevant pour monter sur le toit, Chris se brûla la paume des mains sur le métal et ressentit la chaleur à travers la semelle de ses baskets. À la surface, propre dans l'ensemble, des cercles plus sombres ressortaient, là où d'anciennes flaques d'eau s'étaient évaporées. Il y avait quelques graffitis, JUAN+RAY, FEAR, accompagnés de mises en garde et de promesses variées.

Kayla eut un petit rire. Elle étira les bras derrière elle pour faire glisser le sac de ses épaules. Il tomba à ses pieds. Elle s'élança en dansant, les mouvements de ses bras imitant la nage, comme s'ils étaient à présent sous l'eau. Chris lui emboîta le pas. Ils se percutèrent, s'éclaboussèrent dans le vide, et dans les rires, ils passaient près du bord, écrasés par la chaleur venant à la fois du haut et du bas. Une de ses nattes se détacha, et les cheveux de Kayla, dans une explosion sauvage, se libérèrent sur un côté. Sans s'arrêter de nager, elle croisa les bras devant elle, saisit le bas de son t-shirt et l'ôta par la tête. Elle le jeta par-dessus bord, et il disparut. Chris, d'une brasse ferme, s'approcha du bord, le remarqua au milieu des herbes, tache blanche sur fond vert, puis il se retourna sur la blancheur du soutien-gorge de Kayla. Elle s'était rapprochée à grand renfort de moulinets des bras. Arrivée à son niveau, elle ralentit ses gestes. Ses mains remontèrent le long de son propre visage, s'y agrippèrent. Leurs visages se touchaient presque. Des odeurs lui parvenaient, la senteur sucrée du shampoing, de la sueur de Kayla.

Elle tira sur son t-shirt.

— Tu n'enlèves pas tes habits ? Ils vont être tout trempés.

Chris l'imita et retira son t-shirt. Il avait clairement conscience que leurs corps étaient à peu près identiques. Penchée en avant, elle commença à délacer ses chaussures. D'un coup de pied, elle les envoya voler, puis déboutonna son pantalon. Tout en faisant glisser sa fermeture Éclair, elle ne le quittait pas des yeux, jusqu'à ce qu'il se baisse pour enlever ses chaussures.

Il essaya de la rattraper et, le pantalon sur les chevilles, il trébucha, puis une fois libéré, il dansa et nagea avec Kayla, s'efforçant de ne pas la regarder, s'efforçant de la regarder. Il ne l'avait pas vue retirer son soutien-gorge, mais elle ne l'avait plus, et ses petits seins en face de lui, incroyables, bougeaient en tous sens au rythme de ses sauts.

— Mes pieds !

Le métal chauffé à blanc leur brûlait la plante des pieds, ils ne parvenaient pas à rester en l'air suffisamment longtemps entre chaque bond. À cloche-pied, ils enfilèrent leurs chaussures et continuèrent de nager vêtus seulement de leurs culottes et de leurs baskets, dont les lacets flottaient au vent. Chris regardait Kayla, le bleu du ciel derrière elle, le vert des arbres, sa culotte de la même couleur que le ciel. Il étendit la main et la lui passa dans le bas du dos, et soudain elle le frappa à l'épaule, lui laissant une marque cuisante.

— Un slip kangourou, lui dit-elle en riant, le doigt pointé vers son sous-vêtement. Ensuite, elle ramassa le t-shirt qu'il avait laissé par terre, et l'étala sur le matelas de mousse.

— Assieds-toi, vas-y, allonge-toi.

À ses narines montait un mélange d'odeur de terre mouillée et d'eau de pluie croupie imbibée dans la mousse. La pâleur des petits seins de Kayla, leur aspect lisse lui laissaient penser qu'ils seraient frais au toucher. Les tétons étaient foncés, et l'un d'eux pointait tandis que l'autre semblait rentré. Il caressa son dos, en faisant jouer ses doigts le long de sa colonne vertébrale. Comme elle s'inclinait en arrière, son épaule effleura son visage et l'espace d'un instant il sentit contre sa bouche le goût amer de sa peau. Ils ne parlaient pas, ils ne savaient pas quoi dire, quoi faire. Sous ce soleil de plomb, leur peau brûlait encore plus quand elle entrait en contact avec celle de l'autre : le côté d'un genou contre une cuisse, la douceur d'un mollet reposant sur un autre, la pointe d'un sein effleurant son bras. Le buste incliné vers lui, elle approcha la main de son slip, son sexe était dur, et elle le toucha à travers le tissu. Elle le poussa vers le bas et quand elle relâcha la pression, il rebondit dans sa position initiale. Elle parla la première :

— On ne devrait pas faire ça.

— On ne fait rien. Pas encore.

— On n'en est pas loin.

— Oui, mais on n'a pas franchi la limite. C'est toute la différence. Et on ne va pas la franchir, n'est-ce pas ?

Le coude de Chris n'était plus sur le matelas de mousse, et il ressentit la brûlure du métal sur sa peau. Son regard quitta Kayla et se porta sur le ciel. Il écouta le bruit du vent dans les arbres. Les yeux clos, il continua d'écouter, tandis que les puissants rayons du soleil créaient un halo rose à travers ses paupières fermées. Sans qu'il ait à ouvrir les yeux, sa main, qu'il tenait devant son visage, lui apparaissait, ainsi que l'ombre de ses doigts.

— Je pensais que c'était une décision qu'on devait prendre ensemble, dit Kayla. On était d'accord là-dessus avec Leon.

— Disons que c'est une expérience, un test, répliqua-t-il.

— Toujours est-il qu'on ne devrait pas lui en parler, ni en parler du tout d'ailleurs.

— Mais ça reviendrait à avoir un secret, dit Chris. À lui cacher quelque chose.

— Pendant un petit moment, peut-être, jusqu'à ce qu'il redevienne lui-même. Et puis, de toute façon, on ne fait rien de mal.

Chris rouvrit les yeux. Kayla s'était redressée et son soutien-gorge tourné à l'envers, pendait autour de sa taille. Elle referma l'attache, lui fit faire un tour, et le remonta. Ses seins avaient disparu. Elle plia les coudes, tendit les bras. Il étendit la main pour lui toucher le dos de nouveau, mais elle s'écarta de lui. Elle noua ses lacets, puis, une fois debout, elle enfila son pantalon. Elle récupéra son sac et d'un pas décidé, se dirigea vers l'échelle. Alors qu'elle avait descendu quelques échelons, elle s'arrêta face à lui :

— Alors, tu ne dis rien, promis ?

— Promis.

Sa tête disparut complètement. Ne restait plus, au-dessus de l'espace vide au sommet de l'échelle, que le vert des grands arbres dans le lointain, et les buissons en contrebas. Et soudain sa tête refit surface, ses cheveux toujours défaits d'un côté, tressés de l'autre. Elle souriait.

— Dépêche-toi, il faut que ce soit moi qui te fasse tes lacets ou quoi ?

8.

Était-il en retard ? L'horloge de la voiture ne marchait plus et Steven avait oublié sa montre, comme l'indiquait son poignet nu. Il conduisait lentement et devait plisser les yeux pour lire les numéros des maisons devant lesquelles il passait. Il se gara pour allumer le plafonnier et revérifier l'adresse. Les nombres se rapprochaient de zéro, il était donc dans la bonne direction, mais cela semblait improbable que quiconque habite plus bas sur cette route. Il éteignit la lumière, enclencha la position « drive » de la Corolla, et continua d'avancer dans l'obscurité.

À un angle se dressait la silhouette sinistre d'une ruine de type victorien, aux fenêtres bouchées avec des planches, puis de l'autre côté, un mobile home sortit de l'ombre. De ses fenêtres, on voyait toutes les lampes allumées. Le numéro qui y était accroché était bien le même que celui que Natalie lui avait donné, mais quelque chose ne tournait pas rond : une branche d'arbre était tombée sur le toit, et l'ensemble, donnant l'impression de vouloir basculer à tout moment, tenait à peine l'équilibre sur quelques parpaings. La camionnette toute rouillée garée à l'avant n'avait rien à voir avec ce à quoi il s'attendait : la Lexus que Natalie conduisait alors. Malgré tout, il gara sa voiture.

Il fit quelques pas en direction de la barrière, mais n'ouvrit pas le portillon. Au milieu de la cour, comme un serpent, traînait une longue chaîne avec un collier vide au bout. Autour, ce n'étaient que monceaux de vieux papiers et magazines déchirés. Soudain il perçut un mouvement, une ombre qui passait sur le sol, celle d'une femme qui se déplaçait sans hâte à l'intérieur du mobile home. À sa façon de marcher, on savait qu'elle dressait l'oreille, comme si elle avait entendu sa voiture. Ce n'était pas Natalie… si, c'était elle. Entre deux pans de grillage, il trouva un portillon cassé qu'il ouvrit sans la quitter du regard. Elle portait des cheveux longs et raides d'un blond vénitien, coiffure sans rapport avec son ancienne coupe Louise Brooks, mais aussi très différente de la brune qu'il avait rencontrée au Fred Meyer.

À mi-chemin de la porte d'entrée, il donna un coup de pied dans une feuille de papier qui s'envola. Comme il se baissait pour la ramasser, le visage de Natalie apparut à la fenêtre à côté de la porte. Elle se pencha mais, malgré ses efforts, elle ne parvenait pas à le voir dans l'obscurité.

— Qui est là ?

— Steven.

— Qui ça ?

— On avait convenu que je passerais ce soir. Je suis un peu en retard.

— Oh, Steven ! Oui, ça me revient.

Elle ouvrit la porte et se tint dans l'embrasure, la main sur la poignée, sans faire un pas de côté pour l'inviter à entrer. Elle était pieds nus et portait une chemise de travail en toile de batiste et un pantalon noir coupé grossièrement au niveau de la cheville comme si personne ne s'était soucié de coudre un ourlet propre au bas de la jambe.

— Chouette quartier, dit-il.

— Pas vraiment, mais j'aime bien ici. C'est tranquille.

— Ce n'est pas là que vivait Gary Gilmore avant ?

— Qui ça ?

— L'assassin.

— Peut-être.

Elle sourit et jeta un coup d'œil circulaire, manière de dire qu'elle ne savait pas trop ce qu'il venait faire dans les parages. Il était manifeste qu'elle ne s'attendait pas à sa visite. Il lui demanda :

— Est-ce que j'ai changé ? Peut-être que j'avais plus de cheveux.

Il passa sa main sur sa tête, conscient de sa calvitie naissante.

— Vos cheveux ont changé aussi.

— Oui, probablement.

— Bien sûr, on s'est vu pour la dernière fois il y a moins d'un an.

Natalie lui tourna le dos et s'éloigna, laissant la porte ouverte. Après un instant, il la suivit à l'intérieur et referma la porte derrière lui. Le linoléum jaune dans l'entrée était déchiré et laissait apparaître le damier blanc et noir en dessous. Il avait l'impression que le mobile home bougeait au moindre de ses pas, instabilité qu'un bout de solive ou un morceau de carton plié et placé sous les parpaings aurait sans doute pu résoudre. À l'intérieur régnait une odeur de moisi. Les néons jetaient une lumière crue en émettant un vrombissement imperceptible. Il jeta un regard à la feuille de magazine qu'il tenait toujours à la main et vit qu'elle était couleur chair, et bordée d'un motif de dentelle noire sur un côté. Il la fourra dans sa poche avant que Natalie ne remarque quoi que ce soit.

Elle était plantée au milieu de la cuisine, entre le frigo et un plan de travail. Elle attendait, face à lui. De l'autre côté du plan de travail, on avait installé une table récupérée quelque part, trois chaises en vinyle et pieds chromés comme celles qu'on trouve dans les salles d'attente, un canapé marron fatigué. Toutes les surfaces renvoyaient les couleurs et la luminosité des couvertures en papier glacé de magazines empilés dans chaque coin de la pièce. Toutes les surfaces planes en étaient jonchées, couvertures aux couleurs passées, portant le même titre en grosses lettres, PLAYBOY, dans une variété de teintes. Natalie l'observait pendant qu'il parcourait du regard sa collection. Elle ouvrit la porte du frigo en grand, il était vide, à l'exception d'un bocal bouché d'une feuille de papier aluminium, d'une rangée de piles, et d'une bouteille verte de Gatorade à moitié pleine.

— Je vous offre quelque chose à boire ? Un verre de Gatorade ? Je peux mettre un peu de Tang dedans si vous préférez.

— Du Gatorade, c'est très bien.

Tandis qu'elle remplissait son verre, des yeux, il refit le tour de la pièce. Il se demandait ce qu'elle avait bien pu faire du mobilier moderne qui meublait son appartement de San Francisco. Elle brisa le silence.

— Pourquoi vous êtes venu ici ?

— Pour vous rendre visite… Disons, reprendre contact avec vous. Mais si ce soir ne vous arrange pas, on peut…

Elle l'interrompit d'un geste.

— C'est parfait. Venez, asseyez-vous.

On ne pouvait s'asseoir nulle part, les hautes piles de magazines encombraient toutes les chaises. Il en prit une qu'il posa au sol, et s'assit à la table qui elle-même était recouverte d'une bonne épaisseur de vieux numéros de *Playboy*. L'exemplaire posé face à lui datait de juillet 1976. En couverture, une fille aux cheveux châtains tenait un drapeau gigantesque et sa robe blanche transparente laissait voir son corps nu. Il lut le titre : *Happy Birthday, America !* Cette fille se prenait-elle pour Betsy Ross[12] ?

Natalie lui tendit sa boisson dont il but une gorgée, insipide, douloureusement froide, étrangement salée et sucrée à la fois. Elle retourna vers l'évier où elle se prépara un verre de Tang. La cuillère tintait contre les parois du verre, seul son audible avant que

12. Américaine qui aurait confectionné le premier drapeau américain pendant la Déclaration d'indépendance , à la demande de George Washington.

le silence ne retombe lourdement. Il irradiait de sa personne une impression de détente et de calme absolu, comme si toute cette séquence d'événements était parfaitement prévisible et découlait naturellement de sa vie d'avant, telle qu'il la connaissait à l'époque.

— Est-ce que vous avez vendu votre appartement à Frisco ?

Natalie se contenta de sourire et souffla sur son Tang comme pour le faire refroidir. Dans son dos, il remarqua que tous les caches avaient été retirés des interrupteurs et des prises électriques, les gaines avaient également été arrachées pour dénuder les fils de cuivre. Il entendait les criquets à l'extérieur, leur crissement lui parvenant par vagues.

— Vous vous êtes échappée de San Francisco au bon moment. Depuis, c'est tout le secteur qui a plongé. Vous avez dû toucher gros avec vos stock-options. Vous les avez revendues ?

— Pardon ?

— Ça n'a pas dû être facile de vous évaporer comme vous l'avez fait.

La petite cuillère que Natalie jeta dans l'évier produisit un raffut qui le fit sursauter. Lorsqu'elle s'accouda au plan de travail, ses cheveux lui recouvrirent les yeux. D'un souffle, la lèvre inférieure sortie, elle les écarta de son visage.

— Bien sûr, ça ne me regarde pas, dit-il. Excusez-moi, c'est juste ce que j'ai entendu dire.

— Là, c'est ma chambre, dit-elle en montrant du doigt une des deux portes fermées dans le couloir. Et là c'est mon atelier, mais je ne peux pas vous laisser y rentrer.

Steven fit mine de poser son verre sur le magazine placé devant lui, puis s'immobilisa. Il regarda la fille au drapeau et il rougit.

— Il n'y a pas à avoir honte, dit Natalie.

— Je n'ai pas honte.

— Si. Mais vous pouvez regarder autant que vous voulez, moi, je ne me gêne pas.

Natalie contourna le plan de travail, se saisit du magazine en face de lui et commença à le feuilleter. Elle fit défiler les publicités pour cigarettes et magnétophones 8-pistes, et s'arrêta aux pages centrales, sur le poster d'une femme nue, coiffée comme Farah

Fawcett avec les sourcils en accents circonflexes. Elle agrippait une grosse corde de chanvre et portait des chaussettes montantes à rayures. Natalie parla :

— Le monde des rencontres entre célibataires à Los Angeles, véritable étalage de viande fraîche, ne convient pas à Deborah Borkman car, pour elle, les choses du sexe relèvent de la vie privée. Mais si elle s'accorde avec quelqu'un sur le plan intellectuel, alors l'aspect physique s'enchaîne le plus naturellement du monde.

— Pardon ?

Natalie continuait de tourner les pages, certaines presque entièrement couvertes de textes, d'autres avec des images. Un dessin montrait, dans un lit aux montants de cuivre, sur des draps bleus, une femme et un homme, que Steven reconnut comme étant Kris Kristofferson, jeune et barbu. Aucun des deux ne portait de vêtements.

Plantée sur ses pieds de l'autre côté de la table, Natalie tenait son verre de Tang à la main. De sa main libre, elle écarta quelques longues mèches de cheveux.

— Écoutez-moi, commença Steven. Je ne voudrais pas que vous le preniez mal mais…

— Allez-y.

— Je ne sais pas très bien à quel jeu vous jouez avec moi. Toutes les indications que vous m'avez données pour venir jusqu'ici étaient en rapport avec des boîtes de strip-tease, le Corral, l'Acropolis…

— Eux, ils font restaurant aussi.

— Tout ça, c'est tellement différent de ce que vous étiez. Et puis tous ces magazines pornos entassés…

— Ce que j'étais avant… ça n'a rien à voir. D'ailleurs, je m'en souviens à peine. Il y a eu une transition. Et puis, je ne dirais pas que c'est de la pornographie, la pornographie, c'est plutôt des pénétrations simulées, ce genre de choses.

Le regard de Steven se porta sur les fesses nues de Kris Kristofferson, dont les hanches étaient entourées par les jambes minces de la fille. Il détourna les yeux pour essayer de rassembler ses esprits et s'aperçut que, parmi les autres magazines qui traînaient là, beaucoup étaient en double, et que tous dataient d'une autre époque. Les unes affichaient les noms de gens connus comme Joe Namath, Billy Carter, O.J. Simpson, Lily Tomlin. Il y en avait beaucoup qui étaient déchirés et très abîmés, ondulés comme si on les avait laissés dehors sous la pluie puis fait sécher.

Finalement, il se rabattit sur une phrase qu'il avait entendu dire :

— Vous ne trouvez pas que ça renforce les stéréotypes de la femme-objet ?

Natalie n'avait pas l'air de l'écouter.

— De nos jours, elles ont toutes l'air d'haltérophiles, dit-elle. Rien que de les regarder, ça me dégoûte. Elles ont des coachs, elles sont toutes retouchées… Ce que j'aime, c'est voir les pores de la peau, les veines, les points noirs là où les poils repoussent.

Elle s'étira et ses mains touchèrent presque le plafond piqué d'humidité. Elle continua :

— Et ça me rappelle quand j'étais petite, et que je tombais sur ces magazines. La première fois…

— À Denver, non ?

— Un de mes souvenirs les plus marquants remonte au jour où, toute gamine, ils me sont tombés sous la main au moment du bicentenaire de la Déclaration d'indépendance. Je les ai regardés, et j'ai eu l'impression que mon corps allait se former d'un coup et faire sauter mes habits, comme si rien ne pouvait l'enserrer. Du coup, je serais devenue une vraie personne, absolument sans entrave, aussi libre qu'elles.

— Aussi libre que qui ? demanda Steven juste avant de comprendre qu'il s'agissait des filles sur les photos.

Malgré ses efforts, il ne trouva rien à dire pour nourrir la conversation. En désespoir de cause, il décida de jouer le jeu, histoire de lui prouver qu'il en était capable. En esquissant un geste vers le magazine toujours ouvert en face de lui, il lui dit d'une voix dont il peinait à contrôler les déraillements :

— Avant j'étais vraiment très fan de Kris Kristofferson, commença-t-il tandis que, sous sa chemise, il sentait une goutte de sueur lui couler le long du dos. *Me and Bobby McGee*, ce genre de truc.

— Comment ? C'est qui, ça ?

— J'aimais bien sa façon de chanter, d'écrire les morceaux. Et puis il jouait au cinéma aussi. Tiens, il a même été boursier de l'Institut Rhodes[13]. Une fois, dans une interview, il a déclaré qu'il ne fallait jamais coucher avec quelqu'un de plus maboul que vous.

Natalie sourit :

— Alors dans ce cas, la personne avec qui vous couchez enfreint cette règle, c'est bien ça ?

— J'en ai bien peur.

— Est-ce que toi et moi on a déjà couché ensemble ?

— Quelle question ! répondit-il, surpris. Nous étions de bons copains, j'ai même pensé qu'on deviendrait amis, du moins…

— Donc, on ne l'a pas fait.

— Exact.

Elle sourit et fit le tour du plan de travail. Elle s'appuya contre l'évier, face à lui, et retroussa la manche de sa chemise de travail, dévoilant son avant-bras noueux. Elle lui demanda :

— Bon, et à part ça, qu'est-ce que tu aimes ?

Soudainement, Steven pris conscience des fenêtres, de leur noirceur qui réfléchissait seulement ce qui se passait à l'intérieur du mobile home, et il se souvint de l'avoir vue très clairement du dehors à son arrivée. Il n'y avait ni store à baisser, ni rideau à tirer.

— Vous avez entendu quelque chose ? lui demanda-t-il.

— J'attendais la suite de ce que tu allais me raconter.

— Pardon ?

— Sur ce qui te plaît.

— Oh, ce qui me plaît…

13. Bourses scolaires universitaires créées conformément au testament de Cecil John Rhodes (1853-1902), homme d'affaires et homme politique britannique. Elles permettent à leurs récipiendaires d'étudier gratuitement à l'université d'Oxford.

Il avait mal au cou à force de garder la tête immobile, à force d'empêcher ses yeux de tomber sur les pages des magazines ouverts sur la table. Il aurait voulu les refermer. Natalie s'assit face à lui, et se mit, sous la table, à lui donner des petits coups de pied joueurs dans les jambes. Elle s'installa confortablement, son visage n'était qu'anticipation.

— J'aime bien l'automne, dit-il. Quand les gens empilent des tas de feuilles mortes dans les rues.

— En gros tu es en train de me dire que tu es un homme qui a des plaisirs simples, c'est ça ? Ou alors, c'est l'image de toi que tu veux me donner.

— Comme vous voulez.

— Dis-moi un peu, je me pose des questions sur toi. Tu es très curieux de ce qui me concerne, mais moi je ne sais rien de ce que tu fais.

— Pas grand-chose, en fait. J'ai pris quelques mois de congé, comme je vous ai dit… comme je t'ai dit, j'habite sur une péniche, je fais un peu de bénévolat…

— Et on se connaissait avant, à San José. Est-ce que tu m'as suivie jusqu'ici ?

— Non. Tu m'as déjà posé cette question. Mais, attention, je suis bien content que tu aies atterri là, c'est une drôle de coïncidence.

— Tu es content, c'est vrai ? Pourquoi ?

— Pardon ?

— Parle-moi de ton travail, ton « travail de bénévole ».

— C'est pour une association qui aide les aveugles.

— Et c'est intéressant ?

— Ça me plaît, répondit-il. J'ai le sentiment d'être utile, et puis oui, c'est intéressant : récemment j'ai lu un essai de Borges sur sa relation d'amitié avec la couleur jaune. C'était très touchant…

— Je n'en doute pas.

— Pour les aveugles, Portland n'est pas la pire ville. La pluie, ça rend le monde plus audible, plus sensible, ça redonne des angles aux choses. La neige, tu vois, c'est comme une sorte de brouillard pour les aveugles, ça amortit toutes les vibrations…

— C'est sûr, c'est une chouette ville à mon avis.

— Comment ça se fait que vous... que tu te sois retrouvée ici ? Après ta disparition, ton départ de San Francisco, je me disais qu'un jour ou l'autre j'entendrais bien parler de toi, mais non, rien.

— Désolée de t'avoir déçu.

— Mais qu'est-ce qui s'est passé ? J'ai entendu plein de rumeurs.

Elle rit, doucement.

— Ah bon ? Franchement, ça ne m'intéresse pas de savoir ce qu'on t'a raconté. Vas-y, tiens, je serais curieuse de les entendre ces histoires.

Elle bascula la tête un peu en arrière, paupières mi-closes, comme pour le défier.

— J'ai entendu dire que tu avais simplement tout planté là, que tu en avais eu marre, et qu'un jour, après la pause déjeuner, tu n'avais plus remis les pieds au bureau, revendu tes actions sans même avertir ta secrétaire.

— Assez mystérieux, j'avoue que ça me plaît.

— J'ai aussi entendu une version selon laquelle tu te serais trouvée dans la salle de contrôle, à l'intersection de tous les tunnels et de tous les câbles, un endroit où *a priori* tu n'avais rien à faire. Ce jour-là, il y a eu une sorte de court-circuit, une panne. Un des techniciens t'a trouvée là, et la société a étouffé l'affaire. Beaucoup de gens ont pensé que tu reviendrais, ils attendaient ton retour... il y en a même qui disaient que tu étais toujours au service de la société, mais qu'on t'avait affectée à un poste tellement secret ou illégal qu'il fallait faire croire que tu avais démissionné, ou que tu avais disparu.

— Pas complètement farfelu... quoi d'autre ?

— C'est à peu près tout ce que j'ai entendu. Laquelle est la plus proche de la vérité ? La première ?

Natalie regarda derrière elle, puis tout autour de la pièce avant de poser de nouveau les yeux sur lui.

— Mais voilà, je suis ici maintenant. Je suis heureuse. Ça ne sert à rien de rester coincé dans le passé.

— Mais regarde où tu en es, dit-il au bord de l'exaspération, à collectionner de vieux magazines. Tu vis au beau milieu de tous ces fils de cuivre, dans le quartier de Gary Gilmore. Il a bien dû se passer quelque chose.

Natalie remarqua l'endroit où il portait son regard.

— Ça, c'est un passe-temps, rien de plus. J'ai découvert comment refaire les branchements, comment faire marcher les compteurs à l'envers. Les kilowattheures possèdent une mesure de la durée qui leur est propre…

— Sois sérieuse. J'étais inquiet. Je ne comprends même pas de quoi tu parles.

— Du calme, on peut discuter, non ?

— C'est ce que j'essaye de faire.

— On peut se parler sans avoir forcément « une conversation sérieuse ».

Steven parcourut des yeux les couvertures des magazines qui renvoyaient la lumière aveuglante des néons. Il ne parvenait pas à savoir si l'éclairage dans la pièce était exceptionnellement lumineux ou s'il y était particulièrement sensible. Il se sentait exposé.

— Tiens, tu vois, tu y viens, lui dit Natalie.

Il se rendit compte que, sans y réfléchir, il s'était mis à tourner les pages des magazines sur la table, mais cette fois, pas question qu'elle le piège. Il ne serait pas mal à l'aise devant elle. Puisqu'elle voulait parler de ça, soit.

— Question bagnole, c'était vraiment une autre époque, dit-il en tournant quelques pages. Je devais avoir une dizaine d'années quand ils ont sorti la Scirocco, j'en bavais d'envie.

— Ne fais pas comme si tu lisais les articles ! Essaye de…

Natalie se leva encore une fois. Elle étendit les bras et farfouilla sur la table. Elle refermait frénétiquement les couvertures de certains magazines, en ouvrait d'autres pour étaler les pages centrales.

— Regarde-moi ces marques de bronzage, comme on voit bien la trace de son bikini. Et là, c'est Karen Hafter, regarde ces hanches, elles sont incroyables, le genre de rondeurs qu'on ne voit plus aujourd'hui… et Patti McGuire, elle a été *playmate* de l'année, tu sais. On voit bien pourquoi. Elle a dit une fois qu'elle admirait les gens qui n'admirent personne. Et là, Steven, jette un œil à Daina House. C'est tout sauf une timide !

Il vit défiler les images, de la dentelle blanche, une cabane faite de branchages, des sandales dorées, un chapeau de paille posé sur le plancher d'une grange, des plaques métalliques d'identité comme en portent les soldats dans les films sur le Viêt Nam, un flipper, des bottes montantes en croco. Il portait toute son attention sur les habits des filles, les accessoires, les autres objets pour éviter d'avoir à regarder leurs corps, ça le rendait anxieux.

— Toutes ces femmes doivent avoir des filles qui ont l'âge qu'elles-mêmes avaient à l'époque des photos, dit-il. Où est-ce qu'elles peuvent être, je me demande.

— Ce que je veux, c'est qu'elles restent telles qu'elles étaient, telles qu'elles sont là, comme je les ai vues pour la première fois.

Steven ne s'arrêta pas aux pages centrales et continua de feuilleter le magazine. Après un article sur l'assassinat de Bobby Kennedy, une caricature cochonne de George Washington avec Betsy Ross, il retomba sur Kris Kristofferson. Natalie l'observait.

— Je comprends de quoi il s'agit à présent, c'est une scène tirée d'un film.

— Un film pornographique ? demanda-t-elle, d'une voix qui trahissait son sourire.

— Non, le film est inspiré d'un livre que j'ai lu. *Le Marin rejeté par la mer*, de Mishima. Je serais curieux de savoir si le film vaut le coup. Tiens, ils ont déplacé l'intrigue du Japon à l'Angleterre.

— Le type n'a pas vraiment le profil d'un Japonais. On dirait plutôt qu'il souffre.

La fille était à cheval sur Kristofferson, elle lui tirait les cheveux en arrière. Les yeux fermés, il faisait une grimace.

— Et qu'est-ce qu'il se passe dans l'histoire ? demanda Natalie.

— Tu n'as qu'à lire le bouquin, ou voir le film.

— Tu as vu ses tétons, comme ils sont foncés. On a dû les maquiller.

— Le roman est assez court, reprit Steven. C'est l'histoire d'un groupe de lycéens qui se sont créé leurs propres règles, et il leur arrive toutes sortes d'aventures sado-maso. Le marin se rapproche de la mère d'un des garçons, qui est veuve. C'est cette scène qu'on voit là.

Il fit pivoter le magazine, la femme, debout sur le lit, se tenait face à Kristofferson qui avait la tête dans son entrejambe. Natalie commenta :

— Il se rapproche d'elle, c'est le moins qu'on puisse dire. Et ensuite ?

— À la fin, les gamins tendent un piège au marin. Ils l'empoisonnent.

— Ils le tuent ?

— En tout cas, ça m'étonnerait que l'adaptation qu'ils en ont faite vaille le coup. Je n'en ai jamais entendu parler. Je ne sais même pas si Kris Kristofferson est toujours vivant.

Natalie se leva d'un seul coup et sa cuisse heurta la table d'où glissèrent quelques magazines.

— Natalie ?

Le dos tourné, son visage restait indéchiffrable. Elle ouvrit une des portes dans le couloir, s'y engouffra et la referma derrière elle.

Resté seul, Steven essaya de se rappeler ce qu'il venait de dire. Il referma le magazine, au dos duquel s'étalait une publicité pour les cigarettes Carlton. D'où il était, il voyait le couloir en entier, mais il ne se rappelait plus quelle porte menait où.

Soudain, l'une d'entre elles s'ouvrit. Natalie en sortit et entra immédiatement par l'autre porte pour disparaître dans la seconde pièce. Au bout d'un moment elle en ressortit et continua ce manège entre les deux chambres, avec chaque fois des choses dans les mains : ce qui semblait être un miroir en pied encadré de bois, une lampe avec des perles de verres taillées qui pendaient de l'abat-jour, une chaise en osier à dossier.

— Tu as besoin que je te donne un coup de main ?

— Reste là ! lui intima-t-elle sans même lui accorder un regard.

Il ne parvenait pas à savoir si cet ordre signifiait qu'il ne devait pas la gêner, ou bien qu'il ne devait pas s'en aller. Il valait peut-être mieux partir, même si elle ne le lui avait pas demandé clairement. Il l'aurait volontiers aidée, mais elle ne le laissait pas faire. Il regarda son poignet sans montre. Il n'y avait pas d'horloge dans la pièce, l'endroit semblait figé en 1976.

Dans le couloir, les deux portes étaient fermées. Elle était derrière l'une d'elles, mais laquelle ? La situation prenait un tour vraiment trop étrange. Il était tard, sans doute. Partir, voilà ce qu'il devait faire, et ce qu'elle souhaitait aussi. En se levant, il sentit la tension dans les muscles de ses jambes. Il s'étirait, les bras passés au-dessus de la tête, tournait le cou à droite et à gauche, quand il entendit une porte s'ouvrir.

Dans le couloir, les néons projetaient leur lumière crue sur Natalie, dont le corps, apparemment poudré ou oint, brillait légèrement. Ses cuisses, son ventre, la ligne droite de sa clavicule… c'est toute sa peau qui s'offrait à sa vue. Elle ne portait qu'une veste en jean, blanche et courte. Rien d'autre, à l'exception de ses bottes montantes en peau de croco. Ses cheveux étaient à présent si blonds, presque platine. Elle était coiffée en arrière, comme l'une des actrices de *Drôles de Dames*, avec la raie au milieu. Elle portait un collier, une simple chaîne en or très fine. Elle était plus grande que lui, et au bout d'un moment, elle s'avança vers lui, plus mince qu'il n'aurait cru. Il tenta de détourner le regard.

— C'est… étrange.

— Ça ne veut rien dire.

— Natalie…

— Appelle-moi Patricia. Patricia McClain. Taureau, ascendant Taureau, j'ai de fortes tendances rebelles.

De près, il s'aperçut qu'elle portait des faux cils, d'une longueur improbable. Elle clignait des yeux, sans sourire. Dix minutes plus tôt, ses ongles étaient-ils déjà si incurvés, si rouges ? Elle appuya son corps de tout son long contre le sien et il en sentit la chaleur. Elle se serrait contre lui, contre son pantalon, contre son polo. Il transpirait, encerclé par son parfum puissant. Elle parla de nouveau :

— Ce n'est pas ce que tu penses, ça n'a rien à voir. C'est ce que toi, tu veux, pas moi. Tu n'as rien à craindre, tu peux me toucher. C'est ça. Tu n'es pas obligé de rester toute la nuit, je te demande seulement de venir dans la chambre avec moi, dit-elle en le prenant par la main. Allez, viens, j'ai tout préparé.

9.

Chris était étendu sur le ventre en dessous du mobile home. Il sentait la jambe de Kayla exercer une pression contre la sienne. Elle prit appui sur son torse pour venir s'allonger à ses côtés et se retrouva couchée entre lui et Leon. Dans le silence, ils étaient tous les trois aussi aplatis que possible, le plancher de la caravane à quelques centimètres seulement de leurs visages. Quelques sons leur parvenaient, des bruits de pas, des voix étouffées, puis des grognements et des exclamations.

Dans cet espace étroit, privé de la clarté de la lune, il régnait une obscurité encore plus dense qu'à l'extérieur. Des bouts de tuyau d'arrosage pourris, des gravats, des vieux pneus, des morceaux de métal s'étaient amassés et il flottait dans l'air l'odeur caractéristique, tranchante et poussiéreuse, des objets en décrépitude. Chris essaya vainement d'avaler sa salive, de se racler la gorge. À la suite de Kayla, il se déplaça sur le côté afin d'être juste à l'endroit d'où provenaient les sons. Tout d'abord, des séries de coups se firent entendre, similaires au bruit que feraient les pieds d'un meuble qui frapperaient de façon répétée sur le sol, puis des grincements de lit, ensuite la voix de Natalie :

— Fais de moi ce que tu veux ! Je me mets comme ça ? Tu veux que je fléchisse les genoux ? Un peu plus ?

Chacun épiait les réactions des deux autres. Leurs visages se contractaient de dégoût et d'exaspération. Natalie reprenait de plus belle :

— Vas-y, dis-le, dis mon nom !

— Patricia, fit une voix d'homme qui enflait, oh, Patricia !

Y avait-il une troisième personne dans le mobile home ? Chris, l'oreille au guet, reconnaissait bien la voix de Natalie, même en ce moment. Le plancher pliait et se rapprochait à un rythme soutenu de son visage, comme s'il allait céder. Chris sentit la main de Kayla se saisir de la sienne, la serrer, puis la relâcher.

— Attends !

Natalie venait de crier, puis ils entendirent une porte claquer.

Aux bruits de pas, ils tentèrent de suivre les mouvements. Ils se retournèrent sur le ventre et rampèrent jusqu'au bord du mobile home. Soudain, à un peu plus d'un mètre de l'endroit où ils étaient tapis, l'homme sortit, en chaussettes et caleçon. Il arriva comme il put à sa voiture, ses chaussures et ses vêtements à la main. Il se retourna pour lancer un dernier regard derrière lui, avec sur le visage un mélange de perplexité et de honte. On aurait dit qu'il s'enfuyait.

— On se casse ! murmura Kayla.

Ils retraversèrent en rampant toute la largeur du mobile home jusqu'à l'arrière, s'extirpèrent en roulant de dessous et, pliés en deux, ils toussèrent le plus silencieusement possible tandis que la saleté qu'ils avaient accumulée sur leurs habits tombait par plaques. Leon sortit en tête, puis Kayla et enfin Chris, qui couvrait leurs arrières. Il vit Kayla, courbée, en train de ramasser des bouts de pages de magazines dont la cour était jonchée avant de les fourrer dans ses poches. Il la rattrapa au moment où elle et Leon arrivaient derrière la maison abandonnée pour récupérer leurs skateboards, sacs à dos, et étuis à musique. Sans échanger une parole, sans ralentir le pas, ils s'éloignèrent en courant, dans un silence seulement ponctué par le léger frottement de leurs sacs de nylon et le son plus marqué de leurs crayons et de leurs livres qui s'entrechoquaient.

Ils continuèrent à un bon rythme jusqu'à ce qu'ils atteignent la route et dépassent le point d'où on pouvait encore voir les lumières du mobile home de Natalie. Ils continuaient d'avancer en silence, repensant à ce qu'ils venaient de voir et d'entendre. Chris regarda Kayla, son visage : il aurait voulu la prendre par la main, ou même toucher sa peau, son bras. Depuis cet après-midi à Forest Park, un malaise flottait dans l'air, l'équilibre s'était rompu. Pour Chris, c'était comme s'ils avaient fait l'amour, alors que rien ne s'était passé et il ne savait pas si la cause de son malaise venait du comportement étrange que Leon continuait d'afficher ou bien de l'acte auquel lui et Kayla avaient failli se livrer. Est-ce qu'ils ne devraient pas en parler à Leon ? N'était-il pas injuste de le laisser dans l'ignorance ? Il fallait peut-être que Leon le fasse une fois, ou qu'il le fasse presque, pour rétablir la balance, et pour cela il fallait être deux, et cela se passerait très certainement soit avec Kayla soit avec Chris. Mais dans ce cas, un des deux l'aurait fait, ou presque fait, deux fois. Situation tout aussi déséquilibrée.

— Pourquoi est-ce qu'il a fallu qu'il se pointe ? demanda Leon.

— On savait qu'il viendrait, c'est même pour ça qu'on était là, tu te souviens, répondit Kayla.

— Non, pas ce soir, je voulais dire, en général.

Kayla haussa les épaules. Elle changea de main : l'étui de sa flûte, à droite, remplaça la planche de skate qu'elle tenait à gauche.

— On en était à quoi ? Cinquante centimètres de là où ils étaient en train de le faire.

— Bon d'accord, mais, et alors ? Ça les regarde, dit Leon.

— Tu es en train de prendre sa défense ?

— Ce gars, Steven, c'est lui le problème. Il voudrait qu'elle soit comme tout le monde. Tu l'as entendu comme moi. Elle, elle s'amusait avec lui, rien de plus. Ça ne compte pas vraiment.

— Il faut l'espérer, reprit Kayla. Mais n'empêche que Natalie l'a fait. Peut-être qu'on se trompe sur elle, c'est toujours possible. Moi aussi, j'ai envie de croire qu'elle bluffait, mais je ne pourrais pas le jurer. Si on compte vraiment sur elle pour nous montrer une nouvelle voie, si on veut la prendre comme exemple, ça ne veut pas dire qu'on est obligé de la suivre sur toute la ligne. Ça serait complètement nul. Irréfléchi.

Ils continuaient à marcher. À l'intérieur des maisons qu'ils longeaient on voyait des lumières briller, des écrans de télé scintiller. Derrière les clôtures, des chiens aboyaient. La lune, pleine aux trois quarts, glissait derrière les grands arbres. Leon reprit :

— Par exemple, la façon dont elle s'est servie d'un autre nom, c'est la preuve qu'elle contrôlait ce qui se passait, qu'elle jouait avec lui. Ou alors, peut-être qu'elle s'appelle vraiment comme ça, ou qu'elle a choisi le nom de Natalie pour nous.

Sous leurs pieds, le chemin de terre se changea en bitume, et ils posèrent leurs skates, d'abord les *tails* qui frappèrent le sol, puis les roulettes, qui rebondirent avec un son creux, et en quelques poussées, ils s'éloignèrent, laissant derrière eux les voitures garées sur le côté. Au-dessus de leurs têtes, les arbres et les étoiles minuscules formaient comme une voûte.

Ils avaient minuté le trajet jusqu'à l'arrêt de bus à la seconde près. Dix minutes plus tard, ils se retrouvaient dans la rue. Dans la longue descente qui menait chez Leon, ils effectuèrent de larges figures entrecroisées en S. Les lumières des réverbères formaient des cibles jaunes au sol, cercles fugaces qu'ils traversaient dans un éclair. Arrivés au coin de la rue, ils ralentirent et prirent leurs planches à la main. Chris parla le premier :

— Le bachotage de sciences-nat est toujours au programme pour ce soir ? Il n'est pas si tard et puis on n'est pas obligé d'y passer des heures.

— La division cellulaire, précisa Kayla.

— Je suis fatigué, dit Leon. Crevé.

— Crevé ? demanda Kayla

— En plus, mes parents sont hyper bizarres en ce moment.

Les cheveux de Leon étaient encore très courts. Il passa ses doigts dans cette soie nouvellement poussée. Sous le halo des réverbères, son visage rond semblait émettre sa propre lumière, mais les orbites de ses yeux restaient deux zones d'ombre.

— Bizarres comment ? demanda Kayla.

— Ils m'accusent de filer en douce la nuit, alors que c'est faux. Ils trouvent qu'il y a une drôle d'odeur sur mes habits, du coup ils veulent me faire passer des examens.

— Pour voir si tu te drogues ?

— Pour tout. Bon, laisse tomber.

— C'est ça, les parents, ajouta Chris. Ils comprennent rien à rien.

De sa démarche chaloupée, Leon s'éloigna sans se retourner. Kayla et Chris échangèrent un regard, et le laissèrent partir sans essayer de le retenir.

— Tu veux aller quelque part pour réviser ? demanda Chris.

— Tu l'as entendu ? Tu le vois comme je le vois ?

— C'est à cause de nous, il a compris qu'on lui cache quelque chose.

— À cause de nous ? dit Kayla. Non, le problème de Leon, ce n'est pas nous.

— Alors c'est quoi ?

— On va trouver.

— J'espère que ça ne va pas prendre trop de temps.

— Nous, reprit Kayla, on est la solution, pas le problème.

— Tu as toujours envie de réviser ?

— Non, fit-elle en refermant son sac. Je rentre, moi aussi.

Son skate atterrit sur le sol, elle se lança d'un coup de pied en direction du bas de la colline, et très vite, elle prit de la distance, réapparaissant par intermittence dans les lumières des réverbères. Le son des roulettes parvenait encore à Chris bien après qu'il eut cessé de la voir, et, au bout d'un moment, le son s'évanouit à son tour.

10.

Debout dans sa cuisine, Natalie avait posé le doigt sur le fil dénudé de la prise. Du contact naquit une étincelle, pointe acérée et brûlante qui fila le long de son bras, de son coude, et traversa sa cage thoracique jusqu'au cœur. Le fusible sauta de nouveau, mettant un terme au plaisir qu'elle avait ressenti. Elle se dirigea vers la chambre, où se trouvait le compteur, pour le remplacer.

À côté du lit, ses bottes, fermetures Éclair baissées jusqu'en bas, traînaient comme les tronçons d'un serpent qu'on aurait éventré. Les draps de soie gisaient au sol, le grand fauteuil d'osier avait basculé sur le côté. Que s'était-il passé là ? Comment s'appelait-il ? Steven. Quand cela s'était-il passé ? Elle percevait nettement à l'atmosphère et au crépuscule qui s'infiltrait par les fenêtres qu'on était le soir. Mais le soir de quel jour ? Elle se retourna et se saisit du téléphone. Elle composa le numéro écrit au mur, l'horloge parlante, et attendit que la voix féminine parle. Celle-ci l'informa que deux jours s'étaient écoulés. Tout ce temps… comment l'avait-elle occupé ? Du temps perdu, même si cela n'avait pas beaucoup d'importance. Peut-être avait-elle dormi. Ne pas regarder en arrière, aller de l'avant, sans cesse.

Sur le lit s'étalaient les longs cheveux blonds de Patricia McClain, la perruque que Natalie avait portée. Elle s'en saisit et l'apporta dans sa salle de travail où elle la replaça sur la marotte en polystyrène. Le fauteuil, les bottes : elle entreprit de rassembler et ranger tout l'attirail de Patricia. Comme elle s'affairait, elle repensa à Steven et à ce qu'il lui avait dit. Avait-elle vraiment quitté son boulot aussi soudainement ? S'était-elle retrouvée dans un endroit où elle n'aurait pas dû être ?

Des bruits de pas ! Par la fenêtre ouverte, elle entendit approcher quelqu'un dehors. Au son, on aurait dit qu'il s'agissait d'une personne munie de trois jambes ou d'une canne. Natalie s'approcha de la fenêtre et vit qu'il s'agissait d'un garçon, un de ceux de la bande, seul dans les dernières lueurs du jour, qui se dirigeait droit vers son mobile home. Il tenait un skateboard par ses roulettes, et, à chaque pas, l'extrémité de la planche frappait le sol. D'un geste, Natalie se saisit de la perruque de Denise Michele, la première à sa portée dans la salle de travail, avec des cheveux longs, noirs, lisses, des cheveux d'Asiatique.

Elle ouvrit brusquement la porte, avant même qu'il ait eu le temps de frapper. Il sursauta, recula et fit passer sa planche dans l'autre main. Il était plus petit qu'elle, de peu, et mal à l'aise sur ce porche bancal. Il cligna des yeux, attendant qu'elle prenne la parole la première. Il avait la tête rasée, mais on voyait déjà les repousses noires de ses cheveux. Son corps semblait vouloir s'accrocher à sa graisse de bébé. Il se mouilla les lèvres, jeta des regards vifs de part et d'autre, ses doigts potelés s'ouvraient et se refermaient.

— Tu es lequel ? demanda-t-elle.

— Leon.

— Leon. Tu es tout seul.

— Ouais.

Elle scruta l'espace derrière lui, dans l'obscurité, pas tout à fait convaincue.

— Je n'ai pas de boulot pour vous en ce moment, dit-elle. Ça arrive à des moments bien précis, tu sais. Si c'est de l'argent que tu veux, je crois bien que Kayla vous donne votre part. C'est comme ça que ça marche, pas autrement. Ce soir, je n'ai rien.

— Non, ce n'est pas pour ça que je suis là.

— Et pourquoi es-tu là ?

— Je ne sais pas. J'avais envie de venir, alors me voilà.

À présent, il regardait derrière son épaule, comme si elle avait vu quelqu'un, comme s'il s'inquiétait d'avoir été suivi. Il lui demanda :

— J'ai eu tort ?

— Je ne crois pas. Tu ferais mieux d'entrer, on va essayer d'y voir plus clair.

Elle pivota et il la suivit à l'intérieur, tranquillement, comme si c'était la répétition d'une scène qu'ils avaient déjà jouée. Elle sentait sa présence amicale derrière elle.

— Je t'aurais bien offert quelque chose, mais en fait je n'ai pas grand-chose. Un verre de Tang ?

— Non. Juste de l'eau alors.

Il s'assit sur la seule chaise qui n'était pas encombrée de magazines. Steven s'était assis là aussi. Son regard ne se porta pas sur les magazines. Il se contenta de faire attentivement le tour de la pièce des yeux, scruta le couloir, le dehors par les fenêtres, comme s'il voulait graver l'endroit dans sa mémoire. Elle lui tendit le verre d'eau et resta dans la même position, penchée au-dessus de la table. D'un geste sec, elle ouvrit quelques magazines directement sur les pages centrales. Il buvait lentement son eau en la regardant faire. Elle déplia le volet intérieur de la page et ses filles se dévoilèrent en grand, heureuses de s'ébattre. Daina, Karen, Hope, toute cette peau…

— C'est pour ça que tu es ici ? Tu voudrais me voir comment ? Tu veux que je fasse quoi ?

— J'avais juste envie de venir, alors je suis venu, dit Leon.

— C'est laquelle la plus jolie, d'après toi ?

Elle désignait les filles sur la table.

— La plus jolie ?

— Choisis-en une, et c'est celle que j'incarnerai pour toi. Copie conforme.

Leon finit son verre, le reposa sur le numéro de mars et demanda :

— Vous n'avez pas de petit copain ?

— Pas que je sache.

Il ne donnait aucun signe de nervosité, d'appréhension, il ne regardait les filles que de loin. On aurait dit qu'il attendait patiemment et se contentait de gentiment lui renvoyer la balle.

— Vous ne voyez pas ?

— … où tu veux en venir ? Tu recherches quelque chose, quelque chose d'autre.

— Je n'ai pas une idée précise de ce que c'est.

— Mais tu penses que moi, si.

Leon haussa les épaules et planta son regard sur le plafond.

— Il va falloir qu'on prenne la voiture pour y aller. Si tu penses toujours que ça vaut le coup.

— Oui.

L'instant d'après, ils étaient dans la camionnette, et les toussotements initiaux du moteur s'égalisaient progressivement. Tandis qu'ils laissaient le mobile home derrière eux, Leon, assis à côté d'elle, se retourna.

— Personne ne nous suit, dit-elle.

— Je sais. Je n'ai jamais voyagé à l'avant. Il n'y a personne à l'arrière.

— Bien sûr que non.

Elle prit à droite sur Johnson Creek juste au moment où, dans l'autre sens, arrivait le bus 75, toutes lumières allumées. Il était vide, à l'exception du conducteur.

— J'aurais bien aimé que ce soit le numéro 76, dit Natalie.

— Pourquoi ?

— L'année du bicentenaire. Tu es né en quelle année, toi ?

— Mille neuf cent quatre-vingt-cinq.

Natalie, au volant de la camionnette, ralentit sur la bretelle d'accès à McLoughlin.

— Quand j'étais petite, on a fêté le bicentenaire. Ça n'avait rien à voir avec maintenant, il y avait de l'excitation dans l'air, c'était porteur de liberté. Un grand élan d'optimisme.

— Ça remonte à loin. C'était l'époque du disco et tout ?

La radio émettait des parasites, mais aucun d'eux ne fit un geste pour ajuster la station.

— Le plan ! s'exclama-t-elle.

— Quoi ?

— Dans la boîte à gants, là. Vas-y, déplie-le.

Elle alluma le plafonnier, jeta un coup d'œil oblique. Sur ce plan de la ville, on voyait une croix qui indiquait chez elle et une autre désignant l'endroit où ils allaient.

— Super, merci. Maintenant tu peux le remettre à sa place.

— Pas de quoi.

— Ils sont où, tes copains, d'après toi ?

Leon regardait droit devant lui, calme, les mains croisées devant lui. On aurait pu croire qu'il n'avait pas entendu la question. Dans le vacarme du pick-up, ils prirent l'embranchement de MLK, dépassèrent le restaurant mexicain La Carreta, puis les immenses tableaux d'affichage sur lesquels s'exposaient les mêmes filles que d'habitude, bikinis et corps d'acier.

— Vous portez une perruque, je le sais.

— Toutes les perruques que je possède sont faites en cheveux naturels.

— Des vrais cheveux ?

— Elles coûtent vraiment cher, répliqua Natalie. Ne prends pas cette tête d'ahuri, je ne suis pas forcément fauchée sous prétexte que j'habite dans un mobile home.

— Ce n'est pas ce que j'ai dit.

Toujours sur la rive sud, elle prit un brusque virage à gauche, laissant la circulation derrière elle, et s'engagea dans des rues sombres et abandonnées. Bien plus haut, elle apercevait déjà l'enseigne de Towne Storage, le lion à la tête baissée. Même si elle avait le sentiment qu'elle était en train de faire le bon choix, c'était malgré tout risqué. On l'avait mise en garde de ne pas débarquer comme ça, à l'improviste. À mesure qu'ils se rapprochaient, l'avertissement lui revint en mémoire.

— Est-ce qu'on va au skatepark ?

La camionnette, sur les pavés, bringuebalait fortement et les jetait l'un contre l'autre. Elle contourna des mobile homes garés là. Les vendeurs de fruits en gros étaient tous déjà rentrés chez eux. Elle coupa ses phares et, prudemment, se gara à une distance de quelques rues. Ils laissèrent le pick-up à côté d'une benne à ordures, juste sous une porte suspendue dans les airs. Une enseigne très voyante proposait des « Portes Toujours à Portée ». Elle n'avait pas de temps à perdre avec ces idioties.

— Leon, où es-tu ?

— Ici.

— Ne t'éloigne pas. Donne-moi la main.

Elle aimait bien sentir sa main dans la sienne, sentir au bout des doigts de Leon vibrer l'anticipation comme un courant électrique.

— On fait quoi, là ? demanda Leon. Je ne vais pas faire n'importe quoi seulement sous prétexte que vous me le demandez.

— Je le sais bien, fais-moi confiance.

Elle se mit à le tirer par le bras pour le faire avancer à son rythme. Elle était plus forte que lui, il fallait bien qu'il en prenne conscience.

— Je suis tellement impatiente que j'en ai des fourmillements, dit-elle.

Ils étaient arrivés au quai de chargement. Elle y grimpa, et lui tendit la main. Devant la porte, elle farfouilla avec excitation dans ses clefs pour trouver la bonne.

— On est où là ? demanda-t-il dans un murmure.

— Je ne suis censée venir ici qu'à certaines heures bien précises, mais pas maintenant.

Puis la porte s'ouvrit, se referma derrière eux, et ils se retrouvèrent dans un couloir sombre, éclairé seulement, tous les dix mètres, par les faibles veilleuses de la sécurité incendie. Elle comptait les numéros et lui se contentait de suivre, ignorant devant lequel s'arrêter. Pendant un instant, elle pensa à toutes ces pièces devant lesquelles ils étaient passés, ces espaces cubiques au-dessus de leurs têtes, sous leurs pieds, remplis d'affaires, de meubles ayant appartenu à des parents aujourd'hui décédés, de photos, de secrets. Puis, elle leva la tête, et le numéro apparut, qui la fixait depuis le haut de sa porte. La clef ! Ses doigts ne voulaient pas se tenir tranquilles, elle les mit au travail. Elle tourna la clef. D'une poussée, elle ouvrit la porte et l'air s'emplit d'une odeur de métal, de poussière cuivrée qui prenait instantanément à la gorge.

— Prêt ? demanda-t-elle.

— Oui.

Elle alluma la lumière et la petite pièce apparut sous leurs yeux.

— Les fils de cuivre, dit Leon.

Elle avait déjà vu cette pièce bien plus remplie. Le fil était toujours sous la forme de balles, écheveaux géants d'une fibre brillante et piquante, divisés en deux tas. Celui de gauche était plus petit. Quelques brins défaits recouvraient le sol par endroits, comme chez un coiffeur qui aurait coupé des cheveux électriques. Natalie referma la porte. Elle inspirait à pleins poumons cet air chargé de cuivre qui lui raclait la gorge. Elle n'avait pas envie de prendre le temps d'initier Leon – d'ailleurs pouvait-on seulement enseigner cela – ou de lui expliquer. Elle ne voulait qu'une chose : traverser la pièce et saisir le cuivre, le serrer contre sa peau nue.

— Touche-le, lui dit-elle en lui donnant un léger coup de coude pour qu'il s'en approche.

Il commença par le plus gros tas. La main sur la balle, il la fit glisser sur le sol. Il se tourna vers elle :

— Ce sont les fils qu'on a ramassés ? Tout est là ?

— Peut-être. Une partie, en tout cas. Essaye l'autre pile.

Leon avança vers l'autre tas. Il était à la fois fatigué et las, mais impatient aussi. Il guettait le moment où il allait se passer quelque chose. Penché en avant, il posa sa main sur une balle de la plus petite pile. Il sourit et ferma les yeux. Sa deuxième main vint rejoindre la première sur les fils. Il ouvrit les yeux, brillants de larmes.

— Ça n'a rien à voir, dit-il.

— Je savais que tu ferais la différence.

Natalie éteignit la lumière et se jeta au sol d'un bond. Elle traversa la pièce à quatre pattes et se cogna à Leon, enjamba son corps et se saisit du cuivre.

— Les lumières, cria-t-il.

— Il ne faut pas attirer l'attention. Il y a sans doute un gardien qui fait sa ronde. En plus, tes yeux ne te servent à rien ici.

La situation se stabilisa. Malgré l'obscurité, elle sentait sa présence près d'elle, sans qu'ils se touchent. Elle entendait sa respiration, et le bruit qu'elle aussi faisait en respirant. Autour d'eux, il y avait des sifflements et des étincelles dans l'air. Le temps passa – ou peut-être se figea-t-il ?

Elle n'entendit pas les bruits de pas, pas plus que la clef qu'on enfonçait dans la serrure, ni les gonds quand la porte s'ouvrit. D'un seul coup la lumière se répandit dans la pièce. Dans l'encadrement de la porte, une silhouette se découpait, quelqu'un, un homme, qui donnait des coups contre le mur pour atteindre l'interrupteur.

L'espace d'un instant, ils furent tous éblouis et paralysés par l'afflux de clarté. Natalie qui frottait son ventre nu sur une balle de fils s'aperçut que sa chemise était déboutonnée. Sa perruque était tombée à côté d'elle, elle la remit en place, se reboutonna, et remarqua Leon à côté d'elle, étendu de tout son long, une balle de fils sous la tête, une autre sous son dos, une dernière coincée en dessous de ses jambes. Débraillé, il ne portait plus qu'une chaussure, son t-shirt remonté n'importe comment jusqu'au cou.

— La vache, s'exclama-t-elle.

— Hé, attendez un petit peu !

L'homme à la porte, dans un mouvement de recul, se retrancha dans le couloir.

Elle distinguait mieux l'homme à présent : grand, décharné, les cheveux coiffés en arrière, gominés. Sa tête atteignait presque le haut de la porte. Il portait un pantalon noir à pinces, une chemise blanche. Ses lèvres formaient une ligne dure. Il sortit quelque chose de sa poche, une feuille de papier, et il plissa des yeux au moment de la lire. Sa barbe noire, taillée avec précision en pointe rappelait les bouts pointus de ses chaussures noires, telles deux dagues dirigées sur elle. Il s'avança de nouveau dans la pièce et les dévisagea :

— Personne n'est censé se trouver ici. C'est dit très clairement dans le document.

Aucun doute, elle ne l'avait jamais vu auparavant, pourtant il ne lui était pas complètement étranger. Il avait une voix de ténor un peu chevrotante, vaguement hispanique, au débit haché, et il utilisait des expressions étranges, recyclées. Il posa son regard sur Natalie. Elle lui dit :

— Écoutez, je n'ai pas oublié ce sur quoi on s'était mis d'accord au téléphone. Je me rends bien compte que je suis allée un peu trop loin.

— Nous n'avons jamais communiqué par téléphone.

— Ce n'est pas vous qui appelez ? lui demanda-t-elle inutilement car elle savait déjà que sa voix était différente et qu'il n'était pas en train de la faire marcher. D'une certaine façon, il semblait si étrange qu'on ne pouvait le soupçonner de ce genre de ruse.

— Je m'appelle Victor. Victor Machado, je suis seulement son employé.

— L'employé de qui ? Moi, c'est Natalie.

— Je ne connais pas son nom, évidemment.

— À quoi ressemble-t-il ?

Victor laissa son regard errer à travers la pièce puis revint à la feuille qu'il tenait.

— Je m'appelle Leon, dit ce dernier. Il s'était assis et essayait de renouer son lacet.

— Qu'est-ce qu'il fait du fil électrique ? demanda Natalie. Et ce tas-là, il est bon à jeter ?

— Peut-être, répondit Victor. Je ne m'occupe pas de cette partie-là. Je ne crois pas.

Il fit un pas vers Natalie, puis s'arrêta à mi-chemin. Il leva la main comme si tout devait se figer, rester en suspens, comme s'il leur était impossible d'aller nulle part. Il fit demi-tour, disparut dans le couloir et en revint avec une grosse brouette jaune en métal.

— Les questions, ça suffit ! dit-il. Je ne sais pas ce que vous étiez en train de faire, mais vous devez arrêter immédiatement.

Il posa la brouette entre Natalie et Leon et dit :

— C'est le fil de gauche que je suis censé prendre. Voilà ce qu'on m'a demandé de faire. Excusez-moi.

— On n'abîme rien, ne vous inquiétez pas, dit Natalie.

— C'est même nous qui l'avons apporté ici, ajouta Leon.

Victor ne prêta pas attention à eux. Tandis que ses mains se posaient sur la première balle de fils, Natalie remarqua pourtant ses paupières battre, ses lèvres se serrer et se retrousser un peu. Elle comprit alors qu'il était comme eux, ou du moins qu'il y avait des points communs entre eux. Il la vit l'observer, et pour camoufler l'expression de son visage, il détourna la tête. Il travaillait en rythme et les balles de fils s'empilèrent pour former une pyramide jusqu'à la dernière. Doucement, il fit pivoter sa charge sur la roue de caoutchouc noir et sortit de la pièce en poussant la brouette.

Natalie se leva en hâte et, avec Leon, ils suivirent Victor et le fil à travers le couloir jusqu'au quai de chargement.

— S'il vous plaît, demanda Natalie. Ne lui dites pas que je… que nous sommes venus ici. Nous n'avons touché à rien.

Victor recula avec une Chrysler blanche jusqu'au quai de chargement. Il y avait un gros autocollant sur le pare-chocs : LOUEZ UNE ÉPAVE. Il entreprit de charger le fil dans le coffre de la voiture qui s'affaissait un peu plus sous le poids de chaque balle. Le hayon du coffre plein à ras bord refusait de s'abaisser et il dut utiliser des cordes pour le maintenir fermé. Pour finir, il enfonça la brouette de travers à l'arrière de la voiture et acheva d'un coup de ses bottines pointues de la faire rentrer.

— Il n'y a aucune raison de dire quoi que ce soit, continua Natalie. Il n'y a rien à raconter.

Victor leva les yeux vers elle et Leon, en surplomb sur le quai. L'air effaré, il dit :

— Vous me croyez capable de ça ? De tout lui balancer ? Moi, je suis quelqu'un qui écoute – je me contente d'écouter. Et lui, il me raconte des trucs. Ce n'est pas mon rôle de parler.

Victor monta dans la voiture, démarra et s'éloigna doucement. Natalie et Leon le regardèrent partir. Un moment, ses feux rouges s'éclairèrent plus nettement, au carrefour, puis il bifurqua à un coin de rue et disparut. Quelques étoiles brillaient dans le ciel. La lune était cachée derrière les nuages et la soirée commençait à se rafraîchir. Natalie tendit la main et toucha la nuque fraîche et moite de Leon pour l'attirer vers elle. Elle détordit un brin de cuivre qu'elle avait pris d'une des balles et elle entortilla les deux extrémités ensemble pour lui faire un collier. Dans un murmure, elle lui souffla :

— Ne t'en fais pas, il y en aura d'autres.

11.

— Te mettre un bandeau sur les yeux… intéressant, dit Heather. Il faudra qu'on essaie.

Assise à son bureau en face de Steven, elle rangeait des papiers qu'elle déchiffrait avec ses doigts. L'antenne de Portland de l'association l'Œil qui Voit était constituée de trois bureaux confinés dans une seule pièce sans fenêtre. Sur les tables et les bureaux, des piles de papiers avaient été soigneusement triés, mais on n'y voyait qu'une seule écriture manuscrite, celle de Steven. Le reste était en braille, forêt de bosses minuscules qui recelaient des messages incompréhensibles à ses yeux, à la fois mystérieux et terriblement intrigants.

— Je ne demande que ça, dit-il.

— Ou peut-être que ce n'est pas une si bonne idée que ça. En fait, peut-être que dans cette situation, ce qui te fera envie ce sera de m'observer pendant que moi, je ne te vois pas.

La première et seule fois où ils s'étaient retrouvés ensemble, après la sortie en péniche, Heather avait hésité à l'embrasser au moment où ils s'étaient quittés. Au bureau, par contre, en dépit des risques de se faire surprendre et des constantes allées et venues, elle se sentait plus libre de flirter avec lui ou de faire des sous-entendus.

— Tu ne m'as jamais raconté comment s'est passée ta soirée de l'autre fois, dit-elle.

— Pardon ?

— La fille de San José avec qui tu es sorti.

— Natalie ? Je ne dirais pas vraiment qu'on est sortis ensemble. C'était chouette, mais ça m'étonnerait qu'on se revoie.

— Ah bon ? Pourquoi ?

— Est-ce que tu me cherches des poux dans la tête ? lui demanda-t-il.

— Peut-être. Je suis juste curieuse de savoir pourquoi tu ne vas pas la revoir.

— Parce que c'est avec toi que j'ai envie de passer du temps.

— D'abord, tu vas me raconter ce qui s'est passé.

Steven poussa un soupir d'exaspération :

— Ce n'est plus vraiment la même personne, et elle n'avait pas vraiment envie qu'on lui rappelle sa vie d'avant. Du coup, je dirais que ça l'a mise mal à l'aise de me revoir.

Heather rassembla la masse de ses longs cheveux bruns en une queue de cheval basse. Elle se leva et traversa la pièce. Son corps possédait une mémoire propre : vêtue d'une jupe jaune, elle contourna adroitement le coin de son bureau dans un mouvement gracieux des hanches. Elle frôla Steven, et, évaluant la distance qui l'en séparait, elle tendit la main pour juste lui effleurer le bras.

— Alors, tu n'as plus qu'une chérie, et c'est moi ?

— C'est ça, dit-il dans l'espoir qu'elle retrouverait son sérieux. Quand est-ce qu'on se voit ?

— Il faut que j'entraîne Ross.

En entendant son nom, le chien sortit de dessous la table où il somnolait. Il haletait, laissant pendre son épaisse langue rose.

Le battement régulier de sa queue sur le mur produisait un son creux, équivalent exact de l'expression qu'on pouvait lire sur sa gueule. Heather lui attacha sa laisse et ils sortirent, laissant Steven seul. Ses yeux se promenèrent sur les murs blancs de la pièce où étaient accrochées – uniques décorations – la plaque VOUS N'ÊTES PAS LE PROPRIÉTAIRE DE VOTRE CHIEN, C'EST VOUS QUI LUI APPARTENEZ, ainsi qu'une feuille que Steven y avait scotchée. C'était une citation d'Helen Keller[14] : « J'ai eu l'occasion de toucher la chair de nombreux lions, et je les ai sentis rugir de toute leur majesté, comme un torrent coulant sur des pierres. »

Il parcourut les documents épars sur son bureau, mais il peinait à rester concentré sur sa tâche, une campagne d'envoi de courriers pour recueillir des fonds. Ses pensées étaient focalisées sur Heather et Natalie en un va-et-vient constant de l'une à l'autre. Il s'était écoulé une semaine depuis sa visite dans le mobile home de Natalie. Ça l'avait complètement pris par surprise, et il y avait de quoi ! L'endroit en lui-même, ce mobile home, et la camionnette rouillée, l'avaient dérouté – sans parler des perruques, du faux nom, de ses poses et de ses exigences.

Il se mit à parcourir la pièce en faisant des mouvements des bras pour essayer de se changer les idées. Il passa la porte, se retrouva dans le couloir et continua jusqu'à l'arrière où se trouvaient deux chenils grillagés vides. Dans l'ensemble, le travail ici consistait à coordonner le personnel qui élevait les chiens pendant les dix-huit premiers mois, avant que leur dressage à proprement parler ne commence vraiment. L'association l'Œil qui Voit offrait aussi de l'assistance aux aveugles qui avaient déjà un chien. Steven répondait aux demandes de renseignement par téléphone, il participait à la rédaction des demandes de subvention et réglait les factures.

14. Helen Adams Keller (1880-1968) est une écrivaine, conférencière et militante politique américaine. Aveugle, sourde et muette au début de sa vie, elle parvint néanmoins à obtenir un diplôme universitaire. Sa détermination a suscité l'admiration, principalement aux États-Unis.

Il appuya sur le bouton de l'ascenseur, puis décida finalement qu'il n'avait pas envie d'attendre et dévala les escaliers deux à deux. Au premier, il s'engagea dans le couloir, passa devant un cabinet de dentiste, et arrivé tout au bout, il s'arrêta devant la large fenêtre qui donnait sur la rue.

Heather était en train de traverser la rue, guidée par Ross. Ils étaient en dehors des clous, exercice de « désobéissance raisonnée » pendant lequel le chien reçoit l'instruction d'avancer mais, conscient du danger, se doit de désobéir. C'était la partie la plus délicate à enseigner : désobéir à son maître pour son bien. Ross s'en sortait plutôt pas mal. Heather était toujours en vie, elle venait d'arriver au niveau du trottoir, en sandales noires et lunettes à verres fumés. Elle fit faire demi-tour à Ross, et s'apprêtait à retraverser avec lui. Le rouge du harnais du chien contrastait vivement avec la jupe jaune d'Heather.

Des voitures passaient en trombe devant eux, flot indistinct et multicolore. Un bus avec une publicité pour le zoo sur son flanc s'avança. Ross, immobile, empêchait Heather de traverser. Sur le trottoir, un jeune piéton manifestement inquiet s'arrêta derrière elle. Puis, au lieu de lui demander si elle avait besoin d'aide, il finit par s'éloigner. Steven était déjà passé par là.

Il toucha la vitre du bout des doigts. Les aveugles savaient faire la différence entre une fenêtre et un miroir d'après les vibrations. En était-il capable ? Il ouvrit les yeux : la circulation s'était arrêtée et Ross conduisait Heather de l'autre côté de la rue. Arrivés sur le trottoir d'en face, ils refirent demi-tour. Le visage d'Heather, tourné vers le soleil, rayonnait, et son petit sourire en coin pouvait donner l'illusion qu'elle se savait observée par Steven.

12.

Kayla extirpa un morceau de papier froissé qui était coincé loin dans les buissons. L'espoir qu'on pouvait lire sur son visage se changea en dédain.

— C'est juste une pub pour Fred Meyer, dit-elle.

Elle en fit une boule qu'elle lança encore plus loin au milieu des ronces.

On était samedi au milieu de l'après-midi, il faisait chaud. Chris et Kayla, assis au milieu des buissons, avaient déjà mangé toutes les mûres à leur portée, granuleuses et pas encore très sucrées. Ils se servaient de leurs planches comme de tabourets pour se protéger des épines. Postés à cinquante mètres de la rivière, ils étaient pile dans l'axe des péniches amarrées au ponton. Attendre. Chris regardait Kayla qui s'était planté une épine dans le doigt. Du sang rouge foncé en jaillit. Elle l'essuya contre la peau nue de sa jambe. Ils étaient tous les deux en short. Elle avait rasé ses mollets, les laissant lisses et doux, alors que les jambes de Chris commençaient à se couvrir de poils noirs. À l'aide des jumelles, il inspecta la péniche.

— Peut-être qu'il n'est même pas sur son bateau, fit-il remarquer.

— On va quand même attendre un peu plus.

— Tu penses qu'on devrait essayer de lui parler, s'il se pointe ?

— Pour l'instant, je n'en ai aucune idée, répondit Kayla. En théorie, pour le moment, on ne devrait même pas se montrer à lui. *Sorekara kare wo koroshu*, dit-elle en riant.

— *No te puedo entender cuando hablas japonés*, répliqua-t-il.

Kayla sortit son carnet et commença à prendre des notes. Elle leva les yeux vers la rivière, puis retourna à ses notes. Chris n'arrivait pas à savoir si elle était maquillée autour des yeux. On aurait dit qu'ils étaient surlignés d'un mince trait de crayon noir, mais il préféra ne pas poser la question. Il se gratta la tête : ses cheveux repoussaient, ce qui lui fit penser à Leon. Il n'était pas venu à leur lieu de rendez-vous et ils étaient partis sans l'attendre. Ils avaient des règles très strictes sur la ponctualité.

Il regarda dans les jumelles une nouvelle fois. Le *Ninoufar* était en bois noir, le reste, du tour des hublots aux poignées de porte, était en cuivre. Il y avait un canot fixé sur le côté du bateau, et, sur le pont, un barbecue. Chris vit une porte de cabine s'ouvrir et Steven en sortir, torse nu et en jeans. Il s'étira, bras tendus en avant, comme s'il se réveillait d'une sieste.

— Le voilà, dit Chris

— Est-ce qu'il regarde dans notre direction ?

— Non, il regarde vers le ponton, comme s'il attendait quelqu'un.

— Pourtant, il n'y a personne en vue.

Steven faisait les cent pas sur le pont, il vérifiait les cordages et les nœuds, plongeait son regard dans l'eau sombre du port.

— Il vient de ramasser quelque chose par terre. Qu'est-ce qu'il tient dans ses bras ? demanda Kayla. Un lapin ?

— Un chat, je crois.

— Un chat ! Évidemment ! Laisse-moi voir, dit Kayla en lui prenant les jumelles et en se penchant en avant comme pour voir de plus près. Il est tellement répugnant. Il représente ce qu'il y a de pire. Je ne comprends pas comment Natalie peut supporter ne serait-ce que de s'adresser à lui, sans parler de…

Elle frissonna, laissant sa phrase en suspens.

Steven rentra dans la cabine et ils le perdirent de vue. Au milieu de la rivière, loin des péniches, un équipage de rameuses, sans doute des filles de Lewis and Clark ou de Portland State[15], tiraient sur leurs avirons comme un seul homme sous les encouragements hurlés dans un porte-voix par la barreuse assise à l'arrière. Le bateau s'éloigna rapidement à un rythme saccadé.

15. Deux universités de Portland, l'une privée, l'autre publique.

— Fait chaud, dit Kayla en reposant les jumelles. Elle avait mis sa main en visière pour se protéger les yeux du soleil.

— Pourquoi est-ce qu'on est là à l'observer, d'abord ? interrogea Chris. À cause de Natalie ?

— Non. Natalie… on n'a pas grand-chose à en attendre si ce n'est le fric, tant que ça dure. Pour le reste, on a vu ce que ça donnait. On ne va rien apprendre d'elle, contrairement à ce qu'on aurait pu croire, ce n'est qu'une adulte comme les autres.

— Alors, pour quelle raison on est là ?

— Leon, répondit Kayla. Parce que tu as bien vu que Leon a un faible pour Natalie, et que Natalie court après ce marin. Résultat, on ne choisit pas ce qu'on découvre, on prend ce qu'il y a à prendre et on tire doucement le fil.

La main de Chris se porta sur la jambe de Kayla. Il parcourut sa peau douce et s'arrêta à la cheville. Il l'emprisonna sa main.

— C'est ma cheville, dit-elle.

— Je sais, répliqua-t-il en la lâchant.

— On ne va pas recommencer.

Elle se tourna vers lui. Le calme et la fatigue se lisaient sur son visage.

— Très bien.

Le dos de Chris lui faisait mal, il aurait voulu s'allonger, mais les ronces s'étendaient partout autour de lui. À la place, il ouvrit son sac et en sortit un livre, celui que Kayla lui avait prêté.

— Je l'ai lu, dit-il.

— Alors ?

— Je ne sais pas, je ne suis pas sûr d'avoir compris ce qui se passe.

Pour la couverture, on avait choisi la représentation d'un tableau avec des eaux bleues, des vagues et, dans un port, des bateaux dont les mâts nus se dressaient dans le ciel. La scène était différente, et en même temps proche de celle qu'ils observaient. Au-dessus de l'image, on pouvait lire le titre : *Le Marin rejeté par la mer*, de Yukio Mishima. On avait ajouté une phrase en haut de la couverture : « Le roman de l'hystérie meurtrière latente nichée au fond de l'âme japonaise. » Kayla posa son doigt sur ces mots :

— Ça prête quand même à confusion, non ? J'imagine que c'est comme ça qu'ils arrivent à vendre des livres. *Watashi tachi wa amerika-jin. Watashi tachi no kokoro ni naniga aru no kashira.*

Chris retourna le livre. Au dos, en grosses lettres jaunes, on apprenait que le livre avait été « Récemment adapté au cinéma ! Une grosse production avec en tête d'affiche Sarah Miles et Kris Kristofferson ! »

— J'aimerais mieux que tu t'abstiennes de parler japonais, dit-il.

— Alors tu n'as qu'à l'apprendre aussi.

— Je pensais qu'on était d'accord pour que moi j'apprenne l'espagnol. Il faut que je maîtrise une langue avant de passer à une autre.

— Bon d'accord. Sinon, je vois ce que tu veux dire pour le bouquin, on n'apprend jamais ce qui est arrivé aux enfants. Est-ce qu'ils étaient dans le vrai en allant jusqu'au bout de leurs idées ? Ou pas ? Est-ce qu'ils se font attraper, ou bien l'histoire suit-elle une autre direction ? Et les enfants, qu'est-ce qu'ils ont ressenti ?

— La fin est plutôt abrupte, remarqua Chris.

Kayla lui prit le livre des mains.

— Tu as remarqué la page que j'ai cornée ?

— Oui, mais j'ai pas compris ce que tu y trouvais d'important.

Kayla lut à haute voix : « On avait collé une étiquette portant le mot "impossibilité" sur le monde entier, et eux seuls avaient les moyens de l'arracher une bonne fois pour toutes. »

— C'est ça, dit Chris.

— Ça ne te rappelle rien ? Je vais recopier le passage.

Kayla se remit à écrire dans son carnet. Chris, penché en avant, renouait son lacet. En serrant trop fort, il le cassa net. Il dut refaire un nœud pour glisser le bout restant dans l'œillet.

— Encore une semaine de cours. Tu crois qu'on aura le temps d'arriver jusqu'aux chansons folkloriques de Bartók ? Enfin des morceaux avec des solos de flûte et de clarinette qui tiennent la route. Tu vas voir qu'on finira l'année sans pouvoir les jouer.

— Tiens, revoilà notre marin. Il est là.

Steven était remonté sur le pont de la péniche. Un téléphone contre son visage, il semblait en pleine conversation.

— Je n'ai pas pris les écouteurs, dit Kayla, qui avait toujours les jumelles sur les yeux. Mais de toute façon, il fait encore jour, on se ferait prendre. Je ne vois même pas les fils du téléphone. Que peut-il bien raconter. Regarde-le !

À l'œil nu, Chris pouvait se rendre compte que Steven était en colère. Avec sa main libre, il faisait de grands mouvements tout en arpentant le pont du bateau. Il avait passé un t-shirt jaune et une casquette de base-ball à visière contre le soleil. Il l'ôta brusquement, l'agita en l'air, puis la revissa sur son crâne.

— Je te parie qu'il est au téléphone avec Natalie, dit Kayla.

— Je serais curieux de savoir si c'est lui ou elle qui a appelé.

— Vu la façon dont il a déguerpi l'autre soir… je ne sais pas. Oh, regarde, regarde !

Steven plaqua le téléphone contre sa cuisse, et se retourna vers le quai.

— Il est en train de sourire, constata Kayla. Sans transition. Regarde-la.

Sur le ponton, une femme de grande taille s'avançait avec hésitation vers Steven. Elle portait des lunettes à verres fumés, une robe blanche sans manches et de longues boucles brunes lui tombaient sur les épaules.

— C'est pas Natalie, non ? demanda Chris.

— C'est une aveugle.

Kayla tendit les jumelles à Chris pour qu'il puisse voir la longue canne blanche qu'elle tenait, et la façon dont elle la frappait devant elle, parfois au-dessus de l'eau. Steven enjamba le bord de la péniche pour monter sur le quai et l'accueillir. Il la prit dans ses bras et l'embrassa sur la joue.

— Qu'est-ce qu'il peut bien faire avec quelqu'un d'autre ? demanda Chris.

— Est-ce que ça a de l'importance ?

— Sans doute que non, dit-il.

À la jumelle, il vit Steven guider l'aveugle et l'aider à monter dans la péniche. Ils disparurent tous les deux dans la cabine.

13.

Chris et Leon étaient assis à l'arrière de la camionnette dans le sens de la marche. Par la vitre de séparation, ils pouvaient voir Natalie conduire, le regard rivé droit devant elle, les bras tendus. Ce soir-là, ses cheveux, d'un blond miel, étaient coiffés en dégradé sur les côtés, dans un style années soixante-dix. Kayla avait sorti sa tête en entier par la vitre côté passager. Ses cheveux formaient une longue bande compacte parallèle à l'autoroute qui défilait sous eux. Ils se dirigeaient vers le nord, au-delà de l'aéroport, vers des régions obscures où les phares se faisaient plus rares à mesure qu'ils laissaient la ville derrière eux.

L'étui du trombone de Leon était ouvert, forçant sur les charnières. Il en sortit les écouteurs orange, et poussa le roman japonais de Kayla sur le côté. Il déchira un morceau de gaffer et entreprit de scotcher une lampe torche sur une casquette de base-ball.

— Tu l'as lu ? demanda Chris en désignant le livre.

— Plus ou moins.

— En gros, c'est exactement ce qu'on se dit depuis toujours sur les adultes et tout le reste.

— C'est juste que j'ai pas trop envie de lire. Ces derniers temps, j'ai même du mal à écouter de la musique, c'est comme si c'était trop raffiné pour moi.

— Du coup, tu ne t'exerces plus ?

— C'est l'été, répondit Leon, les cours sont finis.

Ils sortirent de l'autoroute près d'un panneau annonçant des chutes d'eau ; quelques kilomètres après l'embranchement, ils se garèrent. Natalie ouvrit la portière et Leon et Chris, une fois dehors, s'étirèrent tous les deux.

Pendant un instant, personne ne parla, chacun s'imprégnant de l'ambiance du lieu. Bien plus loin, en contrebas, roulait la Columbia River, plus large et plus sauvage que la Willamette. Ses eaux sombres, déchiquetées par le vent, se chevauchaient sans merci dans leur précipitation pour rejoindre l'océan. Sur sa rive la plus proche, on reconnaissait l'autoroute à son flot de lumières en S. De gros câbles électriques passaient au-dessus de leurs têtes, au-dessus de la rivière, s'étendaient jusque de l'autre côté des gorges, jusqu'à l'État de Washington, et faisaient le voyage en sens inverse. Ces câbles trouvaient leur point de départ au niveau des barrages, puis couraient sans s'arrêter de pylône en pylône.

Plus près du petit groupe se trouvait une station électrique de distribution, entourée de grillage, à moitié camouflée. La station émettait un bourdonnement ; le blanc de la porcelaine des isolants dans les hauteurs contrastait avec l'ombre des gros transformateurs au sol.

— On dirait qu'il n'y a personne, dit Natalie, mais ce plan est plus risqué qu'il n'en a l'air. Je serai de retour dans moins d'une heure. Tu sauras t'en sortir, Leon, je te fais confiance.

Sur ces mots, elle sauta dans la camionnette dont le moteur tournait toujours, enclencha une vitesse, et s'éloigna.

— Qu'est-ce qu'il lui prend de t'appeler par ton nom d'un seul coup ? demanda Kayla. D'habitude, elle ne prononce que le mien.

Le regard de Chris passa de Kayla à Leon, puis revint sur la jeune fille. Il savait que Natalie avait dû, très tôt ce matin-là, descendre au skatepark sous le pont pour essayer de mettre la main sur Kayla, qui n'avait pas respecté la consigne d'appeler tous les jours. Depuis un moment déjà, déjà, il n'y avait pas beaucoup de travail pour eux, et elle avait perdu l'habitude de le faire. Que Natalie soit fâchée contre elle mettait aussi Kayla sous pression. Elle n'en avait pas fini avec Leon :

— Tu as vu ta tête ? lui fit-elle remarquer. Tu t'es encore fait couper les cheveux ?

— Non.

— Il faudrait qu'on s'y mette, dit Chris.

— Tu as vu Chris, dit Kayla, ses cheveux ont quasiment repoussé, et toi tu es toujours chauve comme un œuf.

— Ils ne poussent pas vite, répliqua Leon. Et alors ?

Il remit sa casquette et alluma la lampe torche. Lorsqu'il se tourna vers Chris, le faisceau lumineux, pointé droit sur lui, aveugla ce dernier. Le visage de Leon restait invisible derrière le flot de lumière.

— C'est pas grave, dit Chris. Sans doute qu'elle connaît nos noms à force, ça doit faire au moins la dixième fois qu'on fait ça.

— Qu'est-ce que tu fous ? demanda Leon.

Kayla était en train d'enfiler les crampons d'escalade. Elle les avait ramassés pendant que Leon bricolait sa lampe.

— Tu commences à prendre trop de risques, lui dit-elle. En plus, il n'y a pas de raison que ce soit toujours toi qui grimpes.

— Et Chris ?

— J'ai déjà mis un crampon, dit-elle.

Chris détourna les yeux et étudia le ciel. Loin des éclairages urbains, les étoiles paraissaient plus brillantes, leur contour plus net.

— Vous croyez qu'il va y avoir de l'orage ? demanda-t-il.

— Mais non, sois pas bête, il n'y a même pas de signe de pluie. On va faire le pylône là-bas, de l'autre côté, ajouta Leon en montrant du doigt la pente qui descendait vers la centrale. Ça sera plus facile à escalader.

— C'est aussi cent fois plus dangereux, ajouta Kayla. Ici, de ce côté, la tension est réduite. Donne-moi un coup de main, Chris.

— Dangereux ? dit Leon. Chris vient de le dire, on a fait ça tellement de fois.

Chris aida Kayla à passer les courroies autour d'elle. Comme elle peinait à marcher avec les crampons, elle s'appuya sur lui. Une fois au poteau, il la souleva pour lui faciliter la tâche. Au début, elle progressa lentement pour trouver son équilibre et se remémorer les gestes.

Quand elle eut parcouru la moitié de la hauteur, Chris fit quelques pas en arrière. La pénombre l'entourait, rien ne bougeait sur la route ou en contrebas près de la centrale. Plus loin en revanche, il aperçut une lumière qui s'élevait lentement. C'était Leon qui escaladait un des pylônes. Sa silhouette courbée, camouflée jusque-là par les arbres, était à peine moins sombre que le ciel nocturne derrière lui.

— Où est Leon ? demanda Kayla.

— Je ne le vois pas. Il est sans doute parti pisser quelque part. Ne regarde pas en bas.

Chris les regardait tous les deux. Il ne voyait pas ce qu'il aurait pu dire ou faire pour influencer ou changer le cours des choses. Kayla était arrivée au sommet du poteau et, les deux mains sur le coupe-boulon, elle s'efforçait de couper le câble. À trente mètres de là, Leon, quasiment invisible, avait poursuivi son ascension. Il s'accrochait avec les jambes autour de la partie métallique, ce qui lui libérait les deux mains. Il grimpait sans harnais.

En bas, juste entre eux deux, une lueur bleue s'échappa de la base d'un des transformateurs dans la centrale. Une détonation précéda un sifflement croissant qui s'éleva depuis le sol. Puis, au milieu d'étincelles, une lumière s'aggloméra pour former une boule de feu qui grimpa en flèche dans le ciel. D'une clarté blanche, elle projetait des ombres soudaines sur les grands arbres, les pylônes et les poteaux. La boule de feu, en ricochant sur les mailles du grillage, gagna rapidement en vitesse et en luminosité. En s'échappant, elle tourbillonnait de plus en plus près du sommet. Chris retint sa respiration. La boule de feu vola au-dessus du pylône où Leon s'accrochait, et continua de dévaler la ligne haute tension en direction des lumières de la ville au loin. Elle filait à une vitesse folle et, dans son sillage, les câbles crépitaient. À mesure qu'elle prenait de la distance, elle rapetissait dans le ciel, dans un bruit de déchirure.

En l'espace d'un instant, Kayla et Leon étaient redescendus sur la terre ferme, sains et saufs. Ils déguerpirent avec Chris au pas de course sur le bas-côté de la route, dans la direction que Natalie avait prise. Leurs six pieds frappaient le sol en cadence. Dans le lointain, on percevait le bruit des sirènes. Chris espérait que Natalie avait entendu et qu'elle n'était pas partie trop loin. Il jeta un regard furtif à Kayla, à son visage sérieux, marqué par la peur, puis en direction de Leon. Ce dernier souriait, sautillant, on aurait juré qu'il riait, comme si quelque chose de merveilleux venait de se produire. Il était perdu dans son monde, les yeux écarquillés, le regard dans le vide et ne remarquait pas que Chris l'observait.

* * *

Dans le bar où Natalie s'était installée, quelqu'un crut avoir entendu un coup de fusil, mais elle savait bien de quoi il s'agissait. Elle sentit le passage de l'électricité dans les airs, la chaleur dans ses plombages. Elle avait mis des chansons dans le juke-box (*Barracuda*, *Fly Like an Eagle*, *Takin' It to the Streets*) seulement pour ne pas perdre la notion du temps. Elle n'éprouva donc aucun regret de ne pas les écouter en entier. Elle reposa son verre de vin sur le comptoir, se leva de son tabouret et sortit sur le parking pour rejoindre sa camionnette, à l'instant même où les lumières à l'intérieur s'éteignaient. Il ne lui faudrait que dix minutes pour rejoindre les gamins, et cette fois, ils pourraient constater par eux-mêmes l'étendue de la panne de courant.

* * *

Heather sortit sur le pont à la suite de Steven. Il tenta de lui expliquer comment la vague d'obscurité s'était abattue sur la ville, tous les quartiers sombrant dans la pénombre un à un, et comment, le ciel s'étant subitement obscurci, les étoiles scintillaient avec plus de force.

* * *

Les câbles haute tension qui passaient sous la rue crachotaient, crépitaient. Victor Machado parvint à s'en dégager et sortit par une bouche d'égout. Il ne remit pas la plaque en place et s'élança dans la rue sombre en courant, en direction de Chinatown, ses grands bras comme deux pendules à ses côtés. Il espérait que l'homme qu'il trouverait dans la boutique saurait le réconforter et lui fournir une explication.

* * *

À sa table du Shanghai Shanghai, son magasin de Chinatown, Chesterton mettait de l'ordre dans ses bracelets de cuivre. Quand les lumières s'éteignirent, il laissa échapper son rire de baryton. Il se leva et contourna, pieds nus, un présentoir de bijoux en jade, un autre de coffrets laqués. Il sortit dans la rue, et la cloche de cuivre au-dessus de la porte sonna. À mesure qu'il s'avançait dans la rue de plus en plus obscure, il contemplait les façades avec satisfaction. C'était le genre d'événement qui pouvait guérir bien des blessures – et fournir de copieuses quantités de cuivre de première qualité.

Deuxième partie

14.

Subitement, l'attache au rivage se rompit et, libre de toute entrave, l'embarcation s'écarta du quai. Dans le jour naissant, la péniche s'éloignait si lentement du port qu'on l'aurait crue immobile. Elle trouva naturellement le courant et se laissa entraîner paresseusement par le fleuve. Dans son sillage, les amarres, sectionnées à la hâte, flottaient à la traîne dans les eaux sombres.

Dans l'air calme, sans vent, un sac plastique progressait silencieusement au même rythme que l'embarcation. Un mince frisson parcourait la surface de l'eau, imperceptible chair de poule. L'eau clapotait doucement au niveau de la poupe du bateau, tandis qu'il franchissait les piles de béton du Sellwood Bridge. Il les évita mais, au passage, un tourbillon le fit pivoter, si bien que quelqu'un assis sur la rive aurait pu lire son nom : *Ninoufar.*

Placé en hauteur au-dessus du fleuve, un observateur se serait bien rendu compte de la lenteur du courant, de la quasi-immobilité du bateau, comme désemparé et ivre, au moment de passer devant le parc de loisirs : la rivière canadienne dans la pénombre, le grand huit branlant, la piste noire du karting, et les rails surélevés du train miniature dont les boucles se perdaient au milieu des grands arbres. Assis là, à une table de pique-nique, le gardien contemplait la nuit. Il fumait une cigarette, dont seule l'extrémité incandescente, à chaque aspiration, révélait sa présence. Mais, le dos à la rivière, il ne fut pas le témoin de la dérive solitaire de la péniche minuscule entourée d'eaux sombres.

Dans le chenal de droite, à quelques encablures de Ross Island, un peu en amont de la carrière, la coque du bateau racla contre un haut-fond, mi-sable, mi-vase. Le contact le ralentit sans le stopper. Un fer à béton oublié là sortait à moitié de l'eau et se prit dans l'arbre de l'hélice, libérant le boulon qui retenait cette dernière. La ville aux lumières oubliées apparaissait sur la gauche, le Ross Island Bridge derrière, et plus loin devant, l'ombre massive du Hawthorne Bridge. À cette heure matinale, les gens n'avaient pas encore pris le chemin du travail, seules quelques voitures circulaient sur les ponts et les conducteurs à moitié réveillés ne remarquaient rien. Le soleil ne s'était même pas encore levé. Un croissant de lune sur le départ émettait des rayons froids de lumière oblique. Sur le ciel couleur charbon, les êtres et les choses n'étaient encore que des silhouettes.

Sur la péniche même, sur le pont, dans la cabine, il n'y avait aucun mouvement. Par les hublots, les rayons de lune dessinaient des cercles pâles sur le plancher. Tout était calme, sans conscience de la dérive. Seule la chatte semblait agitée. Elle fit le tour du bateau dans le sens inverse des aiguilles d'une montre tandis qu'il effectuait doucement une rotation dans l'autre sens. Elle poussa un miaulement, une plainte triste, comme pour dire que quelque chose clochait et qu'elle ne pouvait rien y faire. Elle se parlait à elle-même et n'interrompait son tour que pour passer nerveusement un coup de langue sur ses épaules maigres.

Gardant constamment le cap au nord, la péniche arriva au niveau du Burnside Bridge, ligne de démarcation nord/sud de la ville. Le vieux pont, présence massive au-dessus du fleuve, jetait son ombre sur l'eau. Malgré sa hauteur gigantesque, sa voûte semblait couverte de bernacles, comme si l'eau pouvait monter jusque tout là-haut. En suivant cette voûte vers l'est, jusqu'à la rive, on arrivait directement au skatepark. À cette heure matinale, l'endroit était presque désert.

Kayla s'entraînait seule, ses écouteurs fermement enfoncés dans les oreilles. Elle démarra d'un *drop-in*[16], enchaîna un *kick-flip*[17] avec un *fakie-ollie*[18], qui se conclut par un atterrissage hésitant – vision furtive du béton, impression trouble, les dents qui grincent : pas question de jeter l'éponge. Elle repartit dans l'autre sens, vers le mur le plus éloigné, et rassemblant ses forces, elle parvint jusqu'en haut d'une rampe et s'accrocha au grillage. Elle reprit sa respiration, les cheveux lui couvrant le visage comme un long rideau brun et droit. Elle s'appuyait sur ses genoux et ses ongles étaient recouverts d'un vernis rouge profond. En écartant sa mèche, elle entrevit le bateau qui glissait sous le pont et le reconnut.

« *Kanojo wa hen-na hito desu ne* », répétait la voix dans ses oreilles. Kayla sourit, cracha, évitant de peu une voiture garée en contrebas. De nouveau, le *kick-flip*, le *fakie-ollie*, et dans sa tête, les idées s'enchaînaient plus vite. Elle atterrit nettement cette fois et poursuivit directement avec un *tail-slide*[19] le long de la bordure de la rampe.

Elle ne vit pas le bateau approcher du Pont de Fer, car il avait passé un coude de la rivière pour prendre de plus en plus de vitesse à l'approche du fleuve Columbia – en aval, le Pacifique. Par chance, le passage des ponts précédents s'était fait sans heurts, mais à ce niveau, l'enchevêtrement des courants prenait une autre forme et la péniche vint racler la pile du pont. Personne n'entendit ce léger bruit. La secousse fut suivie d'une halte, le bateau se trouvant retenu. Puis, il continua de glisser vers le nord.

Une heure s'écoula avant qu'il ne s'immobilise complètement le long des autres embarcations, dans la marina qui bordait le

16. Se dit lorsque le skateur part du haut d'une rampe et utilise la gravité pour obtenir la vitesse nécessaire à certaines figures.

17. Technique consistant à faire tourner la planche à 360° tandis que le skateur est toujours en l'air. La difficulté consiste à bien retomber les pieds sur la planche.

18. Figure de base du skate : il s'agit d'effectuer un saut avec la planche.

19. Glissé de l'arrière (tail) du skate.

chenal de Sauvie Island. La péniche se cala contre ces bateaux dont les occupants dormaient encore profondément. La chatte marqua un temps d'arrêt, hésitant à tenter un saut jusqu'au quai. Elle reprit ses déambulations autour de la cabine. De l'autre côté des hublots ouverts, les rideaux étaient relevés, entortillés autour d'eux-mêmes. Le montant de lit en cuivre tanguait doucement au rythme de l'eau malgré le fait qu'il avait été solidement fixé au plancher, tout comme les tables de nuit. La couette avait été jetée au sol pendant la nuit, et sous les draps Steven commençait à se retourner, puis il s'assit. Il avait rêvé d'un orage, d'ailleurs il y avait peut-être bien eu un orage, ce qui expliquait les mouvements du bateau amarré au port. Avant même de poser le pied sur le plancher en pente, il sut que quelque chose clochait.

Il sortit sur le pont et remarqua les aussières détachées et le bateau sans amarres. Il regarda les bateaux autour de lui, puis le fleuve derrière. Il lui fallut un moment pour se rendre compte qu'il ne se trouvait plus à l'endroit où il s'était couché la veille, que les bateaux de cette marina inconnue étaient eux-mêmes différents.

Les amarres coulaient à pic. Il les sortit de l'eau l'une après l'autre : en charpie, comme si on s'y était repris à plusieurs fois pour en sectionner les extrémités. Leur tressage défait, elles n'avaient plus aucune valeur. Il les rejeta dans l'eau et elles coulèrent au milieu d'éclaboussures misérables. En faisant le tour de la cabine, il remarqua que la coque à bâbord était cabossée et que la partie incurvée de la proue était pliée. Il mit le moteur en route et enclencha la marche arrière. Sur le plan mécanique, tout allait bien, l'allumage était parfait, le moteur tournait, mais le bateau restait sur place, rien ne se produisait à part le couinement de l'arbre d'hélice tournant à vide, comme un bâton inutile dans l'eau. L'hélice avait disparu.

Il héla un homme qui passait sur le quai :

— Excusez-moi, je suis où ? Vous pouvez venir me donner un coup de main ?

Une fois la péniche amarrée, il essaya d'appeler avec son portable, mais la batterie était vide. Sur la commode, il trouva quelques pièces de monnaie et monta sur le quai. Il grimpa le long d'une rampe qui tanguait sous ses pas, et arriva à un parking. À côté du distributeur de boissons, il décrocha le combiné d'un téléphone à pièces. Son premier appel fut pour l'Œil qui Voit, et il tomba sur la voix enregistrée d'Heather, qui donnait des renseignements sur les chiens, des réponses aux questions les plus courantes ainsi que les heures d'ouverture des bureaux. Le soleil n'était même pas encore levé, les employés n'arriveraient que bien plus tard. Il y avait toujours la possibilité d'appeler Heather chez elle, mais certainement pas pour qu'elle vienne l'aider. Qu'aurait-elle bien pu faire pour lui ? Entendre sa voix lui fit du bien.

Steven s'acheta une canette de jus d'orange, but une longue gorgée fraîche et toussa. Au loin, il repéra l'arrêt du bus qui le ramènerait en ville, puis il tourna de nouveau son regard en direction de la péniche, de la rivière. Il fallait qu'il trouve l'explication à tout ça, qu'il évalue l'ampleur des dégâts, et qu'il se trouve une place temporaire dans cette marina. Il redescendit au dock par la rampe, revérifia les nœuds qu'il avait faits à partir des cordages qu'on lui avait prêtés. À bord, il mit la main sur un vieux *duffel bag*, où il entassa quelques habits et les rares objets de valeur qu'il possédait. Où allait-il dormir ce soir-là, il n'en savait rien, sauf que ce ne serait pas sur ce bateau. Il ne parvenait pas à se faire à l'idée que quelqu'un avait tranché ses amarres et l'avait envoyé dériver au beau milieu de la nuit. Il ne connaissait pas grand monde à Portland. Peut-être que la personne qui avait fait ça était convaincue que l'ancien propriétaire de la péniche se trouvait à bord, et qu'elle avait un différend à régler avec le vieil Iranien. Il devait s'agir d'une erreur.

Steven était presque arrivé à la rampe quand il entendit un son grave, un long gémissement, juste derrière lui. La chatte le regardait depuis le bord du quai, parfaitement immobile à l'exception de ses yeux et de sa queue, secouée de tressaillements convulsifs. Il fit glisser le sac dans sa main gauche, et de la droite, prit l'animal. Elle pressa son corps chaud contre le sien et se mit à ronronner tandis qu'il se dirigeait vers l'arrêt de bus.

Ils attendirent une demi-heure environ, et le chauffeur ne prit pas la peine d'écouter les explications de Steven, ni de l'interroger à propos du chat. Il parcourut l'allée centrale du bus vide pour aller s'asseoir au fond.

Il s'efforça de réfléchir, d'élaborer un plan. Le bus suivait une route parallèle à la rivière en direction du sud. À sa droite, Forest Park s'élevait dans le ciel, épaisse muraille verte ; à sa gauche, le St. Johns Bridge étirait son ombre imposante sur le fleuve. Le soleil levant dardait ses rayons, qui lui arrivaient droit dans les yeux.

Ils passèrent sans bruit dans les zones industrielles endormies, vers les quais, et remontèrent en direction de Chinatown. Steven laissait reposer sa tête contre la fenêtre. Ce fut à un croisement qu'il la vit. Les rues étaient désertes, et sa camionnette esquintée, au point mort à côté du bus, attendait que le feu passe au vert. Natalie.

Il ne souhaitait ni ne s'attendait à la revoir, et pourtant, elle était bien là, à trois mètres de lui, ignorant complètement sa présence. La vitre ouverte, elle portait des cheveux longs et blonds, permanentés, et son chemisier d'un bleu électrique brodé de motifs floraux couvrait à peine sa poitrine. En se penchant pour tenter de saisir son expression, Steven s'aperçut qu'elle n'était pas seule. Sur le siège passager, il y avait un homme au visage à moitié caché, un jeune homme en fait, les mains croisées sur ses cuisses et qui donnait l'air de s'ennuyer. Son visage lisse et pâle n'avait pas complètement perdu ses rondeurs d'enfant, et sur son crâne rasé, on remarquait à peine la repousse de ses cheveux bruns. Le feu passa au vert, et le pick-up de Natalie démarra. Il n'avait pas la moindre idée de ce qu'elle pouvait bien faire là, de si bon matin ; il s'en moquait.

Il tira sur la corde pour demander l'arrêt, remercia le chauffeur et descendit du bus. Sur le trottoir, la chatte se réveilla doucement. Les rues étaient à peu près vides, car les gens commençaient seulement à s'éveiller. Dans un fracas énorme, un camion poubelle tourna à l'angle d'une rue presque sans ralentir. Un peu plus loin, il aperçut l'immeuble de l'association, l'enseigne avec le gros œil superposé sur la silhouette d'un chien.

15.

Une semaine après l'épisode du bateau, Kayla s'entraînait seule sous le Burnside Bridge. C'est là qu'elle venait quand il fallait qu'elle réfléchisse sérieusement, et pour le moment beaucoup de choses réclamaient son attention. Ses longs cheveux bruns séparés en quatre tresses retenues par des barrettes en plastique rose s'agitaient tels quatre serpents autour de sa tête. Elle traversa le skate-park en voltigeant jusqu'au sommet de la rampe de béton. Là elle enchaîna un *fifty-fifty grind*[20] avec un *board-slide*[21] de trois mètres – raclement insupportable du métal des roulettes contre le béton de la bordure suivi du glissement un peu creux du bois – avant de retomber, dans un rugissement familier, sur ses roulettes.

Parfois, on aurait pu jurer qu'il y avait une de dizaine skateurs, mais ce n'était que le bruit des roulettes de Kayla faisant écho au tonnerre des eaux du fleuve. Haletante, elle inspira fortement, et poussa un léger soupir ; pourtant, aucun son ne lui parvenait, ni ceux qui sortaient de sa bouche, ni ceux de son skate. Elle avait ses écouteurs solidement enfoncés dans les oreilles, le Walkman fixé à sa ceinture jouait le *Feu d'Artifice* de Stravinsky, mais à cela non plus, elle ne prêtait pas attention. La bande se dévidait pour rien dans une région lointaine de son cerveau. Kayla était trop concentrée sur ses réflexions pour que la musique lui parvienne. Elle était partagée entre d'un côté le skate, le béton, son corps et l'air, et de l'autre ses efforts pour démêler la situation, ses souvenirs, ses projections.

20. Figure consistant à faire glisser latéralement le côté des roulettes contre un support de toute sorte : rail en fer, rebord en béton.
21. Figure ou le skateur glisse sur le bois de la planche.

Un semi-remorque rempli de cagettes de fruits passa de l'autre côté du grillage. Le chauffeur ralentit pour regarder Kayla sans que celle-ci s'en rende compte. Le haut de son corps émergea à un bout du skatepark, elle effectua un demi-cercle autour de ses affaires au sol : son sac à dos et ses nouvelles sandales compensées (elle mettait toujours ses Chuck Taylor pour faire du skate), et replongea dans le *bowl*[22]. Son sac à dos contenait sa trousse de maquillage, ses habits de rechange, ses cartes de vocabulaire japonais, ses lunettes de soleil et ses bijoux en toc. Au fond était enterré le cahier dans lequel elle relevait ce qu'elle savait et ce qu'elle devinait de Natalie, et où, de plus en plus, elle prenait des notes sur Leon et y consignait ses soupçons. Tous ces liens s'entremêlaient, le cahier le montrait clairement. Sur une des dernières pages, elle avait scotché une coupure de journal où il était question de la panne de courant qu'ils avaient provoquée sur les hauteurs du fleuve Columbia. Des milliers de personnes s'étaient retrouvées sans électricité, il avait fallu deux jours pour rétablir l'alimentation. Et il y avait eu des blessés graves : trois employés du téléphone en service de nuit, plus neuf autres personnes, dont une famille de sans-abris qui avait trouvé refuge sous un pont de North Portland. Ils avaient branché des lignes électriques en fraude sur un transformateur et elles n'avaient pas résisté à la saute de tension. Les fils avaient explosé comme une bombe – c'était les mots mêmes du journal – et la vague d'électricité juste au-dessus de leurs têtes les avait tous projetés au sol.

Certains étaient toujours hospitalisés pour brûlures ou pour crises cardiaques, d'autres risquaient de ne pas s'en sortir. Au fur et à mesure que les jours passaient, Kayla n'avait pas essayé de se renseigner davantage. Elle ne se le permettait pas, et quand elle voyait que, sur le point de sombrer, elle allait s'égarer de nouveau dans cette direction, elle refoulait cette pensée, elle l'étouffait. Personne ne connaissait la raison de la coupure de courant, personne n'était en mesure de remonter jusqu'à la cause, et si ces

22. Également appelé lanceur : structure en béton conçue pour la prise d'élan.

gens étaient morts, rien ne pourrait les faire revenir. Quant à elle, elle se cantonnait à rester ici, et à donner de grands coups de pied à travers le skatepark, pour se propulser jusqu'au sommet des structures en béton.

Elle tenta un *backside hand plant*[23], mais elle perdit le contrôle de sa planche et se retrouva l'espace d'un instant en apesanteur, la tête à l'envers. Le skate, après avoir volé dans les airs, retomba sur ses roulettes et continua sur l'autre versant de la fosse, comme guidé par un fantôme. Elle sentit l'odeur du béton, distingua nettement la moindre petite fissure, comme autant d'éclats microscopiques dans un os, et il ne faisait aucun doute à cet instant précis qu'elle allait atterrir tête la première. Mais avec l'élan, ses jambes poursuivirent leur courbe par-dessus sa tête, elle glissa et dérapa jusqu'en bas de la rampe sur les genoux et sur la pointe de ses baskets. Le skate redescendit la pente à toute allure dans sa direction et la percuta de plein fouet dans la cage thoracique. Le timing parfait.

En se redressant, elle sentit sous son jeans ses genoux écorchés et des gouttelettes de sang froid couler le long de ses tibias. Du sang, elle en avait aussi un arrière-goût dans la bouche. Elle cracha mais ne vit pas de trace rouge. Sous l'effet de la chute, ses réflexions s'intensifièrent et elle s'abandonna complètement au skate, comme si cette gamelle avait libéré le flot de pensées dans sa tête. Elle remonta, se positionna au bord, puis elle s'élança et de deux coups de pied, prit de la vitesse. Arrivée comme une bombe en haut de l'autre versant, elle fit un *ollie* sur le bord de la rampe, pivota dans les airs, puis retraversa le *bowl* comme si elle ne pesait plus rien et flottait dans les airs pour accomplir un *frontside carve*[24] parallèle à l'angle du mur. C'était là qu'on avait

23. Également appelé *invert* : figure consistant à prendre appui sur une main au sommet d'une rampe incurvée pour pivoter, la tête en bas, avant de redescendre.

24. Figure classique où le skateur, les pieds écartés sur la planche, roule à un angle de 90° par rapport à la verticale. Plus le *frontside* est effectué haut sur le mur, plus la figure est périlleuse.

peint la Faucheuse à la bombe, où, sous le mot FEAR, on distinguait seulement une silhouette noire, une ombre les bras écartés. Elle sentit que quelque chose bougeait derrière elle et exécuta un demi-tour pour vérifier que ses affaires étaient toujours là. Quelqu'un se tenait juste à côté de son sac à dos. Chris. Il lui fit signe, le casque dans une main, la planche dans l'autre.

Son élan la porta hors de la cuvette, elle dérapa jusqu'à lui et lui envoya une tape sur l'épaule.

— T'es là depuis longtemps ? lui demanda-t-il.

— Je suis claquée.

— Ton *ollie*, la grande classe.

— Merci.

Elle renversa son skate et commença à fouiller dans son sac. Elle mit la main sur un petit miroir de poche qu'elle ouvrit et tint face à elle. Elle lui fit décrire une lente courbe pour pouvoir s'examiner sous tous les angles, puis elle sortit son crayon noir et se maquilla les yeux. Elle défit ensuite ses barrettes qui tombèrent au sol comme une poignée de petits insectes roses s'éparpillant sur le béton. Puis elle commença à se brosser les cheveux pour les lisser.

— C'est à toi, ces sandales ? demanda Chris avant de laisser tomber son casque qui rebondit avec un son creux avant de s'immobiliser près des chaussures. Ce qui te passe par la tête en ce moment, ça me dépasse complètement.

— Il n'a jamais été question qu'on s'habille tous de la même façon, répliqua-t-elle, le rouge à lèvres à la main. Son t-shirt Hello Kitty la moulait au niveau de la poitrine. *Anata ni do are to wa itte nai wa*, ajouta-t-elle.

Chris regarda derrière elle et pointa le doigt vers la rue.

— Dis donc, ce ne serait pas la camionnette de Natalie, ça ?

— Non, finit par dire Kayla après avoir levé les yeux de son miroir. En plus, c'est pas une femme, rien qu'un pauvre type, un sans-abri.

— Natalie, on ne sait jamais à quoi elle va ressembler.

— C'est vrai.

— Et ça fait un bail qu'on l'a pas vue, continua Chris.

— Je crois bien qu'on a fini.

— Fini ?

— Au moins pour un moment. Il y a de quoi tenir longtemps avec tout ce fil.

Huit soirs d'affilée, ils avaient travaillé à récolter du fil, et puis, depuis deux semaines, plus rien. Natalie leur avait repris tout le matériel, y compris les écouteurs.

— En réalité, nous, ça ne nous fait pas de mal de prendre nos distances avec Natalie, poursuivit Kayla. Elle fait vraiment pitié, quand on y pense.

— Pas faux.

— Peut-être qu'on pourrait se passer d'elle pour le fil. On pourrait le ramasser et le refourguer.

— Mais on ne pourrait pas le transporter, répliqua Chris. En plus, on ne sait pas où le déposer. Il faut qu'on trouve une autre solution.

Elle inspecta son visage une dernière fois et dit :

— Quelque chose qui nous ramènera Leon. *Mashi. Kirei. Nan ni shite mo kawaii wa.*

Elle replia le miroir et le rangea. Elle défit les lacets de ses Chuck Taylor, et, une fois debout, les envoya dinguer d'un grand coup de pied. Puis elle déboutonna son pantalon, le baissa jusqu'aux chevilles et le retira. Elle portait une culotte jaune. Des traînées de sang avaient coulé de ses genoux le long de ses tibias et venaient rougir ses chaussettes blanches.

— Ne te sens pas obligé de détourner le regard.

— Tu peux toujours te teindre les cheveux en brun et te maquiller les yeux autant que tu veux, mais tu n'es pas japonaise, dit Chris d'une voix posée. Et en plus, nous, on lui a presque rien fait, au marin, en comparaison de ce qu'ils lui ont fait dans le bouquin. Rien n'a vraiment changé.

Kayla fourra une main dans son sac pour en extraire une jupe d'écolière très courte à carreaux. Rouges et verts. Elle l'enfila et attacha la ceinture. Elle demeura silencieuse un instant, les yeux perdus dans le vague, loin du béton gris. La clarté du jour augmentait, tandis que les ombres se précisaient et que le bruit des voitures sur le pont s'amplifiait. Penchée en avant, elle attacha les minces lanières de ses sandales.

— Peut-être qu'après tout le marin n'avait rien à voir là-dedans.

Elle se redressa, plus grande d'une dizaine de centimètres. Elle baissa les yeux sur Chris puis continua :

— Il fallait bien qu'on essaie de faire quelque chose. *Jinsei wa no kantan na singo to kesshin de naritatte iru.* C'est pas comme si on pouvait se contenter de ne rien faire.

— N'avait rien à voir dans quoi ? demanda Chris. De quoi est-ce que tu parles ?

— De Leon. De tout ça.

— Leon ? Comment ça ? Il ne nous a même pas aidés pour le marin.

— Il aurait pu faire quoi, franchement ? dit-elle. Il y avait bien assez de nous deux.

— Ce n'est pas ce que je voulais dire. Je voulais dire qu'avant on faisait tout à trois.

— C'est vrai. Ça vient de lui ou de nous ? On ne peut pas le forcer à passer du temps avec nous.

— Et j'ai pas l'impression qu'il a de nouveaux amis non plus. Du moins pas que je sache, poursuivit Chris.

— Tu ne crois pas… tu ne crois pas qu'il pourrait voir Natalie tout seul ?

Ils avaient remarqué tous les deux qu'au cours des dernières missions Natalie regardait Leon différemment, comme s'ils étaient plus proches l'un de l'autre.

— Il bosserait pour elle ?

— Ça, ou quelque chose d'autre.

— C'est bien possible, reconnut Chris.

— Même si c'est le cas, ce qu'ils peuvent bien faire tous les deux, c'est seulement une pièce du puzzle. Elle, je m'en fous pas mal, mais c'est pas pareil pour Leon.

— Alors, qu'est-ce qu'on est censés faire ?

— Il faut l'aider, à mon avis. D'après moi, il est en train de faire des conneries.

— Non ? Du genre prendre de la dope ? Arrête, dit Chris. Ses parents le fliquent déjà assez comme ça…

— Je veux dire qu'il fait des vraies conneries. Je ne dis pas qu'il faut le ramener vers nous, ou le forcer à nous ressembler, c'est peut-être à nous d'aller vers lui, tu vois.

— Comme le suivre ?

— Par exemple, dit Kayla.

— Ce ne serait pas plus simple de lui poser la question ?

— Tu sais bien que ça ne marche pas. Soit il nous raconte des bobards, soit il n'y voit pas plus clair que nous.

— Pourquoi il nous mentirait ? demanda Chris.

— Si j'étais à sa place, j'aurais envie que vous veniez me récupérer tous les deux.

— Pareil pour moi.

— Qu'est-ce qu'il a dit ?

— Quand ça ?

— Au téléphone.

— Hier ? Il n'a pas vraiment donné d'explications sur ce qu'il faisait ces derniers temps. Il a dit qu'il irait peut-être au planétarium aujourd'hui, ou alors Oaks Park.

— Leurs montagnes russes, c'est de la rigolade, dit Kayla. T'as l'intention de faire un peu de skate avant que tous les autres débarquent ?

Chris ramassa son casque et se l'attacha autour du cou. Puis il posa doucement sa planche à terre. Il s'engouffra dans une pente sous le regard de Kayla. Les coudes saillants, les fesses en arrière, il avait l'air plus instable que jamais. Arrivé en haut du mur le plus éloigné, il effectua une drôle de rotation à 180° et au retour, il s'efforça de réfléchir à la suite, son visage reflétant un état de concentration extrême.

16.

Chesterton était assis à la table du Shanghai Shanghai. Le mince faisceau qui provenait de la seule lampe de son magasin projetait un cercle de lumière sur son carnet. Il avait des mains imposantes et portait, en plus d'un grand nombre de bracelets de cuivre, une grosse montre en or à chaque poignet. Il écrivait avec une plume d'oie aux reflets bleus dont il appréciait l'affectation. Perché sur son tabouret, courbé sur son travail, il remplissait de son écriture fine les pages du cahier ouvert à côté de la caisse enregistreuse. Il écoutait en même temps la fréquence radio de la police, où alternaient blagues et affaires sérieuses. Les agents donnaient de longues listes de codes qu'il connaissait par cœur : il guettait toute mention d'électrocution.

Ses mots, il les choisissait avec soin. Il les couchait sur le papier pour la postérité, dans un effort pour relater avec justesse cette situation dans ce qu'elle avait de plus insaisissable. Il ne se leurrait ni sur l'étendue de ce qu'il ignorait, ni sur la vitesse à laquelle les choses pouvaient évoluer. Il avançait lentement, tâchant de ne jamais anticiper. Il avait remarqué par exemple que, ces derniers jours, de petites bulles de salive se formaient sur sa langue puis s'envolaient. Ça, c'était nouveau, comme s'il y avait eu un changement dans la forme de sa bouche, dans sa façon de parler, ou d'exprimer les choses, ou encore dans la force et les sentiments qui l'animaient. Est-ce que, parallèlement, son écriture manuscrite avait subi un changement ? Il n'en savait rien. L'étude de ce phénomène lui apparaissait comme un plaisir raffiné, lui apportant à la fois satisfaction et frustration – d'ailleurs, il était convaincu qu'il aurait fallu creuser ce genre de rapprochement.

Le rideau métallique du magasin baissé l'empêchait de voir dehors et interdisait par là même la vue de ce qui se passait à l'intérieur. La lumière de la lampe se reflétait sur sa calvitie. Sur les étagères obscures s'entassaient des schémas d'acupuncture poussiéreux, des crânes de plâtre, des éventails, du Baume du Tigre. Des teintures, des onguents aux noms mystérieux promettaient des miracles – ce n'était guère plus qu'un peu d'eau et du colorant artificiel. À côté d'eux, des herbes séchées datant de dizaines d'années étaient quasiment réduites en poussière. Et des tongs, des autocuiseurs à riz cabossés, des théières ébréchées, des poissons séchés aux yeux ébahis, des calendriers chinois d'un autre âge.

Il tenait le mouvement *new-age* en horreur, mais il dépendait d'eux, les fervents de mysticisme, ceux qui étaient prédisposés à croire un peu n'importe quoi. Il avait choisi Chinatown pour cette raison. Est-ce qu'il vendait de l'authentique ? Il ne se préoccupait pas de cela, ni de savoir si son activité lui rapportait beaucoup d'argent. Il voulait passer aussi inaperçu que possible, et il laissait la tâche de prendre les commandes à Henry Yee, le Chinois qu'il avait embauché pour tenir la boutique. Est-ce que Chesterton lui-même attirait l'attention ? Sans aucun doute : grand, large d'épaules et plus noir que noir, il cadrait difficilement dans le paysage. Pour le magasin, il fallait un visage asiatique, c'était celui d'Henry, un bon caractère à l'esprit vif qui savourait toute l'ironie de la situation.

La seule partie du magasin dont Chesterton se souciait réellement, le seul secteur qu'Henry ne gérait pas, concernait les objets de cuivre. Les bracelets pour poignet, cheville et bras. On vantait sans discrétion leur capacité à soulager l'arthrite et toute une série de maux divers, à favoriser la concentration, à guérir l'impuissance et à faire repousser les cheveux. Plus le bracelet était large, plus l'effet était puissant – et le prix élevé. Chesterton les fabriquait lui-même à l'étage, il faisait fondre dans un chaudron les fils de cuivre sur une plaque chauffante. Il marquait l'intérieur d'un signe « made in China », ou alors d'idéogrammes chinois sans queue ni tête, ou encore de messages palliatifs, bourrés de fautes pour faire plus vrai : CÉRÉNITÉ, SAJAISSE, MÉDITASSION.

Chesterton s'arrêta d'écrire. Il crut entendre quelque chose bouger sous le plancher, comme une charnière cachée. Après un moment, il reprit sa démonstration écrite, et les trois bracelets de cuivre à son poignet se mirent à tinter de plus belle sous le mouvement de sa plume.

Les étagères qui accueillaient les bracelets étaient époussetées avec soin. Les prix allaient de cinq à quarante dollars, sauf pour quelques modèles placés tout au fond. Ces articles attiraient moins la clientèle, on les aurait dits enlaidis à dessein : ils étaient plus minces, plus bruts, attachés à l'étagère par des câbles d'acier pour dissuader les voleurs. Ils étaient en vente à cinq cents dollars. Les gens lui demandaient pourquoi, mais il ne répondait jamais. Henry Yee non plus ne comprenait pas : pour lui il s'agissait d'une sorte de blague, une astuce de marketing qui lui passait au-dessus de la tête.

Et puis il y avait ceux qui n'avaient pas besoin de demander pourquoi le prix de ces bracelets affreux était si élevé. Ils n'avaient qu'à effleurer le cuivre pour sentir la différence. C'était eux que Chesterton recherchait. C'était à leur sujet qu'il écrivait. Pendant des années, il les avait étudiés, mais il n'avait que depuis peu commencé à réellement les connaître, ou du moins à rassembler des éléments pour créer une base de données sur eux. Il possédait une liste de près de cent noms, mais il ne se leurrait pas : cette liste n'était pas exhaustive, même s'il se refusait à se lancer dans des estimations.

Il écoutait la fréquence radio de la police. Il passait la presse quotidienne au peigne fin à la recherche des faits divers liés à des électrocutions, qu'il consignait méthodiquement. Au premier étage, juste au-dessus, se trouvaient deux pièces. Dans la plus grande, il faisait ses expériences, dans l'autre, il rangeait ses livres sur l'électricité, des traités sur son utilisation – à de bonnes ou mauvaises fins – des articles sur les traitements par électrochoc, sur les victimes de la foudre et sur les courants qu'on trouvait à l'état naturel à l'intérieur des organismes vivants. Des cartes topographiques de Portland et des environs étaient accrochées aux murs. On y avait fiché une multitude de punaises de différentes couleurs : blanc pour les accidents électriques, bleu pour les cas de blessure, rouge pour les cas mortels. On pouvait par exemple voir, au niveau du pont de North Portland, une forte concentration de rouge, là où la récente tragédie avait eu lieu. Les bleus, ceux qu'il appelait « les Affectés », intriguaient davantage Chesterton en raison des promesses qu'ils recelaient.

Il possédait déjà presque trop de matière pour pouvoir en faire une synthèse, en extraire la substance. Malgré tout, il était bien décidé à ne pas reculer devant la tâche. C'est pour cela qu'il consignait ses découvertes et ses hypothèses, qu'il avait entrepris ce travail de rédaction, et c'est aussi pour cela qu'il laissait libre cours au processus d'écriture afin de mettre au jour de nouvelles possibilités, de nouvelles voies.

I. EN GUISE D'INTRODUCTION

Tout autour de nous, se trouve un monde caché, peuplé de gens dont les motivations, les désirs, les raisonnements diffèrent des nôtres. Peut-être est-ce une platitude que de le mentionner, mais je n'écris pas pour parler de cette différence. J'écris pour donner une idée de son étendue, de son ampleur.

Je m'efforce humblement de donner à cette différence une description et un pourtour, d'expliquer que la vie de ces gens, que nous nommerons dorénavant « les Affectés » par souci de clarté, s'étend bien au-delà de la nôtre, et de rechercher quels enseignements nous pouvons en retirer.

Je me dois d'insister sur le fait que les Affectés proposent rarement de discuter spontanément de leur état ; au contraire, on doit se contenter de ce qu'on peut leur soutirer. Foncièrement, ces gens ne sont pas portés à l'introspection.

Permettez-moi de donner ici une structure à ce compte-rendu de mes enquêtes : tout d'abord, je ferai quelques remarques préliminaires, accompagnées d'exemples individuels, puis je présenterai mes propres expériences et hypothèses, enfin, partant de là, j'envisagerai la mise en œuvre de futurs projets, et ainsi de suite. Bien entendu, il m'est délicat de promettre que je me tiendrai sans faillir à ce plan initial. Je dois demeurer flexible et suivre chaque possibilité si elle s'annonce riche en enseignements.

On serait parfaitement en droit de s'interroger sur l'origine de mon intérêt pour ce sujet, ou même de se demander comment quelqu'un d'« InAffecté » a pu en arriver à appréhender l'existence d'une société aussi fermée, sans parler d'obtenir la reconnaissance de ses membres. Est-il suffisant de signaler que j'ai toujours eu des soupçons ? Je suis un homme qui a, à titre personnel, procédé par le passé à des expériences sur l'électricité, qui a porté des aimants dans ses chaussures, ses sous-vêtements, et en a placé sous son matelas. J'ai toujours profondément ressenti l'électricité à l'intérieur de mon corps, les courants qui permettent le mouvement, qui enclenchent le fonctionnement des synapses et sont responsables des bonds que fait mon esprit, des vides aussi… et je suis convaincu qu'il doit y avoir des moyens d'amplifier cette énergie pour que j'accomplisse des progrès – ou alors peut-être que cela modifierait la teneur et la nature de mon ressenti. Par conséquent, c'est moi qui, d'une certaine façon, me serais rapproché des Affectés, et non le contraire.

Du soupçon naquit une prise de conscience, qui elle-même constitua la première vraie étape. Peut-être qu'à l'avenir, ailleurs qu'ici, je donnerai le compte-rendu de mes efforts initiaux pour rassembler tous ces éléments épars. Pour l'heure, je ne cherche qu'à avancer rapidement vers mon but.

Suis-je en mesure de reconnaître les Affectés simplement à l'œil nu, à leur agitation, aux signes d'indécision qu'ils donnent ? Parfois, peut-être. Bien souvent, mes bracelets, ici dans la boutique, me permettent facilement d'en repérer un – tel client, qui ne faisait que regarder, se trouve soudainement dévoilé ! D'autres occasions m'ont permis de les trouver, parfois même par hasard. Denise, Jonathan, Walter : dans des souterrains, ou près de transformateurs électriques dans des endroits isolés, ou encore à proximité de barrages, tard dans la nuit, tandis qu'ils se perdaient dans le grand bourdonnement hydroélectrique. Je repense à mon Victor, Victor Machado qui vint à moi à la recherche de travail quand personne ne voulait lui en donner : il m'arrive de me demander si je n'ai pas la faculté d'attirer les Affectés ! Et Natalie, que je vis pour la première fois rôder autour d'une centrale électrique, et que plus tard j'observai trafiquer dans les fils d'une station-relais du quartier. Je l'ai suivie pendant assez longtemps avant de prendre contact avec elle.

(Nombreux sont ceux qui m'aident dans mes recherches, sans qu'ils aient conscience qu'en réalité ce sont eux qui constituent l'objet de mon étude !)

La grande variété des chemins qui m'ont conduit aux Affectés reflète l'étendue des différences qui existent entre eux. Car, comme nous tous, ils demeurent des individus radicalement distincts les uns des autres. Chez certains, réflexion et entendement ont presque disparu, quoique dans la plupart des cas, il soit quasiment impossible de déterminer quelles pouvaient être, à l'origine, leurs facultés intellectuelles. En revanche, d'autres conservent leur vivacité d'esprit tout en adoptant de nouvelles lubies, mais alors ils régressent au stade des fascinations de l'adolescence, voire plus en arrière encore. Leurs goûts en matière de nourriture, de musique, de mode vestimentaire changent. Et puis il faut aussi prendre en compte l'étourderie, le temps perdu, le sommeil perturbé, les tentatives d'automédication.

Davantage d'exemples de ce type vont suivre. Néanmoins, parallèlement à mes efforts pour rendre compte des variations individuelles, je tenterai de tracer, dans les grandes lignes, les caractéristiques communes qui, prises ensemble, pourraient servir à identifier les Affectés. Je vais à présent proposer une définition préliminaire, non sans avoir au préalable survolé sommairement quelques hypothèses concernant les origines de cette condition.

1. *Les Affectés sont des individus qui ont failli mourir d'électrocution. Ils n'en sont pas morts, mais en ont été si proches qu'on pourrait dire qu'ils sont restés suspendus entre la vie et la mort – avec, encore une fois, de nombreuses variations dans l'attraction que ces deux pôles exercent sur eux.*

2. *Ces individus en gardent une hypersensibilité et une dépendance à l'électricité.*

3. *Il m'est apparu que le fil de cuivre ayant servi dans le cadre d'une électrocution humaine s'en trouve transformé. Le fil qui a tué ou transmis la décharge à un individu au point que ce dernier entre dans un état d'Affecté, ce fil donc possède des propriétés qui peuvent potentiellement être libérées.*

4. *En outre, seuls les Affectés sont capables de mesurer la façon dont le cuivre se transforme, c'est pour cette raison que je les emploie, pour évaluer la qualité des fils afin d'en étudier le potentiel.*

Existe-t-il des raisons, mise à part la curiosité, qui m'ont poussé à développer ces théories, à rassembler tout ce matériel et à mener toutes ces expériences ? En effet, oui. L'argent ? Une nécessité, je le reconnais, et également le résultat de mes travaux, mais ce n'est pas une fin en soi. Non. Le savoir, ou en d'autres termes, la science : voilà ce qui m'anime, ce qui me pousse à écrire, ce que j'espère partager. Et ce savoir, je l'amasse aussi pour mon propre compte. J'ai l'intention de m'approcher d'un mode de vie différent.

Est-il possible d'atteindre les sommets de ce qu'ils ressentent sans, en contrepartie, en subir les souffrances ? Est-il possible d'accéder à cette part de nous-même, la plus électrique, la plus vivante ?

La réponse à ces questions tient autant de la science que du travail de détective, et tenter d'y répondre m'a surtout conduit vers une frustration immense. La difficulté tire son origine d'une caractéristique unique que tous les Affectés ont en commun :

5. *Les Affectés eux-mêmes n'ont pas connaissance de leur condition. Ils n'ont absolument pas conscience qu'ils sont différents des autres, ni de la personne qu'ils étaient eux-mêmes avant leur rencontre accidentelle avec l'électricité. D'ailleurs, ils n'ont pas de souvenir de l'accident. On peut s'asseoir face à eux et leur expliquer la situation – ce que j'ai effectivement tenté de faire à plusieurs reprises – et ils ne comprendront pas. Ils réagiront avec incrédulité, ironie et consternation. Ce ne sont pas des gens capables de vous expliquer quoi que ce soit.*

17.

Le parc d'attractions avait presque cent ans. Oaks Park, situé au bord du fleuve, offrait des manèges tous plus branlants les uns que les autres : la Grande Secousse, les Tasses en Folie, les Œufs Brouillés, le Looping du Tonnerre, un circuit de montagnes russes qui tenait encore grâce à quelques bouts de scotch et beaucoup de frayeur.

Ils étaient montés tous les trois dans la Grande Secousse, dans un coin très excentré du parc, et depuis le point le plus haut, ils admiraient le paysage à perte de vue. Kayla était installée dans la même nacelle que Leon, et Chris, tout seul juste devant eux, n'arrêtait pas de remuer dans tous les sens comme s'il cherchait quelque chose. À l'arrière de son siège, on pouvait lire, sur un panneau : DANGER ! INTERDIT DE FAIRE TANGUER LA NACELLE ! Il y avait sur la structure de métal des tubes de néon multicolores. Kayla savait que Chris avait le vertige. La Grande Secousse, c'était son maximum.

— Regarde sous nos pieds, dit-elle à Leon. C'est le même revêtement que sur nos planches.

— Ouais, c'est vrai. Regarde tout ce monde.

— *Kiken no imi nanka shittemo inai ne*, dit-elle.

— Si tu le dis…

— Comment tu te sens ? lui demanda-t-elle. À quoi tu penses ?

Leon ne répondit pas. Le soleil cramoisi se couchait derrière les montagnes à l'ouest. Au loin, les silhouettes des gratte-ciel du centre-ville donnaient l'impression de n'être qu'un décor. Un bateau de touristes remontait péniblement le fleuve. Kayla baissa les yeux sur le groupe d'ados pathétiques qui se dirigeaient vers la piste de roller, dans la direction du carrousel dont le toit orange et rond rappelait le haut d'une tente. Au fur et à mesure que la roue les ramenait vers le sol, elle voyait plus clairement les chevaux et les autres animaux aux couleurs criardes monter et descendre au rythme du manège.

— Attendez l'arrêt complet avant de descendre, annonça une voix préenregistrée.

Ils repartirent : remontée en marche arrière cette fois. Juste en dessous d'eux, des familles d'obèses se défiaient sur la piste de karting. Personne ne prêtait attention au minigolf et, en le voyant, Kayla émit un grognement de dégoût. Elle portait une jupe et elle appuya sa jambe contre celle de Leon. Il semblait ne pas l'avoir remarqué. Elle se tourna pour l'observer : son visage à la peau lisse, avec une expression un peu molle et hagarde, les cheveux toujours aussi ras. Au bout d'un moment, sentant qu'elle le fixait, il lui rendit son regard.

— Qu'est-ce qu'il y a ? C'est quoi, de l'argent sur tes yeux ?

— Sur les paupières, des paillettes.

Par-dessus le brouhaha et les cris, on entendit des feux d'artifice au loin. Les fusées Black Cats qu'on n'avait pas utilisées la veille, des bouteilles sous pression qu'on faisait partir dans les airs : on était le 5 juillet. Leon se tourna un peu plus pour regarder derrière eux, en direction des bruits d'explosion. De l'autre côté des fougères, au-delà de la réserve aquatique naturelle et surplombant les troncs morts immergés, on avait peint un héron bleu de trente mètres de haut le long du mur du crématorium.

— C'est là qu'ils incinèrent les corps des morts, dit Kayla.

— Je sais.

— Ils s'arrangent pour cacher la fumée.

Kayla remarqua que Leon ne regardait pas le crématorium, et qu'à la place, il se concentrait sur les gros câbles électriques qui, suspendus aux immenses pylônes, passaient au-dessus du fleuve. Depuis les plateformes au sommet de ces pylônes, des oies du Canada qui nichaient là prenaient leur envol de manière maladroite. Depuis plusieurs semaines, elle observait Leon de près, et rassemblait des indices. Le questionner frontalement n'amenait nulle part, il fallait qu'elle le suive partout où il allait. À présent, il avait l'air impatient, ses mains frappaient doucement la barre de fer sur leurs cuisses. Comme la roue descendait, son impatience s'accentua. Il se pencha en avant et essaya de voir par-dessous le toit du carrousel dès que l'angle le permettrait, afin d'étendre son champ de vision autant que possible. Kayla, l'imitant, ne voyait que les chevaux sans cavaliers, les éléphants et les girafes aux selles vides qui continuaient leur course par bonds.

— Faut pas bouger comme ça ! dit d'une voix de fumeur l'homme qui manœuvrait la roue.

Il avait sorti sa grosse tête bouffie, au moment où ils redémarraient dans l'autre sens.

— Toi, la fille, c'est à toi que je parle.

Mais déjà ils s'élevaient, s'éloignaient en route vers le sommet.

Il faisait plus sombre que quand ils étaient montés dans la roue, les bracelets fluo qu'elle portait commençaient à briller dans l'obscurité. La lumière des néons, plus vive, éclairait leurs pieds qui pendaient dans le vide.

— Tu sais, dit Kayla, hier soir, Chris et moi on est allé à Forest Park et on a déposé le reste de l'argent de Natalie. Ça commence à faire pas mal de fric.

— C'est bien.

— Bien ? Tu étais où ?

— Hier soir ? répéta-t-il, les yeux levés vers le ciel où commençaient à poindre quelques étoiles. Il se passe plein de trucs en ce moment, j'ai l'impression d'être largué. Je pense que je ne dors pas assez.

— Tu étais où ?

— Je ne sais pas… mes parents.

— Tes parents, et alors ?

— Laisse tomber, j'ai pas envie d'en parler.

Il se pencha en avant encore une fois, s'étira pour tenter de voir sous le toit du carrousel et soudain s'exclama :

— La vache !

Sous les yeux de Kayla défilait toute la ménagerie bariolée, les chevaux, les autruches, les lions et les tigres. Quelques gamins hyperactifs étaient montés sur le dos de ces bêtes, tandis que deux autres, terrorisés, avaient besoin que leurs parents se tiennent à leur côté. Et puis un adulte entra dans son champ de vision, juste au moment où Leon poussait son exclamation. Il avait ses longues jambes remontées sous lui ; il était assis sur un coq géant. Lorsqu'il tourna la tête, son visage se trouva encadré par sa barbe noire taillée en pointe.

— Qu'est-ce qu'il y a ? demanda Kayla. Tu as vu quelqu'un ?

— Non, répondit Leon. Je ne sais pas. Rien.

Il détourna les yeux, balaya le paysage du regard puis se gratta la tempe.

— Et c'est reparti pour un tour, annonça le forain. Je vous ai à l'œil !

Ils s'élevèrent, avec Chris dans la nacelle juste derrière eux, puis pile au-dessus et encore une fois devant. Il jeta un regard furtif dans son dos, pour s'assurer que tout allait bien et reprit sa position initiale. Puis aussitôt, il se retourna de nouveau brusquement vers eux et fit un geste en direction du parc.

— Regardez ! C'est le marin. Tout là-bas, vers les Œufs Brouillés.

Kayla aperçut seulement une vague silhouette assise sur un banc, très vite dissimulée par la cime des arbres qui vint s'intercaler.

— Cet idiot ? Allez, on va voir ce qu'il fait.

— Très bien, dit Leon. Si ça peut vous faire plaisir.

Au sol et vu de près, tout prenait un tour nettement plus misérable : succession de grosses femmes vêtues de shorts en tissu éponge et aux mollets ornés de tatouages à moitié effacés, de sexagénaires moustachus qui gardaient toujours un peigne dans la poche arrière de leur jeans, d'animaux en peluche ridicules, de superhéros gonflables. Kayla ne manqua pas de remarquer que Leon ralentissait à l'abord du carrousel, mais l'homme à la barbe noire n'y était plus. Chris la ralentissait aussi, même si elle avançait péniblement avec sa jupe serrée et ses baskets à talons compensés. Elle leur jeta un regard et remarqua pour la première fois que Chris avait dépassé Leon en taille. Ça s'était produit au début de l'été. Elle hésita à en parler.

— On devrait faire la Maison Hantée, au lieu du Looping du Tonnerre, proposa Chris.

— Dans tes rêves, répliqua Kayla. C'est nul. La lumière noire, les squelettes, exactement la même usine à frissons que dans toutes les autres maisons hantées de la terre.

— Vu comment tu es fringuée, les gens te regardent, dit-il.

— À Tokyo, je passerais complètement inaperçue.

— C'est exactement ce que je veux dire.

Des bandes de jeunes, parmi lesquels elle reconnaissait des élèves du lycée, déambulaient en frimant ; ils faisaient semblant de se battre, draguaient les filles. Le trio dépassa les toboggans en plastique rose, continua devant le stand de tir avec les deux pianistes comme cibles. Les plus misérables de tous étaient les jeunes employés du parc, l'air fatigué, la cigarette parfumée au clou de girofle aux lèvres. Ils essayaient vainement de faire plus vieux que leur âge. Comment les gens pouvaient se laisser aller à ce point-là ? Kayla ne parvenait pas à le comprendre.

Ils laissèrent derrière eux le Palais des glaces et se dirigèrent vers le stand de fléchettes, où des gens visaient les ballons de baudruche. Et devant eux, sur un banc faisant face à la Grande Secousse, ils virent le marin, Steven. Il portait de grosses lunettes de soleil, en pleine nuit. Il était si parfaitement immobile qu'on aurait cru qu'il dormait. Au bout d'une laisse très courte, un chien, l'air abruti, était couché à ses pieds. On lui avait enfilé une veste rouge informe, avec une inscription en lettres blanches. Kayla commenta :

— Pitoyable…

***

Steven se concentrait sur le son de la cloche, on aurait dit celle d'un train miniature. De ses doigts, il pouvait suivre le contour des mailles sur le grillage. À ses narines montaient les odeurs mêlées de la cigarette et du popcorn. Il n'y voyait rien. Tout autour de lui, des machines grognaient, des engrenages gémissaient et grinçaient. Ces sons, combinés aux cris qui lui parvenaient par vagues, lui donnaient l'impression de se trouver en plein milieu d'une chambre des tortures médiévale.

« Le clown ! Tire-lui dans la bouche ! Tu vas gagner le Scooby-doo ! »

Il tentait de se forger, à l'oreille, une image des visages qui se cachaient derrière ces voix. Pour se rassurer, il caressa le crâne osseux et soyeux de Ross. C'était un test pour tous les deux, et le chien s'assit immédiatement au contact de la main de Steven, comme si c'était le signal du départ. Steven n'était pas tout à fait prêt à bouger. Il frissonna et s'imagina qu'Heather, cachée quelque part, les espionnait. Mais c'était impossible bien sûr. Elle était bien incapable d'épier quiconque.

Elle l'avait laissé là en lui disant qu'elle allait revenir. Tout ça c'était son idée. Il lui avait fallu presque une heure. En premier, les pièces de monnaie, puis la pâte à pain, ensuite les morceaux de cuir noir de forme ovale qu'elle lui avait scotchés sur les paupières, et enfin les lunettes noires avec les caches sur les côtés. Équipé de la sorte, avec la canne et le chien, il passait aux yeux de tous pour un aveugle. Et de fait, il l'était.

« Vous avez combien de tickets ? »

« Vous ne pouvez pas acheter un hot-dog au maïs avec des tickets ! »

« Et pourquoi ça ? »

Les gens émergeaient de toutes parts et s'évanouissaient de la même façon, aussi irrémédiablement qu'ils étaient apparus. Ross se coucha sur le sol, et Steven sentit contre sa jambe la présence lourde et alerte du chien. Ni lui ni son maître n'étaient seuls ici. Steven s'efforçait de se concentrer, de sentir ce qui se passait autour de lui. Les aveugles vivaient dans un monde temporel, et pas spatial, c'est du moins ce qu'on lui avait dit à de multiples reprises. Pourtant, il n'aurait pas su dire combien de temps s'était écoulé depuis leur arrivée – une demi-heure, ou peut-être plus. Ou moins. Derrière lui, au niveau de sa tête, il entendait une course, de minuscules pas furtifs. Un écureuil ou alors un rat. Suivirent les battements d'ailes d'un pigeon tout proche.

Il avait très envie de retirer les lunettes, avec tout ce qui l'aveuglait, pour voir ce qui l'entourait, lever le voile sur ces mystères. Et en même temps, il résistait à cette tentation, il préférait demeurer dans cet état de confusion, s'y vautrer. Comme le disait souvent Heather, la vue ne faisait que produire des mystères d'un autre ordre que ceux de l'obscurité.

« Maman ! Tu as oublié ce que Keith a dit ! »

Il se trouvait au milieu d'un flot de voix, de bruits, de pas, et quelque part, de la musique, une foutue chanson des Eagles.

« Hé, toi, en bustier bleu, fit une voix d'homme dans un murmure. Je te plais, hein ? »

Steven n'était jamais entré dans le parc auparavant, et pourtant il l'avait longé très souvent, depuis le fleuve. Pendant un certain temps, sa péniche était restée amarrée dans les parages. Où pouvait-elle bien être à présent ? Heather avait accepté qu'il habite chez elle. Il avait dormi sur le canapé au début, puis dans sa chambre, avec elle.

Il s'était imaginé comment ça se passerait, ses mains à elle lui courant partout sur le corps, le toucher se substituant à la vue. Quand cela s'était produit, elle s'était montrée plus réservée. Ses fantasmes étaient peut-être venus s'interposer entre elle et lui. Ou bien était-ce tout simplement l'écart impossible à combler entre un voyant et un aveugle. Toujours est-il qu'ils s'étaient retrouvés chacun dans sa propre zone, isolé. Le corps d'Heather était lisse au toucher, sa peau très pâle. Ses hanches étaient plus larges que les siennes, et quand il se trouvait au-dessus d'elle, il les voyait de part et d'autre de son corps. Au début, il ne pouvait pas s'empêcher de regarder, et il laissait la lumière allumée mais, récemment, dans le noir, il avait commencé à fermer les yeux. Cela aidait un peu, et au pire, cela lui évitait la vue de Ross qui, au pied du lit, les observait attentivement et se tenait prêt à intervenir si on lui en donnait le signal.

Au-dessus de sa tête, dans un tonnerre de ferraille, passa un wagon de hurlements qui s'évanouit rapidement. Ross remua contre sa jambe. Steven se rendait compte qu'il était difficile d'empêcher son esprit de vagabonder, de rester concentré sur le lieu et l'instant présents. Il saisit les bribes d'une conversation lointaine, des voix jeunes :

« … pitoyable. »

« Qu'est-ce qu'il fait ? »
« Reste en retrait… »
« … a des gens autour… je peux pas… »
« … du Tonnerre, et ensuite… »
« Ça marche. »

Tout se fondait en un magma informe, les voix, la musique, le bruit des manèges. La canne posée sur ses cuisses était composée de morceaux de trente centimètres creux, au milieu desquels passait une cordelette élastique qui les reliait entre eux. Son manche rappelait celui d'un club de golf, et lorsqu'on tapait son extrémité dure sur le sol, les gens comprenaient qu'un aveugle approchait. Steven déplia la canne. Au bruit, Ross se leva et Steven l'imita maladroitement.

Il traînait des pieds, la semelle de ses chaussures en contact permanent avec le sol : sa canne était là pour l'avertir, Ross lui ferait savoir s'il y avait des marches ou des dénivellations. Il ne faisait confiance ni à l'un ni à l'autre : le sol semblait bien déterminé à lui jouer des tours. Tout en poursuivant sa progression, il avait le sentiment que les autres s'écartaient de son chemin. Il écrasa du popcorn renversé et il sentit la fraîcheur d'une boule de glace poisseuse contre son avant-bras nu. Que se passerait-il si les gens se rendaient compte qu'il n'était pas aveugle ? Le prendraient-ils mal ? Et comment se justifierait-il ? Et s'il rencontrait un véritable aveugle ?

Il essaya de se fier à Ross. On ne dressait pas les chiens à travailler avec les aveugles, disait le précepte, on les en persuadait. Steven ne trouvait pas beaucoup de réconfort dans cette nuance. L'odeur des hamburgers et des hot-dogs s'épaississait à mesure qu'il se rapprochait des stands devant lesquels il était déjà passé à l'aller. Mais les choses se compliquaient, il ne s'agissait pas simplement de revenir sur ses pas. Sa traversée se déroulait sous le poids des regards et il connaissait mieux que personne le plaisir dégagé de toute culpabilité qui consistait à dévisager les aveugles. Tandis que Ross le précédait gentiment en trottant, il sentait nettement le flot des passants s'ouvrir devant lui. Il marqua une pause à proximité du clapotis reposant d'une fontaine, puis, rasséréné, se remit en marche à travers les hurlements et les coups de feu. Quelqu'un se pencha vers lui pour savoir s'il voulait lancer une balle sur une cible quelconque, puis, sans prendre la peine de finir sa phrase, disparut.

Il bifurqua à gauche et sentit sous ses doigts un coin en bois, une table. Il tâtonna, cogna du plat de la main un banc, et finit par s'asseoir.

— L'aire est réservée pour les fêtes d'anniversaire, lui dit une voix d'homme. Oh, excusez-moi, monsieur. Vous pouvez vous assoir ici un moment, si vous voulez.

— Merci. Pouvez-vous me dire quelle heure il est ?

— Vingt heures cinq.

Une heure s'était écoulée, il était incapable de dire si le temps passait vite ou lentement. Il se sentait épuisé et se demandait quelle distance il avait parcourue. Probablement pas énorme : l'effort mental s'était sans doute traduit en fatigue physique. À ses pieds, Ross haletait comme s'il était fatigué lui aussi. Autour d'eux, tout le monde criait : on ne parlait pas à voix basse ici.

« On vise, on marque ! »

« Tu m'as vu quand je faisais du skate en arrière ? »

« C'est juste une boule avec des bouts de miroir collés dessus et ils envoient de la lumière pour qu'elle se reflète dedans. »

Steven sentait bien qu'il ne fallait pas qu'il reste là, mais il était comme paralysé, il ressentait un besoin irrésistible de se reposer. Il voulait rester assis pendant au moins cinq minutes, mais à moins de constamment demander l'heure aux passants, il n'avait aucun moyen de s'assurer que les cinq minutes n'allaient pas se transformer en une demi-heure, voire plus. D'un seul coup, la queue de Ross glissa sur le sol et se mit à battre contre sa cheville.

— Salut beau gosse, dit Heather. Elle était tout près, peut-être même juste de l'autre côté de la table.

— Je pensais qu'on devait se retrouver près du banc à huit heures trente.

— Ah bon ? dit-elle. On en avait parlé, tu es sûr ?

— Heather ? C'est toi ? interrogea-t-il.

— Tu m'as oubliée ? C'est vrai, avec les cheveux bruns, on peut hésiter mais Denise Michele est hawaïenne, tu sais…

— Natalie ! Je suis désolé.

— Ne t'en fais pas.

— Je suis aveugle. Enfin, je m'entraîne à être aveugle.

— Par compassion ?

— Non, répondit-il. Plutôt pour m'aider à comprendre. Et puis j'aide un peu avec le dressage du chien, aussi.

Une odeur de transpiration presque imperceptible, signe de chaleur corporelle, parvint jusqu'à lui lorsque Natalie se pencha un peu plus. Et quand elle tapota sur le verre de ses lunettes du bout de l'ongle, il tressaillit.

— Aucun doute, tu es complètement aveugle. Où étais-tu fourré ? Quand est-ce qu'on s'est vus la dernière fois ?

— Je n'en sais rien. Je dirais qu'après ce qui s'est passé la dernière fois, ça ne m'a pas semblé une bonne idée de se revoir.

— Ah oui, fit-elle. Ça m'a bien plu la dernière fois, t'inquiète pas. En fait, on pourrait recommencer. Encore onze fois, si tu veux, et ensuite, on pourrait chercher d'autres mois, ou alors si tu as une préférence…

— Non, coupa-t-il sèchement. Je fréquente quelqu'un. Je ne crois pas que ce soit une bonne idée.

Natalie éclata de rire :

— Tu n'as pas idée de ce qu'une fille comme Linda Beatty peut faire pour toi. Je me suis entraînée à prendre des poses, et la serviette à rayures, maintenant j'arrive à la faire tenir sur ma tête comme un turban.

— Natalie, dit-il.

— Tu prends tout tellement au sérieux, dit-elle. Je rigole, c'est toi qui décides.

— Est-ce que tu vas sur les manèges ? dit-il pour essayer de faire dévier la conversation.

— Comment ?

— Les attractions, ici au parc.

— Oh non, je suis ici pour travailler.

Un type qui passait en courant à côté de lui s'époumona à propos d'une fête de famille. Une vague de hurlements s'éleva, puis s'éloigna aussi vite. Il fallut un moment à Steven pour se rendre compte que Natalie n'était plus assise avec lui, qu'elle était partie. Il essaya de voir s'il parvenait à ressentir cette absence, l'espace vide qu'elle remplissait : il n'était pas sûr de bien sentir la différence.

* * *

D'un bon pas, Natalie se frayait un chemin en restant au milieu des allées, laissant derrière elle le vacarme des cris, des attractions et des jeux. Les semelles de bois de ses sandales marron faisaient au moins six centimètres d'épaisseur et elles claquaient d'un son sec sur le bitume du sentier qui menait, à travers les aires de pique-nique et les terrains qu'on pouvait louer pour des fêtes et des réunions de famille, jusqu'au fleuve. Elle passa à côté de boîtes de *chicken wings* abandonnées, de barbecues encore fumants, de groupes d'individus en surpoids et tous vaguement identiques qui buvaient leurs bières à même la canette et fumaient des cigarettes. Quelqu'un la siffla sur son passage, elle ne se retourna pas. La large bordure de son chapeau de paille couvrait ses yeux.

Elle savait d'expérience que, pendant que les adultes perdaient leur soirée, les enfants se précipitaient au parc d'attractions. Et quand l'argent venait à manquer, et à mesure que tombait l'obscurité, les enfants seraient désœuvrés, livrés à eux-mêmes. Ils s'aventureraient immanquablement jusqu'aux bordures des terrains bien entretenus, pour finalement errer au bord de l'eau, au milieu des buissons et des fourrés. Elle avait rempli ses poches de ses filles : Patti, Hope, Laura, Linda et Ann, déchirées, raidies, usagées, mais toujours vaillantes, toujours libres, à quelques jours du 4 Juillet. Il fallait qu'elle les fasse sortir, qu'elle en fasse profiter tout le monde.

Un raton laveur obèse, qui tirait sur le sol un sac de popcorns, se faufila devant elle puis s'engouffra dans les buissons. Les ronces griffaient la peau de Natalie, au niveau du genou, au-dessus de ses chaussettes montantes. Elle rassembla ses cheveux en une tresse avant d'aller plus loin, s'avança sur les sentiers à moitié recouverts par la végétation mal entretenue et déboucha dans des clairières isolées, cadre idéal aussi bien pour des délits mineurs que pour de grandes conspirations. Elle glissa les pages déchirées des magazines sous les buissons ou dans les longs brins d'herbe sèche. Les filles souriaient au milieu des mauvaises herbes, elles faisaient claquer la bride de leur porte-jarretelles, prenaient des bains, se déhanchaient en se dénudant dans des restos routiers. Quelqu'un allait les trouver, une fille plus jeune peut-être se pencherait pour saisir les photos et les ramener chez elle.

Soudain, Natalie repéra un frémissement dans les fourrés. Quelque chose agitait les branches dans le taillis. Elle s'approcha, écarta les feuilles. Un grand type en pantalon de costume et chemise blanche se déplaçait, à quatre pattes. Il leva vers elle un visage dont la pâleur tranchait avec sa barbe noire taillée en pointe. Est-ce qu'elle l'avait déjà vu ?

— Je ne sais pas qui vous êtes, dit-il. Je ne fais rien de mal.

— Moi non plus je ne vous connais pas, dit-elle en lâchant la branche.

Elle écouta le bruissement s'évanouir à mesure qu'il s'éloignait à quatre pattes dans la direction opposée.

18.

La journée touchait à sa fin, et les derniers clients du Shanghai Shanghai étaient partis depuis longtemps. Chesterton s'assit et ouvrit son cahier. Il se délectait par avance du sujet sur lequel il s'apprêtait à écrire :

IV. SUR VICTOR MACHADO

Dans ce chapitre, je souhaite porter ma réflexion sur le caractère et la personne de Victor Machado, le plus fiable de ceux qui travaillent à mon service, celui avec qui, au sein des Affectés, j'ai développé ce que l'on pourrait appeler un lien.

Victor, bonhomme dégingandé et osseux, a des cheveux très noirs, qu'il maintient tondus à ras. Sa barbe, noire également, est effilée comme un couteau. Il s'exprime de manière empruntée et embrouillée et donne constamment l'impression de nager dans des eaux trop profondes pour lui. Quant à sa taille, il est à peine un peu plus petit que moi, et je mesure deux mètres cinq. J'ai étudié Victor avec l'espoir, mais aucune certitude, que mes découvertes pourraient être appliquées par extrapolation à l'ensemble de la population des Affectés, et, au bout du compte, à nous tous. Toutefois, je tiens à signaler que je le considère comme une personne à part entière, et pas seulement un objet d'étude, et que je me suis attaché à lui. Je me dois de le reconnaître car cela pourrait avoir de l'influence sur le déroulement de mes enquêtes.

Je veille sur Victor, je prends soin de lui : je lui brosse les dents, je lui cire ses chaussures chaque matin, et je l'expédie dehors. Je lui couperais aussi les cheveux s'ils en avaient besoin, ou je taillerais sa très élégante barbe, trait extrêmement singulier de sa personne, cependant, sur ce sujet plane un mystère. Il s'agit peut-être du seul aspect de son apparence dont il se soucie ; il est bien possible – l'idée m'a traversé la tête – que ses cheveux et ses poils ne poussent pas.

Il me faut faire une digression nécessaire pour poser le cadre. Ce n'est pas moi qui me suis mis en quête de trouver Victor, c'est lui qui m'a trouvé. Il venait chercher du travail. Personne ne voulait l'embaucher, avec l'affichage de ces décrets municipaux et tout le reste.

Par où commencer ?

Victor Machado a été électrocuté en 1998, sur le toit d'un lycée privé à Beaverton, dans l'Oregon. Je crois sincèrement qu'il avait de bonnes raisons de se trouver là-haut, qu'il travaillait sur le système de ventilation ou qu'il rebouchait les fuites du toit en prévision des pluies hivernales. On le retrouva dans un passage étroit, au milieu d'une jungle de fils électriques, au cœur de laquelle il se trouvait pris comme dans une nasse. Cela aurait pu arriver à n'importe qui. La décharge faillit lui coûter la vie, et il fut partiellement ressuscité. Mais ceci ne constitue que la moitié des mésaventures de Victor…

… En effet, on découvrit son corps près de deux rangées de vasistas : l'une donnait directement sur les douches des filles, et l'autre sur le vestiaire des garçons. Il n'y avait qu'un pas à faire pour l'accuser d'avoir épié les élèves pendant qu'ils étaient nus et en train de se laver. Qui plus est, la décharge électrique dont il fut victime fut suffisamment forte pour arracher tous ses habits.

La nudité de Victor au moment où les secours arrivèrent, jointe à la proximité des garçons et filles également dévêtus, est à l'origine des charges retenues contre lui, qui elles-mêmes ont entraîné les restrictions et autre liberté conditionnelle limitant ses mouvements.

Je voudrais marquer une pause à ce point de mon argumentaire, nouvelle digression pour cette fois évoquer la sensibilité de Victor aux suggestions qu'on lui fait, appelons cela sa malléabilité. C'est un garçon qui se laisse très facilement influencer. Il montre beaucoup d'enthousiasme à agir dans le sens qu'on attend de lui. (Comme je l'ai déjà démontré au cours de ma description des cas de Walter et d'autres, une telle flexibilité se retrouve fréquemment chez les Affectés. Toutefois, quelques rares individus se caractérisent par un attachement féroce à leurs objectifs, et, quoi qu'on fasse, ils ne démordront pas de cette fixation.) D'après moi, Victor a avoué les fausses accusations à son encontre, non parce qu'il était coupable, mais parce qu'elles lui avaient été suggérées, et qu'il lui était impossible d'y résister.

Parmi les Affectés, ce jeune homme est celui qui se prête le plus volontiers à l'expérimentation. C'est aussi, de loin, le plus doux. J'ai commandé, un jour, un appareil après en avoir vu la publicité dans un magazine, un système simple qui promettait à l'acheteur des muscles plus saillants et mieux dessinés grâce à des impulsions électriques de faible intensité. Ce procédé, prétendument inventé par les Russes, est connu sous le nom de Stimulateur Russe, ou plus familièrement, StimuRusse. Je n'ai pas trouvé l'appareil très utile, pas même dans l'optique de mes recherches, mais récemment, c'est-à-dire des années après m'être procuré l'appareil, j'ai tenté de le brancher sur Victor pour observer comment son corps réagirait. J'ai placé les électrodes sur son corps et la machine a volé en éclat avant même que j'aie eu le temps de la brancher !

Mais j'anticipe, car cette expérience, et d'autres de nature similaire ou plus avancée, seront discutées ultérieurement. Dans ce chapitre, il faut que je me contente de présenter le caractère et la personne de Victor Machado.

Bien évidemment, j'ai tout à fait conscience que l'histoire relatée ci-dessus représente ma version des faits, et je suis loin d'être un observateur impartial. La possibilité que ce garçon doux soit un pervers sexuel demeure. Il n'est pas à exclure, et ce en dépit de la vigueur de mes protestations, que je contrefasse le déroulement historique des événements. Il ne faut pas non plus négliger le risque que sa mise sous surveillance sur le chef d'accusation d'agression sexuelle sur mineur, en plus de l'aide psychologique qu'il reçoit, ait pu influencer l'opinion qu'il s'était effectivement livré à de tels actes, et, au bout du compte, l'ait malencontreusement contraint sur cette voie. C'est la raison pour laquelle il faut être rigoureux avec lui. Il est essentiel de le garder occupé en permanence.

Victor travaille pour moi. Il est fiable, il m'est indispensable. Il fait les courses, il va chercher le fil aux points de ramassage et il m'assiste au cours du processus complexe de fonte du cuivre, de mise en forme des bracelets de poignet, de cheville et autres. Malgré tout, je n'ai pas toujours de quoi le maintenir occupé (particulièrement parce qu'il dort si peu). Alors je suis parfois obligé de l'envoyer faire des courses honteusement absurdes, pour le seul motif de lui éviter des ennuis ; des chasses au trésor, principalement. Je l'envoie me chercher un certain nombre de capsules d'une marque de canettes de bière en particulier, dans un périmètre donné, ou je lui demande de me dire de quelle couleur sont les voitures garées en face de telle boutique sur Burnside, ce genre de chose.

J'éprouve de l'affection pour lui. Si je ne lui achetais pas des habits neufs, je ne crois pas qu'il le ferait lui-même. Je dois lui laisser des petits mots dans ses poches à cause de sa mémoire défaillante, pour lui rappeler ce qu'il doit faire, ou même mon adresse. Tous les matins, je lui astique ses chaussures. Je l'ai peut-être déjà mentionné, mais je souhaiterais ajouter un détail : il pose le pied sur une caisse en bois et je fais sa chaussure droite, puis la gauche. Ce sont des chaussures à embout, fines et noires. En levant les yeux, je vois le visage de Victor, complètement absorbé par l'opération.

Il m'arrive de repenser à certaines histoires que j'ai lues, récits sujets à caution de gens qu'on a retrouvés congelés dans la glace et qui ont été ramenés à la vie d'une manière ou d'une autre, dans un monde différent de celui qu'ils avaient quitté, et cela me rappelle Victor. Il a retrouvé ses facultés sur une multitude de plans : émotionnel, physique (ce garçon s'est fait greffer un orteil à la main gauche en remplacement d'un pouce qu'il avait perdu dans un accident), et même intellectuel.

Et ceci corrobore l'une de mes thèses principales sur les Affectés et les enseignements qu'on peut en tirer. Ces individus sont-ils en mesure d'apprendre ? Comment comprennent-ils la notion de progression ? Y aspirent-ils comme nous tous ou bien se contentent-ils de la répétition, du sur-place de leur existence ? J'ai le sentiment que la réponse se trouve dans la relation particulière qu'ils ont avec le temps. (Se pourrait-il qu'ils évoluent dans un univers de possibilités multiples, affranchis de la crainte de la mort ?) Mes hypothèses devront attendre un traitement ultérieur et sans doute plus approfondi.

19.

Ils se tenaient tous les trois sur le quai bondé du MAX à la station Lloyd Center, mais pas ensemble. Leon, à 20 mètres des deux autres, tournait en rond en serrant et en desserrant les poings, les yeux fermés. Chris et Kayla l'observaient et le suivaient sans qu'il s'en rende compte.

— Allons lui parler, proposa Chris.

— Ça, on a essayé des millions de fois. Tu sais bien ce qu'on a décidé.

— Et s'il nous voit ?

— On lui dira qu'on va chez Cal Skate[25], répliqua-t-elle. Il me faut des roulettes neuves de toute façon. Il pourra toujours acheter de l'adhésif antidérapant pour sa planche.

Le soleil brillait en cette fin d'après-midi. Kayla portait sa tenue de skate habituelle, elle avait laissé de côté la jupe, les sandales et le maquillage. Chris se mordit la lèvre et son regard se porta derrière elle : entre un homme avec un vélo et deux vieilles femmes, Leon, les yeux fermés, piétinait en soulevant haut les pieds. Même de loin, le col de son t-shirt semblait amidonné et raide, comme s'il l'avait mâchouillé et qu'en séchant, le tissu avait conservé une sorte de rigidité.

— Le train, annonça Kayla.

Dans le sifflement des freins, le train s'arrêta et les portes s'ouvrirent brusquement. Un flot de passagers sortit, sacs de courses à la main. Leon s'engouffra dans la voiture de tête.

Chris et Kayla montèrent dans le wagon suivant et choisirent un emplacement d'où ils pouvaient le voir à travers les vitres afin de descendre à la même station que lui. Les portes se refermèrent, le MAX continua vers l'ouest, passa au milieu de la circulation et poursuivit en direction du fleuve et du centre-ville. Leon ne se rendait compte de rien : debout dans la rame, il avait les deux bras tendus au-dessus de la tête.

Bientôt ils traversèrent le Pont de Fer. En contrebas, un jet-ski déchirait la surface du fleuve et un bateau aux voiles usées tentait de remonter le courant.

— Regarde, dit Kayla. La copine du marin.

Quatre sièges devant eux était assise une grande femme qui dégageait une impression de force. Elle portait une jupe noire, un chemisier blanc, et des verres teintés. Elle tenait une mince canne blanche à bout rouge entre les pieds, la poignée dirigée vers le plafond.

25. Célèbre magasin de matériel de skate situé à Portland, dans le quartier de Chinatown.

— Elle peut nous entendre, murmura Chris. C'est presque sûr, ils ont une ouïe très développée.

— Regarde, dit Kayla.

Elle se leva, remonta l'allée centrale en direction de l'aveugle et s'assit en face d'elle. Elle se pencha en avant et lui toucha l'épaule. Puis, elle s'adressa à elle :

— Excusez-moi. On est presque arrivé en centre-ville, juste pour que vous sachiez.

— J'en suis bien consciente, répondit la femme. Je sais où je suis.

— Vous avez besoin qu'on vous aide ?

— Non merci.

Ne perdant pas une miette de la conversation, Chris essayait en même temps de garder un œil sur Leon. Si ce dernier se retournait vers lui, il lui ferait signe. Il était décidé à lui parler, ou du moins à essayer une nouvelle fois. D'une certaine façon, il aurait préféré être dans l'autre voiture, ses bras passés autour des épaules de Leon, en ami, tout simplement.

— Je peux vous poser une question ? demanda Kayla.

— Oui.

— J'ai peur que ce soit un peu impoli.

Chris se pencha en avant, la tête reposant sur le siège devant lui, pour mieux saisir la conversation. Dehors défilaient les gratte-ciel du centre-ville, les passants sur les trottoirs et les voitures des deux côtés du métro.

— Vas-y, invita la femme.

— Cette canne, est-ce qu'elle est pliable ?

— Oui, parfaitement.

— Est-ce que je peux la voir ? demanda Kayla. En fait, je veux dire la tenir dans la main.

Les portes s'ouvrirent et la voix dans les haut-parleurs annonça « Pioneer Courthouse Square ». Chris poussa un cri :

— Leon !

Il attrapa Kayla par le bras au moment même où des gens poussaient dans les deux sens pour entrer et sortir de la rame.

Ils se faufilèrent tous les deux à travers la foule, passèrent devant le Starbucks, devant la fontaine. Courant sur les pavés de brique rouge, ils étaient encerclés : les hippies qui faisaient signer des pétitions pour la protection des arbres ou celle des chouettes, les hommes d'affaires en costume-cravate, les punks d'opérette et les aspirants junkies, des gamins en imper vinyle qui en promenaient d'autres en laisse, iroquoise de rigueur et visages couverts d'acné. Où Leon était-il passé ?

Ils l'aperçurent au loin. Le visage tourné vers le ciel, il traversait la rue en dehors des clous, comme un somnambule, sans un regard pour la circulation.

Kayla et Chris le suivaient, côte à côte, sur le trottoir opposé. Ils descendirent les rues d'ouest en est, la Cinquième Avenue, la Quatrième, la Troisième. Ils naviguaient entre les voitures, s'attirant coups de klaxon et injures des chauffeurs de bus.

— Tu as piqué ça ? s'étonna Chris.

Kayla baissa les yeux et éclata de rire à la vue de la canne de l'aveugle qu'elle avait toujours à la main. Ralentissant à peine le pas, elle se pencha un peu puis libéra la canne télescopique qui, en se repliant, se réduisit à une baguette de trente centimètres.

Au-dessus, dans les arbres, les feuilles toujours vertes claquaient dans un bruit sec tandis que dans les entrées d'immeubles les fumeurs s'entassaient et que des pigeons unijambistes s'écartaient du chemin de Chris et Kayla en claudiquant. Une succession de rues du sud au nord : Stark Street, puis Oak, Pine. Ce n'était pas très difficile de rester au niveau de Leon car il levait à peine les pieds, ses chaussures traînant bruyamment sur les pavés. Ses bras sans vie pendaient le long du corps, et, le regard fixé droit devant lui, il n'y avait aucune chance qu'il les remarque. Aucune expression ne passait sur son visage. Ils traversèrent le Burnside Bridge et s'approchèrent du grand portail rouge qui marquait l'entrée de Chinatown.

— Regarde qui est derrière lui, dit Chris. C'est qui ça ? Abraham Lincoln ?

À quelques dizaines de mètres derrière lui, la silhouette d'un homme grand et barbu se déplaçait par à-coups. Suspendu dans les airs, son visage sévère dépassait d'une tête tous les passants autour de lui. Il semblait lui aussi filer Leon.

— Je crois bien que je l'ai déjà vu, remarqua Chris.

— À Oaks Park ?

— Non, je ne crois pas.

— Quand tu parles comme ça, on dirait Leon, dit Kayla. Je crois qu'il le connaît. Enfin, il me semble.

— Regarde.

Leon avait tourné dans une ruelle étroite, suivi de près par le grand type. Ils avaient tous les deux accéléré, comme s'ils approchaient du but. Kayla leur avait emboîté le pas, et Chris était juste derrière. Leon avait disparu de leur champ de vision, ils ne voyaient que le grand barbu, qui marchait sans se retourner.

Au fond de la ruelle qui se terminait en cul-de-sac, se trouvait une imposante benne verte. L'homme disparut derrière.

— Viens, murmura Kayla.

Des escaliers de secours branlants et rouillés étaient suspendus aux murs de briques, et un mélange de fumée et de graisse en provenance des systèmes d'aération des restaurants emplissait l'impasse.

L'homme ne réapparaissait pas. Kayla et Chris s'étaient immobilisés à trois mètres de la benne. Au bout d'un moment, elle s'agenouilla et se pencha au niveau de l'espace entre la benne et le sol pour voir de l'autre côté.

— Il n'est plus là, dit-elle dans un souffle. Je ne vois pas ses pieds.

— Peut-être qu'il a trouvé un moyen pour grimper dans la benne…

Kayla attrapa Chris par la manche. Ils découvrirent derrière la benne une bouche d'égout à moitié ouverte, découvrant une demi-lune obscure.

— Ils sont descendus là-dedans, dit Chris.

— Ouais, dit Kayla qui s'accroupit et poussa la plaque. Aide-moi.

Ils firent glisser la plaque de fonte massive dans un crissement. Un courant d'air moite remonta jusqu'à leurs visages. Seuls les premiers barreaux d'une échelle frêle étaient visibles.

Kayla se positionna face au mur pour descendre lentement dans le conduit de béton. Des fils pareils à des serpents électriques sortaient et rentraient dans des boîtes tout le long du mur.

— Les fils du téléphone, là, dit-elle à voix basse, comme pour elle-même. Elle retira ses mains au moment où Chris allait les piétiner.

Au pied de l'échelle, l'espace s'ouvrait sur les ténèbres absolues, à l'exception du mince filet de lumière qui tombait de la surface. Leurs yeux s'habituaient lentement à l'obscurité. Ils marchaient dans la poussière et dans l'air flottait une odeur âcre et sale.

— Où ? demanda Chris.

— Chut ! lui fit Kayla en mettant sa main sur la bouche.

Ils se mirent à avancer lentement dans l'obscurité en suivant un mur. Partout, des tuyaux couraient à quelques centimètres au-dessus de leurs têtes, de tous diamètres ; certains fuyaient, d'autres tenaient le choc, comme l'attestait l'épais dépôt de poussière. Les manomètres de pression jaillissaient de l'obscurité comme des cadrans d'horloges ronds et blancs. Les murs de briques étaient irréguliers, des trous avaient été aménagés çà et là qui rappelaient des porches taillés dans la masse. Chris et Kayla, appuyés l'un contre l'autre, se donnaient la main. On aurait dit que l'air n'était pas de l'air mais une substance bien plus épaisse, plus grasse : elle vibrait et laissait dans la bouche de Kayla un goût de métal qui descendait loin dans la gorge quand elle déglutissait. Elle entendit des bruits de pas au-dessus de sa tête, qui très vite s'évanouirent. La source à l'origine du mince filet de lumière qui filtrait entre deux lattes de parquet disjointes au-dessus d'eux se tarit. La lueur d'une lampe-tempête oubliée là révélait un passage coudé. Puis la pénombre se fit plus dense. Y avait-il d'autres personnes autour d'eux ? Des rats ? Ils se figèrent un instant et tout ce qui les entourait sembla s'immobiliser à son tour.

Chris attira Kayla par le bras ; la forme longiligne du type surgit d'un seul coup tout près d'eux, puis l'homme poursuivit son chemin à la recherche de quelque chose d'autre… Leon ?

Ils tentaient de ne pas se laisser distancer. Kayla déplia la canne d'aveugle pour s'aider à naviguer dans le noir. Pourtant, elle perdit la trace du type dans l'obscurité grandissante. Est-ce qu'ils s'enfonçaient plus profondément sous terre ? Le tunnel à moitié démoli déboucha dans une salle souterraine, une sorte de grotte un peu plus vaste, au bout de laquelle se trouvait un autre tunnel délabré.

Kayla sentit la main moite de Chris sur son visage qui lui faisait pivoter la tête. De l'autre côté du tunnel, le barbu se tenait collé au mur, tel un papillon de nuit, les bras étendus au maximum. Tout doucement, il se déplaça latéralement sur une distance de dix mètres, puis, de nouveau, se colla au mur.

On aurait dit que ce gars travaillait sur quelque chose, comme s'il tordait un morceau du mur de ses mains. Avec sa chemise blanche, il avait tout du fantôme ; la barbe qui gommait les contours de son visage formait une sorte de masque. Puis, sans prévenir, le mur sembla inexplicablement l'avaler, les laissant plantés là, seuls.

Kayla traversa le tunnel avec Chris, qu'elle tenait par la manche. Un morceau de contreplaqué qu'on ne pouvait distinguer qu'une fois arrivé à sa hauteur était appuyé contre le mur de briques. En le pliant un peu, on arrivait à voir l'ouverture aménagée dans la muraille. C'est par là que l'homme avait disparu et Leon s'y trouvait forcément.

Kayla s'y engagea la première, à quatre pattes. Sa tête effleurait le plafond. Il lui était impossible de savoir si l'homme était loin devant ; elle ne le voyait pas. Elle ralentit sa progression et Chris, qui rampait aussi derrière elle, la percuta. Elle lâcha la canne et continua d'avancer dans le tunnel. Puis une lueur apparut, quelqu'un ouvrit une porte et libéra une bouffée d'air frais chargée de senteurs épicées. Kayla se dépêcha, elle entendait Chris haleter derrière elle et elle tenta de retenir son souffle pour ne pas faire de bruit.

Quand elle arriva au niveau de la trappe, elle marqua un temps puis lentement leva les yeux. Elle s'attendait à découvrir le visage de l'homme. Mais elle ne distinguait rien, à part les néons au plafond. Un homme à la voix grave parlait :

— Pas maintenant, Victor ! J'ai beaucoup de choses à faire.

Kayla hésita, Chris était tout près d'elle. Doucement, elle passa la tête par l'ouverture, juste assez pour que ses yeux arrivent au niveau du plancher. Elle ne vit personne et n'aperçut pas grand-chose, à l'exception d'étagères et d'allées : l'endroit avait les allures d'une boutique. Elle s'extirpa prestement du tunnel et se glissa dans une des ruelles. Chris la suivit.

— Cette journée n'en finit pas, fit la voix d'un autre homme qui arpentait la pièce.

Kayla l'aperçut, c'était le barbu. Il enchaîna :

— J'essaie seulement de rendre service, vous le savez probablement et je suis venu ici pour voir si…

Kayla et Chris s'enfoncèrent subrepticement plus loin dans la boutique, vers un coin mal éclairé. Une rangée de boîtes en carton empilées près du mur leur offrait une cachette pour épier les hommes qui, à trois mètres d'eux, ne les voyaient pas. À cet endroit, l'odeur d'épices s'intensifiait. Les panneaux sur les murs étaient écrits en chinois ou en coréen et Kayla ne parvenait pas à les déchiffrer. Toujours accroupie, elle se pencha pour voir de l'autre côté de l'allée, suffisamment pour distinguer le deuxième homme. Après avoir tourné la pancarte du côté FERMÉ, il verrouilla la porte d'entrée. Cet homme était encore plus grand que le premier et d'une carrure plus impressionnante. Sa tête chauve atteignait presque le plafond et lorsqu'il se retourna, la lumière des néons se refléta sur les arêtes de son crâne. Avec sa peau d'un noir profond et son visage sévère, il ressemblait à un joueur de basket à la retraite : il y avait de la raideur dans ses mouvements, il pliait à peine les genoux en marchant, et ses longs bras ballants restaient droits comme des i. Il fit un pas vers eux, toujours sans les voir, puis s'adressa à l'autre homme :

— Victor, tu ne dois pas oublier de refermer la trappe. Ça crée un courant d'air, par-dessus le marché. Allons, allons, je ne te réprimande pas, c'est simplement une constatation…

Il passa ses bras autour des épaules du barbu et ils traversèrent la pièce, sortant du champ de vision de Kayla. Elle se tourna vers Chris qui, la bouche grande ouverte, semblait terrifié. Lui aussi n'avait cessé d'observer le type. Kayla lui fit un clin d'œil, mais

Chris, effrayé, continuait de regarder dans le vide. Au niveau de son cou, un muscle sursautait nerveusement. À côté de lui, sur une étagère, étaient rangés des bocaux de mangue déshydratée, des éventails et des poissons séchés aux écailles argentées et au regard morne à l'intérieur de leurs emballages plastique.

— Tu vois Leon ? articula-t-il. Kayla fit non de la tête pour essayer de le calmer.

— J'ai oublié quelque chose, disait le barbu. J'étais en train de faire quelque chose. Dans le souterrain. J'ai perdu… quoi… ?

— Mais oui, bien sûr, lui fit l'autre homme.

Sa chaussure, noire et brillante, était si proche que Kayla aurait pu tendre la main et la toucher. Elle retenait son souffle.

— J'ai oublié, j'ai oublié, j'ai oublié, répéta-t-il tout en sautillant un peu sur place.

— Ne te soucie pas de cela, Victor. Écoute-moi : je voudrais que tu prennes le train et que tu continues après le zoo. Rapporte-moi une tige de carotte sauvage que tu cueilleras dans un fossé de Beaverton.

— Très bien.

— Également, Victor, il me faudrait une boîte d'allumettes du Bagdad Theatre, sur Hawthorne Street, ainsi qu'une feuille d'un des arbres à l'angle d'Alberta Street et de la Huitième Avenue nord-est. Je vais te noter ça sur une feuille de papier.

— Parfait.

Les deux hommes repartirent ensemble vers le centre de la boutique, à quelque distance de Kayla et Chris. Le Noir rouvrit la trappe et le barbu s'y engouffra. Sans dire un mot de plus, il disparut.

Le Noir laissa la trappe se refermer avec une expression de satisfaction. Il roula un tapis sur le sol pour cacher l'ouverture, puis jeta un regard circulaire autour de la boutique avant de fixer son attention sur une bibliothèque derrière la caisse. Il parcourut cette distance avec une certaine raideur.

Kayla changea de position pour mieux voir, et elle entendit Chris faire de même. L'homme sortit un cahier qu'il ouvrit sur le comptoir à côté de la caisse enregistreuse et s'absorba dans sa lecture. Puis il se mit à écrire. Face à lui se trouvaient des présentoirs contenant des bracelets de cuivre, des morceaux de jade, des boîtes laquées. Tous ces objets paraissaient fragiles à côté de son imposante silhouette. Sous son écriture, le comptoir tremblait imperceptiblement. Il avait un sourire aux lèvres et prenait un plaisir évident à ce qu'il faisait. Il marquait une pause de temps en temps, sans doute pour trouver le mot exact.

On frappa au carreau à côté de la porte d'entrée, deux coups, puis trois. L'homme se leva d'un bond, son genou heurta un angle. Il contourna le comptoir en boitant, frôla l'endroit où se cachaient Kayla et Chris puis tira de sa poche un énorme trousseau de clefs.

La première personne à franchir le seuil fut l'aveugle du MAX. L'homme l'accueillit chaleureusement :

— Heather, quel plaisir de vous revoir. Et qui nous ramenez-vous ?

Steven, le marin, lui emboîtait le pas. Il portait des verres teintés lui aussi, et avançait d'un pas traînant aidé d'une canne blanche comme s'il était aveugle. Il tâtonnait pour trouver son chemin. Il avait l'air encore plus pathétique que d'habitude : il faisait une tête de moins que le Noir et même l'aveugle le dépassait de plusieurs centimètres.

Kayla étouffa un éternuement. Chris se serrait contre elle.

— Vous aviez dit que ça ne poserait pas de problème, M. Chesterton, dit l'aveugle.

— Bien au contraire. L'opération nécessite effectivement la participation de deux personnes.

— Je m'appelle Steven, dit le marin en tendant la main dans la mauvaise direction, comme s'il était incapable de se rendre compte de la taille de l'homme.

Chesterton, ne lui serra pas la main.

— Très bien, suivez-moi, dit-il.

Il plaça sa main sous le bras d'Heather pour la guider tandis qu'elle s'agrippait à la main de Steven. La chaîne qu'ils formaient tous les trois se déplaça vers l'arrière de la boutique. Arrivés là, ils escaladèrent un escalier à moitié dissimulé.

— Dépêchons-nous, lança-t-elle à Chris dans un souffle.
— Et Leon ? Il est ici ?
— Il est sans doute encore dans le tunnel.

Ils échangèrent un regard interrogateur : Leon était peut-être perdu quelque part sous leurs pieds, avec le barbu à ses trousses.

Chris fit un geste en direction de la trappe :
— Allons le chercher.
— Non, il faut qu'on en apprenne le plus possible, dit Kayla.
— Mais, Leon…

Elle tira Chris de leur cachette. Les grincements du bois sous les pas des personnes qui montaient leur parvenaient distinctement. Elle jeta un coup d'œil à l'angle du mur, puis lui fit un signe de tête : plus personne dans les escaliers. Avant de monter, elle montra ses chaussures à Chris puis les siennes. Ils défirent leurs lacets d'une main tremblante, puis continuèrent en chaussettes.

À mi-hauteur, Kayla fit une halte. Elle voyait la nuque du marin qui était à l'arrière du groupe. Ils s'enfonçaient dans un couloir. Le Noir donnait des explications au sujet de quelque chose, mais elle n'en saisissait que des bribes. Elle tendit le cou et l'oreille aussi. Elle sentait sur son bras le souffle de Chris. Elle reprit la montée et quand ils arrivèrent en haut de l'escalier, il n'y avait plus personne sur le palier. Ils passèrent devant une porte ouverte qui donnait sur une pièce de petite taille aux murs couverts de cartes. Ils ralentirent sans s'arrêter. Ils avançaient courbés mais, en définitive, cela ne faisait aucune différence. La deuxième et dernière porte du couloir était fermée. En posant son oreille contre le bois, Kayla perçut des sons : bruits de pas, conversations à voix basse, des chaises sur le sol. La seule voix reconnaissable était celle de Chesterton, profonde et autoritaire :

— Méfiez-vous des distractions, des bruits dans la rue ou de vos sensations physiques. Vous allez avoir l'impression que votre rythme cardiaque accélère à une vitesse incroyable. Ne vous inquiétez pas.

Il n'y avait pas de trou de serrure dans la porte car la fente pour la clef était située au niveau de la poignée ronde, rendant impossible toute tentative pour regarder à l'intérieur. De nouveau se firent entendre des bruits de corps qui se déplaçaient, des réponses inaudibles, de nouveau la grosse voix de Chesterton.

— Vous ne portez pas de métal sur votre corps ? Posez votre montre, monsieur. Non, ne me redites pas votre nom, j'ai déjà eu assez de mal à l'oublier. Cela ne ferait que compliquer les choses. Contentez-vous de retirer tous vos habits. Voilà, oui, c'est ça.

Kayla entendit les boucles de ceinture se défaire, le tintement des pièces dans les poches, le son lourd des vêtements qui tombent au sol. Chris colla aussi son oreille à la porte. Son visage n'était qu'à quelques centimètres de celui de Kayla. Il avait les yeux grands ouverts mais il regardait dans le vide. Aux bruits métalliques, qui avaient momentanément cessé, succéda un raclement qui évoquait celui de griffes sur le plancher, suivi d'autres instructions :

— Il faut que je vous lisse les cheveux avec ceci, ça facilite la connexion avec le cuir chevelu, voilà. Vous allez avoir une sensation de froid tout d'abord, mais ça se réchauffe au bout d'un moment. Allons, allons, il faut respirer lentement. Concentrez-vous. Écoutez-vous respirer. Essayez de visualiser l'air que vous inhalez, vous le voyez remonter depuis la plante de vos pieds, jusqu'à vos jambes. Faites remonter cette énergie à travers votre corps. Imaginez que vos mains sont à l'intérieur de vous, de vos jambes et qu'elles tirent, depuis votre poitrine, l'énergie en même temps que l'air que vous respirez…

Kayla regarda Chris qui la dévisagea en retour.

— Je ne vais pas rester dans la pièce avec vous pendant toute la durée de l'opération, disait Chesterton. Je ne suis resté jusqu'ici que pour des raisons de sécurité, et dans la mesure où c'était nécessaire. À présent, pendant que vous continuez, je vais prendre congé.

D'un seul coup, de l'autre côté de la porte, des pas se rapprochèrent, de plus en plus près. Chris et Kayla firent volte-face en se bousculant l'un à l'autre, puis ils traversèrent le couloir, dévalèrent l'escalier et s'effondrèrent à l'arrivée.

Ils dépassèrent leurs chaussures, puis dans un demi-tour de dernière minute, ils les attrapèrent au passage et retrouvèrent leur équilibre. Ils filaient sous la lumière des néons, Chris en tête. Même le plafond tressautait, comme sous les coups de gens qui, dans l'intervalle, se seraient multipliés dans la pièce du haut et s'étaient tous mis à danser. Les abat-jours tremblaient dans un tintement de verre, la poussière tombait en une pluie fine. À quelques pas derrière, Kayla bifurqua vers le comptoir. Elle referma le cahier violemment sur la plume à encre et fourra le tout sous son t-shirt. Elle fonça presque dans Chris, qui tournait la clef dans la serrure – par chance, le trousseau était resté en place…

L'instant d'après, ils se retrouvaient sur le trottoir, leurs chaussures à la main, le pas mal assuré dans la lumière du soleil couchant. Ils avançaient sans se retourner. Ils gardèrent le silence un moment. Ils passèrent de nouveau la porte rouge de Chinatown, puis franchirent le Burnside Bridge.

— On n'aurait pas pu retrouver Leon, même si on avait essayé, dit Kayla.

— C'était son choix de descendre là-dedans. On aurait dit qu'il était déjà venu avant. Peut-être qu'il savait comment se repérer.

— Ça va aller, dit Kayla. On lui parlera plus tard. Promis.

Ils marchaient serrés l'un contre l'autre, en direction de Pioneer Square, et essayaient de se réconforter mutuellement.

Une demi-heure plus tard, ils se retrouvèrent sur le quai du MAX, Cal Skate attendrait. Chris sortit de sa poche ce qu'il avait volé sur les étagères de la boutique. D'après l'étiquette, il s'agissait d'une griffe de singe séchée, mais après l'avoir examinée de près, la griffe de singe, un faux, était en fait un assemblage plutôt bien fait de poils de lapin et de fils électriques. Kayla passa sous silence le cahier qu'elle gardait caché sous son t-shirt et dont les coins aigus frottaient contre sa peau.

20.

Steven frissonna. Il avala sa salive et sentit le cercle de cuivre qui lui enserrait la gorge ainsi que les plaques de métal qui pesaient sur sa poitrine. Il n'y voyait toujours rien : sans tout cet équipement, les verres teintés, le scotch, la pâte, les pièces maintenues contre ses paupières closes, Heather était convaincue qu'il serait incapable d'agir comme un aveugle. Elle craignait qu'autrement il ne se trahisse. Elle était juste à côté, il entendait sa respiration à sa gauche. C'est elle qui l'avait entraîné ici. Elle lui avait expliqué que seuls de rares membres de la communauté des aveugles étaient au courant, un secret qu'on se communiquait en promettant de ne pas le répéter, une mystérieuse liste d'attente, un coup de fil que l'on n'attendait pas mais qui finissait toujours par arriver. Un appel de l'homme à la voix profonde : Chesterton.

Steven n'eut qu'à ce moment la certitude que lui et Heather étaient seuls et que cet individu, Chesterton, était parti. Il osa finalement lever les mains pour toucher les plaques de métal placées sur sa poitrine et suivre les minces fils qui en sortaient. D'autres fils, attachés à ses chevilles, à ses poignets, partaient de lui.

Il étendit le bras et ses doigts entrèrent en contact avec de la peau. On avait fixé des fils sur elle aussi, les reliant l'un à l'autre. Au moment où il la touchait, elle se mit à rire, puis à parler :

— Ces lumières blanches sont tellement vives ! Je parviens à les voir, à voir la femme…

— Comment ? dit Steven.

Il tourna la tête dans sa direction, mais demeurait incapable de voir quoi que ce soit. La voix d'Heather semblait chargée de surprise, les mots s'égrenaient lentement.

— … et elle a les cheveux longs, d'un blond presque blanc, elle est dans l'encadrement d'une porte, avec des bottes, on dirait de la peau de serpent ou de crocodile. Vertes, vertes avec des triangles jaunes. Elle jette sa veste blanche au sol. Elle ne porte rien d'autre à part les bottes, elle a la peau qui luit, et… ah si, une chaînette en or autour du cou, et ses cheveux balayent ses épaules, je la vois se diriger vers un fauteuil en rotin, le dossier est large et fait penser à un éventail. Il y a des bas blancs sur le plancher, une ceinture et des bottes de cow-boy rouges, d'un rouge profond, mais elle passe à côté sans y faire attention…

Heather laissa échapper un rire, mélange de surprise et de plaisir. Steven sentait que les branchements le tiraillaient, physiquement, mais aussi à l'intérieur de son crâne, comme si des fils acérés se dévidaient et le dépouillaient de ses souvenirs.

— … et s'approche d'un grand miroir sur pied, je le vois très nettement. Et au bord du miroir, on a accroché un chapeau gris, avec d'autres vêtements. Maintenant elle prend la pose, elle a le chapeau sur la tête, elle est nue et elle se déhanche tout en se regardant dans la glace, elle s'amuse bien, et elle balance ses fringues un peu partout. Elle a des ongles d'une telle longueur ! Incurvés et si rouges. Attends ! Il y a quelqu'un d'autre, on voit son reflet dans le miroir. C'est un homme. Il est planté, tout tendu, à côté de la porte, il regarde en donnant l'impression qu'il ne sait pas quoi faire. Il essaie de défaire ses chaussures, et on voit un peu son crâne car il commence à se dégarnir. Il est roux. Qu'est-ce qu'il est maladroit ! Il a réussi à poser son pantalon. Il a un peu de ventre, mais toutes les lumières sont dirigées vers la femme, à présent elle grimpe sur le lit, et elle attrape la ferronnerie à deux mains…

Une voiture klaxonna quelque part. Steven entendit Heather frapper le sol du plat de la main et sentit la tension sur le fil. En tournant la tête, le scotch qui lui couvrait l'œil gauche se détacha, la pièce (un dollar Susan B. Anthony[26]) roula sur le lino

26. Dans les années 70, le gouvernement américain met sur le marché une pièce d'un dollar en vue d'une utilisation dans les distributeurs. Cette tentative échoue car la population reste attachée au « one-dollar bill » (le billet)

au sol. En s'asseyant, il exerça une tension sur les fils. Il arracha les lunettes noires, le scotch et la pâte qui obstruaient son œil. Heather, allongée sur le dos, parlait toujours. À l'exception des plaques de métal et des fils, elle était nue, tout comme lui. La plaque de cuivre sur sa poitrine était rectangulaire, la sienne, triangulaire. Elle avait des entailles bénignes au niveau des poignets, des chevilles et du cou. Soudain, elle se mit à quatre pattes, et se déplaça en crabe jusqu'à l'autre bout du lit de camp, puis revint dans l'autre sens. Les fils battaient, lui tiraient la peau. Puis, après s'être effondrée, elle reprit sa position sur le dos. Ses lunettes avaient glissé, et quand elle tourna la tête vers lui, elle sourit, ses yeux blancs grands ouverts.

— Heather, dit-il.

— Oh, comme c'est triste. C'est drôle. J'arrive à voir. J'arrive à la voir sur le lit, les bottes encore aux pieds, et sur les draps roses, il y a une fourrure grise, marron et noire, comme celle d'un loup, et la fille porte un collier ras-de-cou de perles noires et brillantes. Elle marque une pause, elle prend la pose, elle s'étire de tout son long en travers du lit, et elle enfile un chemisier rouge tout simple par la tête, et puis un autre en dentelle blanche, et elle fait signe au type de s'approcher, le gars à la porte. Elle lui dit quelque chose. Il répète ce qu'il a entendu… c'est un nom. Patricia ? Il s'approche et pose sa main sur elle, il porte un caleçon d'un blanc éclatant, c'est tout, mais il ne peut pas, parce qu'il n'ose pas. Il a peur. Elle, elle rampe sur le lit, elle est à genoux et étire ses membres, mais lui, il fait demi-tour en bafouillant un peu, il ramasse ses affaires…

Immobile, Steven se contentait de la regarder et de l'écouter. À la façon dont Heather parlait, dont ses jambes et ses bras se contractaient, il paraissait évident que les fils étaient branchés sur le secteur. Mais ce n'était pas le cas. D'après ce qu'il pouvait voir de la pièce, il n'y avait que les deux lits de camp, et beaucoup de

pour la majorité des échanges. C'est le visage de Susan B. Antony, une personnalité luttant pour les droits des femmes et l'abolition de l'esclavage au XIXe siècle qui figure sur ces pièces.

blanc : placards en métal blancs, revêtement de sol blanc, stores blancs aux fenêtres. Il regardait d'un seul œil tout en écoutant Heather. Il ne lui avait jamais raconté sa nuit avec Natalie, toute cette scène qu'elle décrivait en détail. Il ne l'avait racontée à personne, il aurait plutôt tout fait pour l'oublier. Le rouge lui monta aux joues, un sentiment confus de honte s'empara de lui comme une vague. En même temps, il prit conscience qu'Heather n'était absolument pas en mesure d'identifier Natalie, la femme qu'elle décrivait avec tant de justesse, pas plus qu'elle ne pouvait le reconnaître lui d'après ce qu'elle voyait – et peu importait le moyen par lequel elle le voyait.

Heather avait cessé de parler et de remuer. Le silence régnait, à l'exception de la légère vibration des fils qui reprenaient leur place initiale.

Steven se redressa et s'agenouilla sur le sol à côté d'elle. Elle respirait, on aurait pu la croire endormie. Il lui toucha le front, les joues, et donna un peu de mou aux fils trop tendus. Le plus facile était de commencer par démêler ceux qui partaient des plaques reliées à son propre corps, ceux autour de ses poignets et de ses chevilles. Une fois libéré, il se leva et s'étira. Il avait des marques aux endroits où les fils avaient été attachés et des douleurs au cou quand il tournait la tête.

Il ne se remémorait que vaguement avoir donné son accord pour retirer tous ses habits et qu'on lui installe l'équipement sur le corps. Ses cheveux étaient raides et aplatis à cause du gel qu'on lui avait appliqué en grande quantité. En titubant, il s'approcha des fenêtres et entrebâilla le store vénitien poussiéreux pour regarder dehors. Dans un claquement d'ailes, les pigeons rassemblés sur l'escalier de secours rouillé s'envolèrent. La pièce était située au premier étage. Sur le trottoir, les passants se hâtaient dans la lumière pâle du soleil. Plusieurs enseignes attiraient l'œil : Silver Dragon Inc, Japanese Happy Fast Bowl[27], plus loin une bannière rouge portant le nom Chinatown était accrochée à un réverbère. Il apercevait le bord du grand portail rouge qui passait par-

27. Littéralement Le Joyeux Bol Rapide Japonais, restaurant japonais.

dessus la rue, juste à proximité de l'enseigne jaune de Cindy's : *Publications Pour Adultes*.

Il frissonna et, en se retournant, vit ses habits bien rangés en pile, comme s'ils sortaient du pressing. Combien de temps avait-il passé ici ? Il boutonna sa chemise de travers, laissa tomber une chaussette derrière une chaise et se rassit sur le lit de camp. Il essaya de retenir sa respiration, puis d'expirer lentement, de reprendre le contrôle de son rythme cardiaque. Il n'était pas seulement épuisé, il ressentait aussi une forme d'euphorie.

Des pas se rapprochèrent. Steven se jeta maladroitement sur les lunettes noires et les remit sur ses yeux au moment même où la porte s'ouvrait sur Chesterton. Certes, la taille de l'homme le surprit, tout comme la couleur de sa peau, mais aucunement son air solennel ni son maintien qui s'accordaient avec le ton de sa voix et son élocution.

Chesterton se figea et parcourut d'un regard circulaire l'ensemble de la pièce. Il sembla légèrement étonné de trouver Steven déjà habillé, mais ne montra aucun signe de contrariété.

— J'imagine, monsieur, que l'histoire qu'elle a racontée ne vous était pas complètement étrangère.

Au son de cette voix, Heather commença à s'agiter et se releva. À genoux sur le lit, les plaques de cuivre appuyaient plus fort sur sa poitrine. Ses gestes étaient calmes et laissaient transparaître une sorte de lassitude. Chesterton posa ses habits pliés en face d'elle.

— Ah oui, continua-t-il. Je suis désolé. On dirait que ça s'est plutôt bien passé, de votre côté.

— Formidable, dit Heather d'une voix douce et distante.

— Parfait. Votre chaussette, monsieur. »

Steven veilla à ne pas tendre la main.

— Cela fait combien de temps que vous avez perdu la vue ?

— Pardon ? demanda Steven.

— Vous êtes aveugle depuis combien de temps ?

— Eh bien, c'est un peu comme pour Heather. Je perds la vue progressivement.

— Alors vous avez toujours des souvenirs.

— Oui, de certaines choses.

Chesterton avait détourné son regard par correction, pour ne pas faire face à Heather pendant qu'elle s'habillait. Steven apprécia. Il aurait voulu aller l'aider à démêler les fils de cuivre, à enfiler ses vêtements.

— Et vous arrivez à distinguer la lumière et l'obscurité ?

— Pas aujourd'hui.

De sa grosse main, Chesterton esquissa un mouvement brusque devant Steven et arrêta son poing à deux doigts de son visage. Impassible, le marin ne sursauta pas.

— Génial, dit Heather qui avait presque fini de s'habiller. C'était tellement réel. J'ai vu…

— Très bien. C'est suffisant. Je ne demande pas à en savoir plus.

Chesterton se baissa, ramassa la pièce de monnaie sur le sol et l'empocha. Il jeta un coup d'œil circulaire une dernière fois. Satisfait, il s'approcha d'Heather, lui prit le bras, puis celui de Steven, juste au-dessus du coude. Il les aida à se lever, puis les guida jusqu'à la porte. Ils traversèrent le couloir lentement jusqu'à l'escalier.

Ils descendirent dans la boutique, qu'ils n'avaient fait que traverser un peu plus tôt. Il y avait longtemps ? Dans sa poche, Steven sentait le poids de sa montre, mais il lui était impossible de la sortir pour regarder l'heure. La montre avait-elle étonné Chesterton ? Se doutait-il de quelque chose ?

Dans la boutique, de petites sculptures de jade s'alignaient sur des étagères à côté de bracelets de cuivre. Steven lutta contre une forte envie de tourner la tête à droite et à gauche pour voir ce qui l'entourait, ses orteils se recroquevillèrent dans ses chaussures et il ferma un œil fermement. Sur l'autre, il sentait sa paupière et la pression uniforme du dollar. Une odeur nauséabonde d'encens et de cannelle

— Très bien, dit Chesterton. Merci. Ceci va conclure notre travail pour aujourd'hui. Sachez que votre contribution est grandement appréciée et je suis sûr que vous aurez trouvé l'expérience enrichissante. Je peux vous garantir que je m'associe pleinement au plaisir que vous y avez pris.

Sa voix chuta un peu plus dans les graves tandis qu'il adoptait un ton solennel pour poursuivre :

— Bien évidemment, nul n'est besoin de vous rappeler que vous vous êtes engagés à ne pas communiquer d'informations sur cette expérience, à en garder les bienfaits uniquement pour vous. N'en parlez à personne, ni même l'un à l'autre, quand vous vous retrouverez seuls.

— Bien sûr, dit Heather. Nous avons compris.

Chesterton les raccompagna jusqu'à la porte et tourna le trousseau de clefs.

— Tiens, cette porte n'était pas verrouillée ? dit-il comme pour lui-même.

Il secoua la tête, puis, de nouveau, guida Steven et Heather par le bras jusqu'au trottoir, où ils rejoignirent doucement le flot des passants.

21.

V. RÉFLECTIONS PRÉLIMINAIRES – *SUITE*

Je vais interrompre un instant la description des individus Affectés, tâche que je reprendrai d'ici peu, afin de prendre un peu de recul sur la question de mes motifs et de mes méthodes, afin aussi d'évoquer la direction que je prends et le point où j'espère bien arriver. Je m'interromps pour reprendre mon souffle, m'assurer que mes pieds sont bien posés au sol.

Et déjà les métaphores affluent alors que tout ce que je désire est de parler avec des mots simples, me cantonner aux faits. Voici la méthode que je suis depuis le début : une fois que le fil est ramassé, qu'il lui a été attribué un certain degré de qualité, je le fais fondre. Il s'agit de fil de haute qualité, celui qui a servi dans des cas d'électrocution tels que je les ai définis précédemment. Je le fonds et lui donne la forme de bracelets pour poignets et chevilles, de plaques pour la poitrine, de brassards, et je les attache aux corps nus de deux participants.

C'est avec deux personnes que les résultats sont les meilleurs ; avec une seule, il est plus difficile de fermer le circuit – expression qu'il ne faut prendre que partiellement dans son sens imagé – et au-delà de deux, je ne suis pour l'instant même pas en mesure de le concevoir. Il ne faut pas nier le danger de ces expériences, le risque d'entraîner un participant trop loin par exemple, ou de le faire sombrer de manière irrécupérable… il m'est bien évidemment impossible d'anticiper tous les risques. Mes expériences me permettent aussi de déterminer la limite entre ce qui présente un danger et ce qui n'en présente pas.

J'ai forgé des plaques de cuivre qui s'adaptent au plexus solaire, aux hanches, j'ai façonné des bracelets spéciaux et dans tous j'ai ménagé des trous pour laisser passer les fils qui relient physiquement les deux participants, fils par lesquels des ancrages plus profonds ont lieu. Comment expliquer cela ? Comment savoir où ces expérimentations vont me conduire ? Une fois qu'ils sont reliés de la sorte, l'un s'imprègne de l'autre (et vice-versa ?).

J'apporte un grand soin à la sélection des participants. Des Affectés ? Nullement, pas encore, je ne m'y suis pas résolu. Tout d'abord, il me faut les comprendre mieux : non qu'ils ne soient pas dignes de confiance, ils sont simplement insondables. Les choses qu'ils font, leurs pensées, la réflexivité dont ils font preuve : tout cela m'échappe. Par exemple, ils ne parlent pas du souterrain, ne se reconnaissent pas les uns les autres, ou du moins n'en montrent pas les signes. Peut-être qu'ils en ont honte d'une certaine façon, ou bien qu'il existe un code de conduite, mais il est très probable que ce genre de mémoire leur est inaccessible. Peut-être que certains parmi les Affectés sont effectivement en mesure de se souvenir de leurs actes, ou au pire en possèdent une image vague et scintillante… Ceux-là tentent peut-être, tout comme moi, de s'expliquer ce phénomène. Cela me donne espoir.

Jusqu'ici, j'ai concentré mes efforts sur la connexion de deux individus InAffectés et sur l'observation des échanges s'opérant entre eux par le moyen du fil de cuivre. J'ai habilement choisi de travailler dans le milieu des aveugles. Il s'agissait au départ d'un choix arbitraire pour garantir le secret de mon identité, pour qu'on ne me voie pas. Résultat inattendu et surprenant : le procédé permet aux aveugles de raviver (ou bien d'acquérir) des souvenirs visuels, ce qui entretient leur désir d'y prendre part. Je consigne le récit de ces souvenirs (que j'enregistre, depuis ma cachette dans la pièce voisine, à l'aide de micros dissimulés) par souci de rigueur, quoique l'utilité de ce matériau reste encore à démontrer, ou bien devrais-je dire que pour l'heure elle m'échappe complètement.

J'en reviens à mon impulsion première : depuis longtemps je pressens qu'un mode différent d'appréhension du monde (ou d'action) est à l'œuvre dans la vie des Affectés. Est-ce que la croyance en une expansion de l'ordre de l'extase, expérience positive ou compréhension globale sous un angle inédit, est une conséquence logique lorsqu'on s'efforce de percer le mystère des Affectés dont les vies extérieures sont à ce point caractérisées par l'ennui et la répétition ? Pas nécessairement. À ce stade, seule mon intuition est encore en mesure de me convaincre.

Je serai davantage moi-même, plus fort, plus concentré, rayonnant, mon esprit dans un état d'agitation infatigable, et mon corps tendu vers l'endroit où je dois être. Serai-je dans ce monde ou dans un autre ? Les horloges me retiendront-elles, serai-je dans plusieurs endroits au même moment ? Il est trop tôt pour le dire. Ce ne sont encore que des lueurs, des soupçons brûlants. Ici, je me rends compte que mes efforts de logique tournent à vide : j'ai bon espoir que, rétrospectivement, les lacunes de mon raisonnement se trouveront comblées par des explications limpides, et que toutes ces choses dont j'ai tellement envie de vous convaincre, de me convaincre, constitueront d'ici peu une évidence. L'outrageusement ridicule passera pour ordinaire et familier.

On serait en droit de me demander pourquoi je ne me suis pas inclus dans les expériences. Ce à quoi je répondrai :

1. *Je ne tiens pas à obscurcir l'objectivité de mon jugement.*

2. *Je suis dans l'attente de résultats plus approfondis.*

3. *Je n'ai pas encore rencontré le partenaire idéal.*

On pourrait également s'interroger sur les raisons qui m'ont retenu de connecter les Affectés, mais ceux qui ont suivi mon raisonnement avec attention craignent probablement comme moi, de manière intrinsèque, cette possibilité. Une tentative aussi téméraire, aussi folle, j'en ai peur, aurait de grandes chances de tourner à la catastrophe. Et connecter un individu Affecté avec un autre qui ne le serait pas ? Je l'ignore. J'ai envisagé ce cas de figure, j'ai aussi envisagé de connecter mon corps à celui de Victor. Je retiens cette possibilité et la repousse à plus tard pour l'instant. Une solution de dernier recours dont l'échec me laisserait parfaitement démuni, s'il n'y avait pas d'autre choix.

Je dois avancer en suivant la méthode scientifique et non pas procéder par à-coups au gré de mes désirs. De la sorte, peut-être, mes désirs eux-mêmes pourraient-ils se modifier. Je dois mieux régler mes instruments, mieux calibrer mes expériences.

L'aube était proche. Seule dans le skatepark sous le Burnside Bridge, Kayla, assise par terre, lisait le cahier de Chesterton qu'elle conservait plié à l'intérieur du sien. Au fur et à mesure de sa lecture, elle notait des questions pour garder une trace de ses propres pensées. Elle avait relu certains passages deux ou trois fois. Elle ne s'autorisait pas à tourner la page avant d'avoir saisi totalement la signification du texte. Elle s'arrêtait plus longtemps sur les diagrammes : les traits noirs représentant les fils de cuivre tendus entre les corps, attachés aux plaques de cuivre, les personnes allongées sur le dos, leurs visages croqués à la hâte, leurs yeux, comme deux trous d'épingle qui la fixaient.

Elle saurait pousser tous les raisonnements plus loin que Chesterton. Elle était plus clairvoyante que lui, elle le sentait. Après tout, il était un adulte, comment aurait-il pu éviter de se mentir à lui-même comme le faisaient tous les adultes ?

Elle jeta un coup d'œil autour d'elle, de peur qu'on la surprenne. Le temps était gris et pluvieux, dans l'air flottait une odeur de cendres mouillées provenant du feu de camp d'un sans-abri terré quelque part. Perchés en haut du grillage, une rangée de corbeaux ouvraient et refermaient leurs ailes pour garder l'équilibre. En renversant la tête complètement en arrière, Kayla discernait la voûte du pont qui tremblait légèrement au passage des voitures et des camions, qu'elle entendait sans les voir. Elle retourna à la lecture du cahier. *Accéder à cette part de nous-même qui est la plus électrique, la plus vivante.* Elle pensa à Leon, et à Natalie. Comme elle s'en était doutée, Leon était bien sur une piste, qu'il en soit conscient ou non. Et toute la question était là : comment était-il parvenu à cet état ? Elle aussi avait envie de vivre mieux, différemment, et ce cahier qu'elle avait dérobé en contenait la clef, elle le savait.

Elle le referma et l'enfouit au fond de son sac à dos. Elle refit les lacets de ses chaussures, ôta son sweat-shirt à capuche pour pouvoir faire du skate en t-shirt. Elle avait abandonné sa lubie des fringues japonaises et tout ce qui allait avec depuis qu'elle avait trouvé le cahier. Ce chemin qui aboutissait à une impasse et qui ne la reliait à rien du tout, elle ne regrettait pourtant pas de l'avoir suivi.

Elle se leva et, du pied, fit pivoter sa planche. Elle se laissa tomber du haut du mur de deux mètres et dévala la rampe de béton puis arriva sur la courbe d'en face, une surface dure et grise que des milliers de roulettes avaient polie et lissée. Elle évoluait sans trêve en serrant de plus en plus ses virages. Elle commençait à trouver cela ennuyeux, la façon dont les autres faisaient du skate ces derniers temps. Des mecs, principalement. Ils se contentaient d'une prouesse technique et sortaient du module directement, sans le moindre sens du mouvement long, de la projection dans le temps, des enchaînements. Comme si la seule chose qui comptait était la pose, la photo, la frime, en privilégiant l'instant plutôt que la sensation. Pathétique.

Elle effectua un *fifty-fifty grind* sur la bordure la plus proche de la cuvette et le vit, là, avec son sac, qui la regardait. Leon. Elle s'élança sur la paroi la plus éloignée, pivota, prit son élan pour ressortir à côté de lui sans avoir à se pousser du pied. Les mains dans les poches de son jean, il avait un air hagard et ses lacets étaient défaits.

— Où est ta planche ? demanda-t-elle.

— Je crois bien que je l'ai oubliée. Je t'ai pris pour un mec.

— Je ne fais pas du skate comme un mec.

— Non, ça n'a rien à voir, c'est tes cheveux.

Kayla se passa la main sur le crâne : ses cheveux, qui commençaient à peine à repousser, étaient doux au toucher dans un sens et râpeux dans l'autre. Le coiffeur avait essayé de la dissuader, mais elle avait insisté pour qu'il ne laisse rien.

— Je suis meilleure que les mecs en skate.

— J'ai jamais vu de fille rasée avant.

— Natalie.

— C'est pas une fille, et puis la plupart du temps elle porte des perruques.

— J'aime bien sentir le vent, je ne mets pas de perruque ou de bonnet.

— Ni de casque.

— Exactement.

Pendant qu'ils se parlaient, Kayla concentrait toute son attention sur Leon. Il avait l'air contrarié, peut-être distrait, comme s'il avait voulu dire quelque chose sans trouver ses mots. Ou bien s'imaginait-elle qu'il avait quelque chose à lui dire, ou encore l'espérait-elle ?

— Tu peux utiliser ma planche pour faire quelques tours, si tu veux, proposa-t-elle.

— Non, merci.

— Tu vas bien ?

— Je n'en sais rien.

— Et pourquoi ça n'irait pas ?

— La fatigue, peut-être.

Il regarda derrière elle, et quand elle se retourna, elle vit un chien errant détaler dans une ruelle. Comme son regard se perdait dans le vide, elle se répétait : *Et puis il y a les oublis, le temps perdu, le sommeil perturbé, les tentatives d'automédication.* Elle fixa de nouveau Leon et il la dévisagea comme s'il se trouvait à des années-lumière, dans un endroit inaccessible où elle ne pouvait le rejoindre. Il n'était pas en train de lui faire un numéro, se souvint-elle. Comme le cahier l'avait expliqué, il n'avait en fait pas la moindre idée de ce qu'il lui arrivait.

— C'est que, tu vois, commença-t-il, c'est que… rien.

— Je peux peut-être t'aider.

— Personne ne peut m'aider. Je ne sais pas quoi faire, je ne peux pas expliquer ce qui m'arrive.

Avec son pied, elle faisait progressivement tourner sa planche en demi-cercle. Elle se demandait jusqu'où elle pouvait aller.

— Écoute, Leon, j'ai deux, trois idées, je peux t'en parler. Tout a commencé la nuit de l'accident, quand tu es tombé.

— Quoi ?

— Et Natalie est sans doute mêlée à tout ça. Est-ce que tu fais des trucs avec elle ? C'est elle le problème ?

— C'est pas elle, c'est mes parents…

— Tu ne vois pas que tout ça est lié ? Il faut que tu nous laisses faire… Chris et moi, on va t'aider.

Encore une fois, le regard de Leon se perdit derrière elle.

— Qu'est-ce qu'il y a ?

— J'ai cru voir quelqu'un, répondit-il.

— Où ? demanda Kayla qui se retourna et plissa les yeux pour mieux scruter le fond de la rue, les bennes à ordures, les remorques en stationnement. Je ne vois personne.

— Peut-être qu'il n'y a personne.

— Tu t'es fait percer les oreilles ? Pourquoi ? lui demanda-t-elle.

— Non, elles ont toujours été comme ça.

Kayla distinguait bien les trous minuscules mais elle préféra ne pas le contredire. Elle s'assit sur sa planche et, les genoux pliés, la fit rouler doucement d'un côté et de l'autre en levant les yeux vers Leon.

— Tu pourrais bien me raconter à moi.

— Te raconter quoi ?

— Je suis ton amie, Leon. J'ai l'intention de te suivre là où tu vas.

On aurait dit qu'il ne l'avait pas entendue. Pourtant c'était la chose la plus importante qu'elle avait à lui dire. Les yeux écarquillés, il ressemblait à un petit garçon effrayé et, en même temps, à un jeune homme qui aurait vécu quelque chose de génial ou d'horrible. Embarrassée, Kayla se mit à gratter l'arrière de ses Chuck Taylor, à l'endroit où le tissu commençait à s'effilocher.

Les chutes à répétition avaient rendu la coque de caoutchouc à l'avant de ses baskets luisante et douce.

— Dis-moi juste ce que tu as à me dire, c'est tout.

— Tu es bien comme eux, tiens : des questions, toujours... J'ai même pas la moindre idée de ce qu'ils veulent savoir.

— Qui ça ?

Leon lui jeta un regard signifiant qu'elle devrait le savoir, comme s'il lui en avait déjà parlé.

Au bout d'un moment, il lui lança :

— À plus tard.

Kayla regarda Leon s'éloigner jusqu'au trottoir. De son pas traînant, il sortit de l'ombre du pont sans s'arrêter ni ralentir, tandis qu'une pluie fine s'abattait sur lui.

* * *

Natalie était accroupie derrière une benne à ordures, à une rue du Burnside Bridge, à proximité des rails. Elle portait une salopette bleue et de grosses bottes en cuir. Des poches de son blouson – sa réserve – elle sortait des feuilles dont elle tortillait le bout avant de les insérer ici et là. Sur la partie visible des pages de magazines apparaissaient des morceaux de peau ou des cheveux, des ongles vernis et des sourires aguicheurs.

Natalie ne ressentait pas la fraîcheur de cette pluie d'été. Au bruit des pas de Leon qui s'approchait, elle se retourna vers lui, sans manifester la moindre surprise.

— Qu'est-ce que tu fais ? lui demanda-t-il.

— Je ne sais pas, un truc, répondit-elle.

Elle tendit à bout de bras la page entière d'un magazine pour qu'elle et Leon puissent la voir. Sur la photo, une femme nue se tenait à côté d'un vitrail. La tête renversée en arrière, elle ôtait par le haut sa chemise de nuit d'un blanc immaculé dans laquelle elle semblait emmêlée, comme si elle était aux prises avec un fantôme et que son corps ferme en était expulsé. Elle avait des seins lourds à la pointe très pâle. Juste au-dessous du nombril, une mince ligne claire parallèle au sol indiquait la marque du bikini qu'elle ne portait plus, et cette ligne ouvrait sur une zone de peau blanche, douce et attirante, aboutissant au V de son entrejambe.

— Et donc ? fit Leon.

— C'est Daina House, la *playmate* de janvier, la première de l'année du bicentenaire. Pendant son temps libre, elle aime aider ses parents, qui sont fabricants de jeux de backgammon. Ça lui permet d'échapper à la folie du monde des top-modèles.

Elle jeta un dernier regard à la photo, puis la froissa et la fit rouler sous la benne. Leon s'enquit :

— Si elle te plaît tant que ça, pourquoi tu ne la gardes pas ?

— Parce que ça serait de l'égoïsme. J'ai envie de la partager avec les autres, elle aussi a envie de ça. J'aime imaginer le moment où quelqu'un va la trouver…

— Franchement, je pige pas.

— C'est comme ça que je vois les choses.

— Et donc ? fit Leon

Natalie se releva, elle était plus grande que lui. La pluie formait des perles sur ses cheveux châtains qui lui tombaient en boucles épaisses sur les épaules. Ils avaient l'air vrais, seulement un peu de travers sur le sommet du crâne. Elle toucha Leon au bras et ils se mirent en route, épaule contre épaule, en suivant la voie ferrée. Les traverses graisseuses et mouillées glissaient sous leurs pieds.

— Ne sois pas impatient avec moi, dit-elle.

— J'ai peur.

— Il ne faut pas.

— C'est pas si simple, il ne suffit pas de le décider.

— On va marcher un peu ensemble, viens contre moi.

— Il y a des fois où je ne me souviens pas de ce que je viens de faire.

— Comme si tu oubliais ? demanda Natalie. Ou alors, comme si tu perdais la notion du temps, des périodes entières qui t'échapperaient ?

— C'est ça.

— C'est normal. Ça arrive à tout le monde.

— Pas comme ça, dit-il.

Sur le Morrison Bridge au-dessus d'eux, les camions commençaient à éteindre leurs phares dans le jour naissant. Leon reprit :

— Et le fil ? Ça me manque. On peut y retourner ?

— Personne n'appelle. Ils ont changé les serrures. C'est bel et bien fini, d'après moi, mais je sais qu'il y a d'autres endroits. Des stations de commutation… j'ai trouvé un pylône dont le parafoudre est cassé. À deux cents mètres, je peux sentir le courant passer, le bourdonnement dans l'air. On va aller là-bas. Ou ailleurs, je connais plein d'endroits, je sais de quoi tu as besoin.

Leon baissa les yeux vers ses chaussures trempées, il faisait de grands pas pour pouvoir avancer de traverse en traverse. En relevant les yeux, il aperçut Kayla à l'entrée d'une ruelle. Elle était à dix mètres de lui, debout sous la pluie, sa planche de skate à la main. Elle lui faisait face, le visage sans expression. Il leva la main au ralenti et lui fit signe, mais Kayla ne répondit pas à son geste. À la place, elle fit demi-tour, posa sa planche et s'éloigna en se propulsant du pied.

— Bon, on parlait de quoi, déjà ? demanda Natalie.

— Je connais un endroit. Je pourrais t'emmener dans des coins où trouver du cuivre…

— C'est ça, tu perds la notion du temps et il y a des périodes entières qui t'échappent. Et oublier, ça arrive à tout le monde. Il suffit de s'autoriser à oublier. On ne peut pas rester toujours au même endroit à refaire les mêmes choses sans arrêt, à essayer de se souvenir, pour ne pas perdre le fil.

— C'est bien ce que je dis, fit Leon. C'est ce que je fais.

— Tu ne dois pas t'en faire parce que tu oublies des choses, continua-t-elle. Il suffit de se fondre dans la masse et de porter des vêtements qui plaisent. Écoute-moi. On va aller de l'avant.

— Comment ? dit-il. Mes parents…

— Quoi, tes parents ?

— Ils m'ont fait hospitaliser. Deux jours, deux nuits. Ils m'ont collé devant des images, devant des casse-têtes que je devais résoudre. Ils m'ont fait entrer dans des machines pour observer mon squelette, mon cœur, mon cerveau…

— Et ?

— Et tout ce qui les intéresse, c'est de me poser des questions…

— Oh, ça se passe exactement comme tu l'as dit, reprit Natalie. Une fois qu'ils commencent avec leurs questions, on ne fait que reculer. Tu as raison, toi et moi on est pareils, les questions, on ne s'y fera jamais. Il faut les éviter, s'en échapper, sinon elles te ralentissent, et tu commences à douter.

Au loin, sur les ponts, des voitures se provoquaient à coups de klaxons ; des phares mouillés et pâles se frôlaient.

— J'ai peur.

— Il ne faut pas.

— C'est pas si simple, il ne suffit pas seulement de le décider.

— Je sais ce dont tu as besoin, dit-elle.

— Et ils n'ont toujours pas trouvé s'il y avait quelque chose qui clochait, si j'étais différent… Je crois qu'ils vont me faire passer d'autres tests et me garder à l'hôpital un bon moment.

— Le problème, c'est que personne n'appelle. Ça me rend nerveuse. Ils ont changé tous les verrous, mes clefs ne marchent plus.

— Je ne connais pas les réponses, c'est tout, dit-il. Et en plus, ça ne me dérange pas plus que ça.

— Bien sûr, pourquoi tu te sentirais mal à cause de ça ? Tu n'es pas comme eux, et ils ne le comprendront jamais. Par contre, ils vont essayer de te ralentir et de te bombarder de questions.

Natalie s'arrêta et Leon l'imita. Elle défit un bout de fil de cuivre tordu qu'elle avait autour du cou et le passa autour du sien. En serrant, elle laissa une marque fine sur la peau de son cou.

22.

Dans l'aquarium évoluaient des poissons jaune et noir, or et blanc, aux écailles semblables à des armures. Des carpes koï. Certaines étaient aussi longues que la jambe de Chris. Kayla étendit la main et ses doigts vinrent troubler la surface de l'eau. Aussitôt les poissons, croyant que c'était l'heure de manger, s'approchèrent. L'Asiatique derrière le comptoir réagit aussitôt :

— Les garçons ! Pas touche, tous les deux !

— Je suis une fille, corrigea Kayla.

La femme ne répondit rien. Elle retourna au tri de ses factures. Tout en regardant les poissons, Chris et Kayla se parlaient à voix basse.

— Ses parents ont encore appelé les miens, dit Chris. Alors que ça fait une semaine que je ne l'ai pas vu.

— Je l'ai vu un matin, il y a deux ou trois jours, au skatepark. Tu sais, ce qu'on va faire aujourd'hui, c'est pour Leon, pour l'aider. Mais pour ça, il faut qu'on comprenne ce qui se passe.

— Et qu'est-ce qu'on va faire ? demanda Chris.

— Tu verras bien.

Kayla se tourna vers la femme et d'une voix forte s'adressa à elle :

— Le gros, il coûte combien ?

— Trop cher pour toi. Ils ont vingt ans.

— Alors ?

— Plus de mille dollars.

— Les petits vivront plus longtemps, remarqua Kayla. Ce n'est pas logique.

— Y en a pas beaucoup qui vivent aussi vieux.

Dehors, il faisait de plus en plus sombre. Kayla fit un signe de tête à Chris pour lui montrer le cadran de l'horloge au mur.

Il ne faisait pas moins chaud à l'extérieur et il n'y avait pas le moindre vent. De l'autre côté de la rue, sur la devanture du magasin qu'ils surveillaient, les grosses lettres couleur or du Shanghai Shanghai avaient été peintes à même les fenêtres. Kayla entraîna Chris à sa suite pour traverser la rue et ils s'immobilisèrent à deux pas de portes de la boutique. À quelques mètres de là, enjambant la rue, le grand portail rouge arborait des caractères dorés que même Kayla était incapable de déchiffrer. Le portail prenait appui sur des stèles de marbre qui elles-mêmes reposaient sur des lions d'or aussi larges que des voitures, trônant d'un air passablement misérable. Des sans-abris y étaient accoudés et des mendiants atterrissaient là en remontant de la Mission du Bon Secours et de la soupe populaire. Chris et Kayla ne leur prêtaient aucune attention : ils se concentraient sur le Shanghai Shanghai.

Soudain, à la fenêtre, une main saisit la pancarte OUVERT par le bas et la retourna du côté FERMÉ. L'homme sortit aussitôt, son crâne noir, chauve et luisant au soleil aussitôt recouvert d'un chapeau à ruban doré et aux bords relevés. Lorsqu'il les frôla, son regard leur passa bien au-dessus, planant à une distance que personne n'atteignait. Et tandis qu'il s'éloignait dans son costume à pinces, apparurent dans un éclair les bracelets de cuivre qu'il portait aux poignets et qui tintaient de manière quasi imperceptible. À son approche, les groupes de gens se scindaient pour lui laisser le passage. Il tourna à un coin de rue et disparut.

— Il ne va pas revenir, dit Kayla.

— Comment ?

— Je l'ai surveillé hier soir et la veille aussi, dit-elle en jetant un œil de chaque côté de la rue. On pourrait crocheter la serrure, mais on se ferait remarquer. Viens, suis-moi.

Ils ne firent pas l'aumône de quelques pièces aux clochards en remontant la rue, tant ils étaient absorbés par leur quête. Ils empruntèrent deux ruelles avant de trouver la bonne, qu'ils peinèrent à reconnaître, car la benne à ordures verte avait été déplacée. Et on avait remis la plaque de fonte sur la bouche d'égout, ce qui les ralentit. Kayla parvint à créer un jour en utilisant les outils dont elle se servait pour son skate ; en dépit de cela il leur fallut à tous les deux dix minutes de transpiration et d'angoisse avant d'en venir à bout, sans cesser de guetter la rue derrière eux. Quand la plaque glissa sur le côté ils eurent un mouvement de recul, comme si quelqu'un ou quelque chose les attendait pour bondir d'en dessous.

Kayla se positionna pour descendre la première. Son crâne rasé disparut et Chris la suivit.

Arrivés au tunnel, tandis que le cercle de lumière s'amenuisait tout autour d'eux, ils avancèrent en se tenant par la main, ce qui ne les empêchait pas de se percuter fréquemment. Le bruit de leur propre respiration leur parvenait distinctement aux oreilles. Ils se parlaient en murmurant :

— T'as entendu quelqu'un ?

— J'en suis pas sûr.

— Y'a des ombres.

— Je sais.

Ils passèrent devant des salles d'entrepôts souterraines improvisées, remplies de barriques d'huile d'arachide et de sacs de riz sur des étagères. Au plafond, des tuyaux courant dans toutes les directions étaient maintenus en place par des colliers en acier inoxydable.

Tout à coup surgirent des voix, et aussi des lumières provenant de lampes torches aux rayons circulaires étroits et puissants. Un groupe s'approchait dans leur direction. Kayla et Chris se plaquèrent contre un mur abrité de la lumière pour se dérober aux regards.

L'homme en tête du groupe qui parlait portait une lampe frontale. Elle éclairait ses longs cheveux frisés, et quand il se tourna, elle illumina le visage des autres membres de la petite troupe, quatre adultes et deux enfants, qui l'écoutaient :

— Portland se distingue des autres villes où, à l'époque, on embarquait les marins de force. On pense qu'ici les hommes étaient enfermés pendant de longues périodes, ce qui fournissait une réserve de marins disponibles en permanence.

D'un mouvement de tête, il dirigea sa lampe sur une fenêtre percée dans un mur et bloquée par des barres de fer puis reprit :

— Ces tunnels vont de la Vingt-Troisième à la Willamette River, alors vous pouvez vous imaginer l'étendue du labyrinthe.

Un des enfants l'interrompit avec une question.

— Est-ce que ces tunnels sont hantés ? répéta le guide. Non, bien sûr que non, ce qui n'empêche pas les gens de raconter toutes sortes d'histoires.

— Pourquoi est-ce qu'ils ne s'enfuyaient pas ? demanda une des femmes.

— Eh bien, ils étaient enfermés et parfois drogués et vous avez certainement remarqué que le sol des tunnels est recouvert de verre pilé : ceux qui se faisaient prendre étaient ramenés pieds nus, car on leur faisait enlever leurs bottes. D'ailleurs vous verrez plus loin la pile des vieilles bottes.

Chris crut entendre des bruits de pas. Dans la pénombre, il repéra un mouvement dans la direction opposée à celle du groupe, quelqu'un passait le dos courbé. Chris le montra du doigt pour essayer d'attirer l'attention de Kayla, mais elle ne voyait pas sa main dans le noir. À présent, les touristes étaient presque arrivés à leur niveau, ils avançaient groupés. Kayla tira Chris par le bras tandis que le guide entraînait les visiteurs plus loin.

Ils se déplaçaient lentement, à tâtons, effleurant d'étroites ouvertures cachées qu'ils prenaient pour des portes alors qu'il s'agissait seulement d'interstices entre les briques à moitié effritées. Le tunnel sembla s'arrêter, mais il faisait en fait un tour complet, univers de béton rugueux et d'arêtes mal dégrossies, et une nouvelle fois, ils eurent l'impression que la galerie se finissait en cul-de-sac. De leur précédent passage, ils se souvenaient de cette section et cela leur confirma qu'ils étaient dans la bonne direction. L'air immobile qui les entourait était lourd de relents gras et chauds, sensation qui s'accentua quand ils débouchèrent sur une bifurcation.

Un mince rayon de lumière perçait à travers des lattes de plancher disjointes au-dessus de leurs têtes. À dix mètres devant eux, un visage passa subitement dans le rayon. Ils reconnurent le barbu, celui qu'ils avaient déjà vu. Il progressait prudemment mais avec assurance : il n'avait pas besoin de lampe torche. Kayla prononça son nom dans un souffle :

— Victor. Victor Machado.

— Quoi ?

— Chut.

Ils suivirent l'homme en prenant grand soin de ne pas se faire remarquer, toujours courbés et silencieux. Ils le virent s'avancer dans un renfoncement dans le mur, de la taille d'un placard. Il desserra ses habits et commença d'arracher des parties du mur ; on aurait dit qu'il tenait des serpents mais ce n'étaient que des câbles, des tuyaux, des fils. Il commença à se les enrouler autour du corps.

Chris étouffa un éternuement causé par la poussière et les toiles d'araignées qui s'accumulaient sur son visage et sur ses cheveux. Il se pencha en avant pour mieux voir, mais Kayla le retint dans un des recoins les plus sombres. Elle l'entraîna plus loin dans le tunnel pour finalement s'arrêter devant un renfoncement similaire à celui où l'homme était entré. D'un pas, elle et Chris y pénétrèrent.

— C'est une armoire électrique, lui dit-elle dans un murmure. J'ai lu des trucs là-dessus. Tout ça, ce sont des lignes téléphoniques, tu vois. On pourrait même mettre Chesterton sur écoute, si on avait encore les écouteurs…

— Qui ça ?

— Et il y a des lignes seulement utilisées par la police quelque part par là aussi, mais en gros, ce ne sont que des lignes électriques, de la haute tension ramenée à un voltage plus bas pour les habitations. Ce truc rond, c'est un transfo, le même genre qu'on trouve en haut des pylônes.

— Il faisait quoi, là-bas, ce type ? demanda Chris.

— Silence.

Au moment où, sortis du recoin, ils regagnaient le tunnel, ils entendirent un bruit. Puis des ombres bougèrent tandis que quelqu'un s'approchait. Une femme, cheveux courts et bruns, visage inconnu, glissait d'une zone de pénombre à une autre. Elle ne se rendit compte de rien quand elle les frôla. Elle se dirigea vers l'armoire électrique et s'attela à la tâche d'arranger les fils autour d'elle.

— On y va, murmura Kayla. On perd du temps, là. On y est presque.

Elle fit un geste vers le carré de contreplaqué clair qui bouchait l'entrée de la boutique. Juste avant d'y parvenir, ils passèrent devant une troisième armoire électrique.

Droit debout, Leon leur faisait face, comme s'il les avait attendus pour se joindre à eux ou leur dire quelque chose. Mais non. Son corps ne bougeait pas, immobile, il était saisi de tremblements. Accrochés dans les câbles, ses bras soutenaient son poids et deux fils pliés, l'un lui comprimant le front, l'autre, passant derrière sa nuque, lui maintenaient la tête en place. Il avait les yeux grands ouverts, mais il ne les voyait pas. Les muscles de ses paupières battaient de manière frénétique, il avait la peau des joues tendue à craquer et balayée de vagues de crispation à cause du courant qui le traversait. Lèvres retroussées, dents serrées. Le col de son t-shirt était déchiré, son pantalon déboutonné et les lacets défaits de ses chaussures rampaient au sol comme des petits reptiles blancs.

— Il faut qu'on le sorte de là.

Chris toucha le bras de Leon ; une décharge propulsa sa main en arrière.

— Non, ne le touche pas. Il est bien comme ça, je t'assure. C'est la même chose que ce qu'on a vu Victor commencer à faire là-bas. Il était en train de se recharger.

— Comment tu connais ces trucs ?

— Allez, viens, dit-elle, impatiente

— Si on est parti pour faire la même chose qu'eux, je ne suis pas sûr que ça me tente.

— C'est pas des choses pour nous, ça. On n'est pas faits comme eux.

Elle le prit par la main pour l'éloigner de Leon et ils se dirigèrent vers le morceau de contreplaqué et l'étroit tunnel qui se cachait derrière.

Kayla s'y engagea la première et Chris, à quatre pattes, se démena de son mieux pour se maintenir à son niveau. La trappe s'ouvrit au-dessus de lui, il l'entendit, il vit la lumière, ressentit le changement de pression de l'air et l'instant d'après il se hissait jusqu'à la boutique. La trappe se referma dans un claquement et les bouteilles de verre sur les étagères s'entrechoquèrent encore pendant un moment.

— Magne-toi, Chris.

— Je n'y comprends toujours rien.

Ils chuchotaient, même s'ils étaient seuls. Après avoir refermé la trappe, Kayla la recouvrit du tapis usé jusqu'à la corde. Les marchandises éparses projetaient des ombres aux formes bizarres, un carillon silencieux suspendu, les présentoirs de cuivre aux reflets vaguement vert-de-gris et, au mur, des calendriers illisibles comme des tâches lumineuses blanches couvertes de symboles noirs.

Ils grimpèrent les escaliers à la hâte. Les éclats de verre brisé provenant des tunnels étaient restés incrustés sous la semelle de leurs chaussures et émettaient un bruit sec à chacun de leur pas, sur les marches d'abord, et ensuite dans le couloir à l'étage. La lumière était allumée dans la première pièce vide qu'ils dépassèrent, celle dont les murs étaient tapissés de cartes. Kayla ouvrit la deuxième porte, au seuil de laquelle ils s'étaient arrêtés pour écouter la dernière fois.

La pièce avait un peu les allures d'un laboratoire : blanche et nue, avec des plans de travail et des placards en métal, deux lits de camp installés au milieu.

— Qu'est-ce qui se passe si je pars maintenant ? demanda Chris.

— Déshabille-toi.

Kayla s'activa dans la pièce, ouvrant placards et tiroirs comme si elle savait ce qu'elle cherchait.

— Tu te souviens, tu l'as entendu comme moi, ça marche mieux comme ça.

Elle tenait des fils d'une main, et de l'autre elle se débarrassait de son pantalon à la va-vite. Chris, planté au milieu de la pièce, la regardait faire. Il ôta son t-shirt, le plia, le déplia, puis le replia une deuxième fois. Kayla, qui ne portait plus que son soutien-gorge, tenait à la main deux morceaux de métal d'une couleur cuivrée reliés par un fil.

— Il faut que tu les plaques sur ta poitrine et sur ton dos. Comme ça.

Sous le contact froid du métal contre son torse, il eut un mouvement de recul et par réaction, il appuya plus fort contre la plaque dans son dos. Il frissonna. Les fils traînaient et frottaient par terre en crissant, et des échardes de cuivre s'en dégageaient.

— Ça ressemble aux fils qu'on ramassait pour Natalie, remarqua-t-il.

— Couche-toi sur le lit de camp, lui intima Kayla.

Il s'exécuta pendant qu'elle s'agitait autour de lui, tout entière aux préparatifs. Elle lui ajusta une sorte de collier autour du cou, puis un bandeau autour du bras. Elle entortilla deux bouts de fils ensemble, puis passa l'extrémité de ceux qui partaient de son corps à lui dans les trous des plaques de cuivre qu'elle portait. Elle inséra le bout de ses propres fils dans les ouvertures des plaques de Chris.

— Arrête de remuer, lui dit-elle tandis qu'elle essayait d'attacher un fil à celui qu'il avait autour de la taille.

Sa main n'était qu'à quelques centimètres de son sexe, qui, à moitié durci, bougea et pointa vers elle, ce qu'elle ne releva pas. Elle ne disait pas un mot.

Il ferma les yeux et l'entendit reculer vers son lit de camp qui couina quand elle s'allongea dessus. Puis il ne perçut plus que la respiration de Kayla, légèrement plus forte que la sienne, et dehors, un coup de klaxon et un cri, le grondement distant de la circulation, et de nouveau sa respiration à elle, et la sienne, lente, qui l'entraînait à l'intérieur de lui-même. La faible luminosité qui lui parvenait, paupières baissées, fit place à une éclaircie, comme si des nuages avaient été chassés et à présent il avait la sensation de survoler de grands arbres feuillus. Il piquait vers un étang tout rond, pas vraiment un étang en fait, même si c'était rempli d'eau…

— Comment ? fit Kayla. Qu'est-ce que tu racontes ? Tu n'articules pas, je ne comprends rien.

— Je nous vois, tous les deux. En haut du réservoir dans Forest Park. Tu fais semblant de nager et tu balances ton t-shirt blanc par-dessus le bord, et je le vois très bien tomber lentement et atterrir dans les herbes hautes. Et là, on est assis sur le tapis de sol, on est en sous-vêtements, il fait grand soleil et on se regarde dans les yeux…

Chris ouvrit les yeux. Kayla, étendue de tout son long et nue sur le lit de camp, le regardait. Elle ne portait rien à l'exception des morceaux de cuivres attachés par des fils. D'autres fils, entre leurs deux lits, la reliaient à lui. Sur son visage, on pouvait lire qu'elle souffrait, à l'intérieur, mais qu'elle n'en tenait pas compte et qu'elle voulait lui cacher cette douleur.

— Vas-y, ferme les yeux. Continue de parler, continue de me raconter.

Les yeux fermés, il vit le gris du ciment, le rouge et le bleu peints à la bombe. Il reprit :

— C'est sous le Burnside Bridge, au skatepark. C'est toi Kayla, mais tu n'es pas en train de faire du skate. Tu es assise là, et tu te maquilles. Tu es assise sur ta planche et tu lis… je vois que tu prends des notes dans un cahier, et il y a un autre cahier à l'intérieur. Là, tu es en train de l'ouvrir… tu vérifies que personne ne peut te voir, mais moi, je peux te voir, et… l'écriture dans le cahier, ce n'est pas la tienne, et il y a des croquis, deux corps, comme un schéma avec des lignes qui les relient, ce sont des fils électriques, c'est écrit que ce sont des fils…

Kayla était en train de l'appeler :

— Réveille-toi ! Chris ! Réveille-toi ! Il faut qu'on y aille, faut sortir d'ici.

Il ouvrit les yeux. Pas de skatepark en vue. Il était dans la pièce blanche, et Kayla lui arrachait par secousses ses fils tout entortillés.

— C'est bien ce que je pensais, dit Kayla.

— Quoi ?

— Plus tard.

Elle haletait, à moitié habillée. Elle se pencha très près de lui pour détacher les fils qu'il avait au cou, au poignet. À quatre pattes, il retrouva ses habits. De ses mains tremblantes, il remonta son pantalon et attacha ses lacets.

— Dépêche-toi, le pressa Kayla.

Ils coururent comme s'ils étaient poursuivis par quelqu'un, comme si le temps leur était compté. Ils retraversèrent le couloir et quand ils descendirent l'escalier en trombe, Chris, le t-shirt sur la tête, manqua de tomber et se rattrapa en atterrissant sur le plancher. Kayla était déjà en train d'ouvrir la trappe.

— On peut pas sortir par devant ? demanda-t-il.

— Non, non.

Elle tenait le battant ouvert pour qu'il passe devant elle. D'abord la descente, puis le tunnel, sombre et resserré, le morceau de contreplaqué : ils débouchèrent sur le tunnel plus large où l'air humide et aigre était chargé d'électricité.

Chris courait devant dans la pénombre et essayait de suivre les cheminements de son esprit. Il avait la même impression que quand les supports de roulettes de son skate se mettaient à tanguer dans une descente raide et qu'il lui était absolument impossible de retrouver l'équilibre à cette vitesse, impossible d'éviter l'accident, et qu'il ne lui restait que la certitude inéluctable de la chute imminente. Il avait mal aux articulations, il se sentait crevé, comme après avoir fait du skate, ou s'être rétamé : à mesure qu'il avançait dans la pénombre, il éprouvait de curieuses sensations de raideur dans les genoux et dans les coudes.

L'armoire électrique qu'avait occupée Leon était vide, mais la femme se trouvait toujours dans celle d'à côté. Enroulée dans les fils, sa chemise déboutonnée et la tête maintenue en place, elle avait les yeux révulsés. Elle était secouée de tremblements et était bien incapable de les voir.

— C'est qui ?

— Aucune importance.

En face de la dernière armoire, sans occupant elle aussi, Chris et Kayla s'immobilisèrent un instant. Dans les ténèbres ne leur parvenaient ni lumière, ni voix, ni aucun mouvement. En se tenant par la main, ils se dépêchèrent de regagner la sortie du labyrinthe, tandis que leurs pas réduisaient les bouts de verre en poussière. Se tirant et se poussant l'un l'autre, ils atteignirent l'échelle.

Ils émergèrent dans la ruelle en plissant les yeux. Ils n'échangèrent pas une parole, pas un regard. S'aidant des pieds, ils refermèrent la plaque de fonte sur l'ouverture de la bouche d'égout, puis, d'un pas rapide, ils s'engagèrent sur le trottoir, au milieu du flot des passants, à la lumière des réverbères.

Deux rues après le restaurant Hung Far Low, ils passèrent devant des parkings de la taille d'un pâté de maison. Plus bas dans Flanders Street, un chien dans une voiture sur le bas-côté bondit sans crier gare et leur aboya dessus à travers une vitre entrouverte. Chris se poussa contre Kayla.

Ils s'arrêtèrent de marcher tous les deux – ils se rendaient compte que rien ne les obligeait à continuer. Ils échangèrent un regard, ne sachant pas très bien par où commencer. Kayla se lança :

— Bizarre, ce truc, non ?

— J'en sais rien. Ça s'est réellement passé ? Ce cahier, qu'est-ce que c'est ?

— C'est un cahier que j'ai trouvé, c'est tout.

Au milieu des repousses de cheveux, on voyait de la crasse et de petits éclats de cuivre accrochés sur son crâne.

— Tu ne m'as rien dit, lâcha Chris.

— Tu sauras tout sur ce que je fais très bientôt… Tu vois, le mieux, ça serait que ce soit toi plutôt que moi… comme moi je devine des trucs qui ne sont peut-être pas vrais, ou qui pourraient empêcher…

— On n'est pas censés avoir des secrets, la coupa-t-il. C'est pas juste. C'est comme ça que tout a commencé à partir en vrille.

— Non, ce n'est pas comme ça. Je vais te dire ce qui s'est passé, je vais te montrer et tu vas comprendre.

— Tu aurais déjà dû me montrer tout ça depuis belle lurette.

— C'est ce que je suis en train de faire !

Kayla se rapprocha de lui, lui toucha la peau du bras en poursuivant :

— Une chose importante : on ne peut pas dire à Leon qu'on l'a vu dans cet état.

— Pourquoi ?

— Il ne comprendrait pas.

— C'est sûr qu'il ne va pas comprendre, si on ne lui dit pas.

— Fais-moi confiance, dit Kayla. Juste pour le moment. Fais-le pour Leon, pour nous trois.

23.

Steven ouvrit les yeux sur le dos large et pâle d'Heather, les ondulations de sa colonne vertébrale, les contours des grains de beauté sombres le long de l'une de ses omoplates, ses cheveux châtains répandus sur les motifs floraux aux couleurs douces de la taie d'oreiller. De l'autre côté du lit, se trouvaient une grande commode au placage imitation bois clair tout écaillé, un miroir dans un cadre dont la vue lui donna un pincement au cœur et un tableau dépeignant un enfant qu'on avait envoyé au coin pour le punir. Un colley à ses côtés faisait face au spectateur, dans son regard se mêlait de la peine et de la compassion. Le titre, calligraphié en bas, disait : *Un Plaidoyer Silencieux*. De l'autre côté de la chambre, une autre peinture représentait une scène de chasse : un labrador noir dépeint en plein bond au-dessus de hautes herbes, sa queue cinglant l'air comme une épée, les oreilles et la langue au vent. Dans le ciel, des canards ou des oies volaient en formation. Steven se demandait si Heather avait choisi elle-même ces peintures de chiens, ou si quelqu'un d'autre l'avait fait pour elle.

La chatte entra dans la chambre, traversa la pièce et d'un bond vint s'installer sur le rebord de la fenêtre. La journée était grise et pluvieuse ; la lumière peinait à se faire un chemin à travers la pluie et les nuages. Steven aurait bien voulu savoir l'heure mais sa montre était retournée sur la table de chevet et il ne voulait pas réveiller Heather en l'enjambant pour aller la chercher. À la place, il se rapprocha d'elle pour goûter la chaleur de son corps contre son visage et sentir sa peau.

— Et si on parlait de ce qui s'est passé à Chinatown, lui proposa-t-elle.

— Je pensais que tu dormais.

— Je réfléchissais. Pourquoi est-ce qu'on n'en a jamais parlé ? Ça fait plusieurs jours maintenant…

— On s'était mis d'accord pour ne pas en parler, lui dit-il.

— Je me disais que ça serait mieux si ça venait de toi. Je voulais voir combien de temps tu attendrais.

Heather se tourna vers lui. Leurs visages se touchaient presque. Elle gardait les yeux fermés.

— Tu aurais pu dire quelque chose dans ce cas, reprit-il. J'avais vraiment envie qu'on discute de tout ça, et je me suis retenu.

— Là, j'ai envie. Bon, ce qui s'est passé dans cette pièce ne concerne que nous. Et puis qui pourrait bien croire à cette histoire si on essayait de la raconter à quelqu'un ? Ce serait difficile à expliquer.

— Moi, j'étais là seulement en tant qu'invité. C'est à toi que le type a proposé de venir.

— Chesterton.

Heather étira son cou et, en tournant la tête, elle dévoila un morceau de l'oreiller, une fleur aux couleurs fanées. Elle donna un petit coup du plat de la main sur la boîte posée sur sa table de chevet et une voix mécanique et distante annonça : sept heures trente-sept.

— On a encore une heure et demie avant d'aller à l'Œil qui Voit, dit-elle. Reste couché, ne bouge pas.

— Je n'aime pas manger au lit, si c'est ce à quoi tu penses. À cause des miettes.

— J'ai envie qu'on discute. J'ai envie de te parler de ce que j'ai vu.

— Très bien, parlons, dit-il.

— Tu comprends, je voyais tout : les couleurs, cette femme qui se déshabillait. Je la voyais de mes yeux ! Depuis, je n'ai pas arrêté d'y penser. Une fois, j'ai lu quelque part que chez les aveugles de naissance, et même ceux qui le deviennent plus tard, les zones de la vue dans le cerveau s'éteignaient complètement, toute la partie visuelle. Mais dans cette petite pièce, là, je voyais, même si la scène se déroulait à un tout autre moment.

Steven tenta de se rapprocher d'Heather, de coller son corps dans toute sa longueur au sien. Le mouvement qu'il effectua lui apparut grossier, évident. Il s'interrompit juste avant de la toucher. Dans un bruit d'éclaboussures, un bus passa dans la rue. En bas, sous la pluie, quelqu'un cria. La chatte quitta sa place près de la fenêtre, rejoignit le sol et passa silencieusement dans le couloir.

— Je me demandais si le fleuve ne lui manquait pas, à la chatte, dit Steven.

— Est-ce que tu ne serais pas en train d'essayer de changer de sujet ?

Heather se redressa et s'adossa à la tête de lit. La couverture glissa, dévoilant les os saillants de ses clavicules, le haut de sa poitrine, et la petite pointe sombre de ses seins.

— J'avais envie… j'ai toujours envie d'en parler, dit Steven. C'était complètement dingue, déroutant, et en plus ça me mettait mal à l'aise. Et c'est encore le cas.

Il marqua un temps puis reprit :

— Ce que tu décrivais ce jour-là, l'homme que tu as vu, en fait c'était moi.

— Je m'en doutais. Et la femme, c'est quelqu'un que tu connais ?

Le ton de sa voix était neutre, impossible à déchiffrer : avec les chiens d'aveugle, trop d'inflexions ou trop de variations pouvaient entraîner des malentendus. Il continua :

— C'était quelqu'un que j'ai connu. En fait, c'était une erreur, un malentendu. Ça s'est passé avant même que je commence à sortir avec toi, avant…

— Pourquoi est-ce que ça te rend tellement nerveux d'en parler ? J'essaye seulement d'en savoir un peu plus sur ce qui s'est passé. Pas besoin d'être sur la défensive comme ça.

— Il ne s'est rien passé, dit-il.

— Je parle de ce qui s'est passé quand j'ai eu cette vision, quand on était dans la pièce, reliés par des fils.

— Est-ce que tu savais vraiment que c'était moi ?

— C'était la possibilité la plus logique.

— Pourquoi ?

— Chesterton m'a demandé de venir avec quelqu'un d'autre, un autre aveugle, une personne sur laquelle je voulais en savoir plus. Voilà la raison. Quelqu'un qui peut-être tenait à garder un secret.

— Ça n'a rien à voir avec ça, réagit Steven.

— Peut-être que non, n'empêche que tu ne te sentais pas à l'aise d'en parler, d'après ce quc tu dis.

— Sans doute que non.

— Pourquoi est-ce que tu n'as pas couché avec elle ?

— Pardon ?

— Dans la chambre où je vous ai vus, elle se déshabillait sur le lit, et prenait des poses pour toi. On aurait dit qu'elle attendait, qu'elle t'invitait à la rejoindre.

— Ce n'est pas exactement ça.

— Bon allez, Steven. C'était assez évident.

— J'avais peur.

Heather sourit, serra sa jambe sous les draps et dit :

— Le sexe, ce n'est pas quelque chose qui t'effraie, je le sais bien.

— Cette histoire me met mal à l'aise. Mais il ne faut pas qu'entre nous ça…

— Je t'ai vu.

— Quelque chose clochait chez elle, continua-t-il. Ce n'était plus la personne que j'avais connue. On aurait dit qu'elle jouait un rôle, ou quelque chose dans ce genre, et je ne comprenais pas d'où ça venait. C'était quelqu'un d'autre, un peu comme si on m'avait fait un canular auquel je ne comprenais rien.

Steven laissa courir ses doigts sur le bras d'Heather, descendit le long de ses hanches. Elle frissonna. Pendant un instant, il crut qu'elle allait approcher la main vers lui.

— Il ne s'est rien passé, dit-il.

— Quand même, vous n'avez pas couché ensemble, mais il s'est bien passé quelque chose. Appelle ça comme tu veux, mais le principal, c'est que je l'ai vu.

À présent, ses mains étaient sur son front, touchaient son visage. Il tourna la tête en direction de la fenêtre. Dehors, trois corbeaux étaient perchés sur un fil électrique instable. Ils s'étiraient le cou, dépliaient et repliaient leurs ailes, puis sans prévenir, ils se redressèrent, et tel une bande d'écureuils ils sautillèrent le long du fil, la queue en l'air.

— Je n'en sais rien, dit-il. Tout ça est tellement bizarre. Par exemple, ce type, Chesterton, qu'est-ce qu'il en retire ?

— Je me suis posé la même question, et ça m'intrigue toujours. À mon avis, il n'en sait rien non plus lui-même. Il essaye de comprendre ce qu'il a entre les mains. Ou alors, ce n'est rien qu'un pervers qui n'a qu'une envie : voir les gens se désaper devant lui.

Steven éclata de rire :

— Et aussi, les attacher ensemble avec du fil de cuivre ? Mais il s'est produit quelque chose. Ce n'est pas aussi simple que ça. Enfin, tu as vu !

— Je me demande si on aura l'occasion de le refaire.

— C'est ce qu'il a dit ?

— C'est lui qui doit appeler, dit Heather.

— On pourrait le retrouver pour lui demander.

— Je ne crois pas que ce soit une bonne idée. Il semblait avoir des positions assez arrêtées sur la question.

Toujours allongée, Heather avait remonté son bras sur les yeux, comme pour se protéger de la lumière. Dans le silence, Steven entendit la chatte sauter depuis un endroit en hauteur sur le parquet du couloir, puis se mettre à courir en tous sens.

— Il faut que je te dise quelque chose, reprit Heather. Ne te moque pas.

— Vas-y.

— J'ai envie de me voir.

— De te voir ?

— J'ai seulement un vague souvenir de ce à quoi je ressemble. Il y a bien quelques photos de moi dont je me souviens avec précision, mais elles remontent à quand j'étais plus jeune.

— Je peux te le dire, à quoi tu ressembles.

— Ce n'est pas la même chose. Je ne te parle pas de ça. À mon avis, Chesterton pourrait nous aider si seulement on pouvait le refaire.

— Pardon ?

— Un des deux participants est capable de voir le secret que l'autre essaie de cacher. Donc je me dis que si on faisait quelque chose ensemble, toi et moi, quelque chose de secret, alors je pourrais peut-être me voir telle que je suis maintenant.

— Peut-être, dit Steven pensivement. Je crois que je vois ce que tu veux dire.

— Alors tu vas m'aider ?

— Je vais essayer.

Heather étendit le bras et, de nouveau, frappa l'horloge. La voix annonça : huit heures douze. Elle rejeta les couvertures et se leva. La journée avait commencé.

24.

V. RÉFLECTIONS – *SUITE*

Chez les Affectés, l'automédication peut prendre plusieurs formes. L'électricité les attire. D'après ce que j'ai pu observer, les armoires électriques qu'on trouve dans les tunnels qui passent sous la ville constituent une source qu'ils utilisent tous. Dans ces souterrains, les Affectés dénudent des câbles haute tension contre lesquels ils se plaquent. Les individus y demeurent dans un état de catatonie pendant une période dont la durée varie, puis, une fois qu'ils ont absorbé le niveau de charge nécessaire, ils se libèrent.

Ce qui suit peut être considéré partiellement comme de la conjecture, il faut bien évidemment que je m'abstienne de croire que le champ de mon savoir sur le sujet est exhaustif, et il m'est impossible de faire état de choses que je n'ai pas vues moi-même. Néanmoins, j'ai à maintes reprises observé des séances souterraines où les Affectés se suspendent en l'air au milieu des fils. Leur apparence physique à ce moment-là (les tressautements sur leur visage, leurs conversations avec des interlocuteurs absents, et inversement l'ignorance dans laquelle ils sont des gens autour d'eux) rappelle de façon frappante celle des InAffectés que j'ai soumis à mes expériences dans la salle à l'étage. La question demeure : de quelle manière le vécu intérieur des individus de ces deux groupes est-il comparable ?

… il n'est pas exclu que les Affectés puissent communiquer avec d'autres, à proximité immédiate. Ils seraient alors reliés entre eux par le courant des câbles électriques, ce qui leur permettrait de partager des rêves, des souvenirs, ou d'interagir de manières qui échappent encore à notre entendement. Seraient-ils en mesure de se reconnaître après de tels échanges ? Leur vie consciente est-elle aussi dépourvue de relief qu'elle en a l'air, ou bien s'agit-il au contraire d'une coquille abritant des plaisirs d'une complexité immense ? Un motif de frustration pour moi…

… je n'ai aucunement le souhait de vivre éternellement, mais je ne voudrais pas mourir avant d'avoir trouvé ce que je cherche. Je suis prêt à reconnaître qu'il m'arrive parfois de laisser libre cours aux conjectures les plus folles, d'élaborer des théories hardies dans le seul but de me prouver que je ne me pose pas de limites. Par exemple, je veux bien admettre que, par moments, j'ai cru à moitié que mes découvertes d'hier, mes observations d'aujourd'hui me donnaient à entrapercevoir le monde des morts. Les Affectés, quand on y réfléchit, ne montrent pas de signes de vieillissement. Certes, j'ai perdu la trace de certains individus (je me suis aussi demandé s'ils n'en venaient pas à s'évaporer soudainement, dans un claquement imperceptible au moment où personne ne les regarde), mais ceux que je suis depuis des années paraissent les mêmes qu'au tout début de mes premières observations…

... Hier, par désespoir, j'ai convaincu Victor de se livrer à l'expérience avec moi. À l'étage, dévêtu, j'ai placé les plaques de cuivre à la fois sur sa poitrine et sur la mienne, je nous ai reliés avec les fils de cuivre. Si Victor n'avait pas, dans les minutes qui suivirent, déconnecté les fils, je ne sais ce qui serait advenu.

Je ne me souviens de rien, si ce n'est d'un sentiment de chaleur aiguë, comme appliquée par un fer à souder, au niveau de mon tronc cérébral. Instantanément, tous les muscles de mon corps se sont rigidifiés. Lorsque j'ai rouvert les yeux, Victor, qui n'était plus relié à moi, avait l'air nerveux, et comme à l'accoutumée, il marmonnait des formules de politesse. La transpiration qui rendait sa peau brillante avait un effet d'oxydation sur le cuivre qui tournait sous mes yeux au vert-de-gris. Au demeurant, il était apparemment indemne. Plus vif, à tout prendre. Plus affûté. En retirant les plaques de sa poitrine, il s'est gratté le poil noir qu'elles avaient recouvert l'instant d'avant, un poil qui se mariait avec celui de sa barbe. J'étais immobile, les yeux au niveau de ses pieds dont je voyais la fine soie qui poussait sur ses orteils. Impossible de me redresser. La minute pendant laquelle j'avais été connecté à un Affecté m'avait intégralement vidé de mon énergie. Il s'en est fallu de peu pour que je finisse à l'hôpital. À grand peine, j'ai fini par me relever. Puis j'ai dormi cinq jours d'affilée, et je n'ai pas pu avaler d'aliments solides pendant une semaine. J'ai eu l'impression que tout le courant électrique contenu à l'intérieur de mon corps m'avait quitté, que chacune de mes synapses s'était éteinte.

Peut-être que cette expérience se devait d'être tentée, mais c'est aussi une expérience qui ne sera pas renouvelée...

Kayla portait un sweat-shirt gris, déchiré. Son bonnet rayé orange et noir était tricoté main. Dans l'air du matin, il faisait froid, humide. Il était bientôt cinq heures et elle faisait du skate, non pas au skatepark sous le pont, mais à quelques centaines de mètres de là, dans le parking à étages de l'hôtel Radisson. Elle descendait la rampe circulaire de haut en bas, comme une vis sans fin, passait niveau après niveau, puis, arrivée en bas, elle remontait à pied par les escaliers en béton pour recommencer.

Elle gravissait les marches tout en tenant la planche d'une main et de l'autre, le cahier de Chesterton ouvert. Les lumières de secours au plafond étaient juste suffisantes pour lui permettre de déchiffrer le texte et de s'y retrouver au milieu de passages qu'elle avait déjà lus tant de fois auparavant. Elle en était arrivée au bout, était restée sur sa faim. Pourtant, elle doutait que, indépendamment de la frustration dans laquelle le cahier la plongeait souvent, quiconque puisse en saisir le sens mieux qu'elle. Elle avait essayé avec Chris, ils l'avaient lu ensemble, elle lui avait expliqué les passages techniques, mais il y avait fort à parier qu'il n'avait pas tout suivi, et qu'une grosse partie lui était passée au-dessus de la tête. Cette posture qu'il prenait, tout son discours sur les secrets et l'honnêteté… il fallait qu'il dépasse ça, sans quoi il ne comprendrait jamais à quel point Leon les avait distancés.

Sa planche tapait contre la rambarde en fer en produisant des sons musicaux tandis qu'elle gravissait les étages, concentrée sur sa lecture. Les chiffres, lettres, couleurs – 3B, Orange, Niveau 4 – défilaient à la périphérie de son champ de vision. Elle apercevait les silhouettes des rares voitures restées garées là pour la nuit, formes sombres aux contours anguleux.

… L'esprit des Affectés, d'après mes déductions, est capable d'envolées qui dépassent notre compréhension. Ce sont des expériences qui allient à la fois complexité et permutation de niveaux de réalité. Il est tout à fait envisageable que ce qu'ils éprouvent se rapporte aux vies qu'ils mènent ici. Il est pareillement pensable qu'il n'y ait absolument rien de commun entre les deux. Peut-être que leurs agissements pendant ces permutations ne sont qu'une vue de mon esprit, ou alors ils sont tout aussi insignifiants et dénués d'intérêt que leurs vies parmi nous, peut-être qu'il n'existe aucun rapport de cause à effet, aucune illumination accrue. Je ne suis même pas très sûr de ce que j'avance ici…

… pour que je puisse formuler mon rêve : trouver, au début, un moyen de parler véritablement avec les Affectés, de gagner leur confiance, de voir si mes simulations reflètent un tant soit peu ce qu'ils éprouvent, de découvrir ce que nous pouvons apprendre à leur contact. Ici, très clairement, je pars du présupposé qu'on peut établir une connexion, une base pour l'échange, des points communs. Je dois bien reconnaître que je me suis laissé guider par l'intuition, l'espoir,

et que rien de ce que j'ai découvert n'apaise mes désirs. Au contraire, ils n'en sont que plus attisés.

Au mieux, mes expériences ont permis de découvrir un canal, un moyen par lequel des secrets inavouables sortent au grand jour, un projecteur qui éclaire un coin obscur dans l'esprit de quelqu'un d'autre. Est-ce tout ? Et quels sont les souvenirs que j'en garde ? Dois-je moi-même vivre en retrait du monde ? Rien qui soit suffisamment intéressant, rien qui puisse jeter un peu de lumière sur ces questions ? Des éléments que j'aurais pu oublier, voire refouler ? Et comment ces fragments du passé peuvent-ils constituer un avenir ? Me voilà, en quête de réponses, assailli de questions…

Quel effet misérable je fais, y compris à moi-même ! J'imagine que je désire être comme les Affectés, sans le vouloir vraiment. Je veux le beurre et l'argent du beurre, vivre ce qu'ils vivent tout en conservant les capacités d'analyse, de recul, de réflexion qui leur font défaut. C'est probablement impossible, on est Affecté ou on ne l'est pas, ou peut-être que je manque seulement de conviction, de savoir ou de courage pour franchir le pas…

En haut de l'escalier, Kayla déboucha sur le toit : au-dessus d'elle le ciel gris et frais, à ses pieds, les emplacements peints en jaune des places de parking. Elle referma le cahier dans un claquement. Misérable, c'était le mot juste. Elle rangea le cahier dans son sac à dos, puis regarda autour d'elle. L'obscurité semblait s'écouler du ciel. Les employés du parking arrivaient à cinq heures et demie, c'est-à-dire bientôt.

Elle s'agenouilla pour resserrer les lacets de ses chaussures et quand elle plia les bras, l'air froid pénétra à travers son vieux sweat-shirt au niveau des trous qu'elle avait aux coudes. Elle arracha quelques fils en bas des jambes de son pantalon qui s'effilochait et enfila ses gants de cuir usés jusqu'à la corde.

D'une poussée du pied, elle démarra, d'abord lentement, passa sur la bande jaune, le mot STOP au sol. Une fois lancée, elle longea le mur de béton en courbe que les pare-chocs et les roues avaient zébré de bandes noires, comme des flèches lui indiquant le sens de la descente, spirale sans fin. Elle porta tout son poids vers l'intérieur de la courbe pour rester à la corde et ne pas se faire déporter vers l'extérieur, là où son sens de l'équilibre l'attirait, vers le milieu de la voie, entonnoir qui l'aspirait…

… de plus en plus vite, elle faillit perdre l'équilibre et se redressa pour sortir comme une balle de fusil au quatrième niveau, moment libérateur, elle parcourut de longues bandes de béton, slaloma entre les colonnes, exécuta un *rail slide*[28] sur la bordure du trottoir devant les ascenseurs et envoya une claque sonore sur les portes métalliques rouges en passant… elle se propulsa de deux coups de pied pour prendre de la vitesse en passant à deux doigts des voitures isolées stationnées ici et là, des zones d'ombre visible sous leur capot et derrière leurs vitres fermées, là où quelqu'un peut-être dormait…

… Elle tendait l'oreille, à l'affût d'un bruit de clefs qu'on sort d'une poche, du grincement d'une charnière de portière, de la sonnerie de l'ascenseur. Aucun son, à part l'écho sourd des roulettes de son skate au moment où elle s'élançait de nouveau dans la spirale de la rampe, descente abrupte, rapide, sans fin. Elle était dans une position basse pour passer les angles les plus aigus. La main qu'elle gardait devant elle restait ouverte, à plat, à quelques centimètres à peine du sol en béton…

… enfin apparut le long carré de lumière : la rue, les panneaux de stop. Renversée en arrière, la main gantée au sol, elle fit déraper sa planche de côté dans le crissement des roulettes sur le bitume. Les pieds rivés sur la planche, elle dérapa sur près de dix mètres, le corps complètement allongé et le dos parallèle au sol tandis que son sac à dos, au contact du bitume, produisait un murmure léger. Elle s'arrêta. Immobile, figée. Près d'elle, la rangée de longues dents métalliques qui empêchent les voitures d'entrer dans le garage par la mauvaise rampe sortait de terre.

Elle s'était redressée et à présent elle frissonnait. Elle frappa ses deux mains gantées l'une contre l'autre, tout en gardant un œil sur les guérites vitrées, pour l'heure toujours vides, mais il était trop tard pour tenter une ultime descente. Elle en avait suffisamment

28. Technique où la planche (pas les roulettes) glisse le long d'un support horizontal : bordure, parapet…

fait. Cela l'avait aidée à se concentrer, à faire le tri dans la pensée embrouillée de Chesterton. Comme elle s'y était attendue, il ne pouvait pousser ses réflexions que jusqu'à un certain point. Elle était capable de suivre, bien mieux que lui, le cheminement de sa pensée, ses conclusions évidentes, celles qu'il n'osait pas concevoir… Après tout, qu'attendre d'autre de la part d'un adulte ? Elle voyait très bien la direction qu'elle-même prenait, direction qu'elle ne pouvait ni se permettre ni supporter d'emprunter seule. Elle allait retrouver Chris et ensemble ils mettraient les choses au clair avec Leon.

La certitude, comme une bobine de cuivre qu'on resserre, prit corps en elle, et cette clarté irradia sa personne. Elle sourit intérieurement et posa le pied sur les dents métalliques. En équilibre, sautant de l'une à l'autre, elle essayait de les rabattre comme au passage d'une voiture. Ces dents étaient capables de déchiqueter des pneus, de bloquer une voiture dans l'instant, et pourtant elles ne pouvaient rien contre elle.

Troisième partie

25.

Il entend la voix de l'homme, puis le bruit du bouchon d'essence qu'on dévisse et qu'on pose sur le toit, le bec en métal qu'on insère dans le réservoir, le faible grondement de l'essence comme une voix basse près de son oreille. Qui est-il ? Cette voie qu'il est en train de prendre, ne lui plaît-elle pas ? Est-ce qu'on est encore aujourd'hui ? L'odeur de l'essence lui arrive aux narines, il aime bien cette odeur. À présent, il entend la voix de Natalie. Il est dans sa camionnette, allongé à l'arrière, caché sous le hayon. Il est recouvert de fringues, il y a sa planche de skate aussi, les vieux magazines, des perruques dont les cheveux ont la même odeur que la tête de quelqu'un mélangée à du parfum éventé. Il est caché sous les foulards et les bas en matières extra-fines de Natalie, ses chaussures à talons aiguilles aux brides légères. Il est enterré sous les nouveaux habits qu'elle lui a achetés : des pantalons à pinces et des chemises canadiennes, qu'il doit inspecter minutieusement chaque fois qu'il en enfile de nouveaux pour s'assurer qu'il a bien retiré toutes les épingles et toutes les boules de papier coincées dans les manches des chemises et les jambes des pantalons. Elle lui dit que ce sont des fringues qui plaisent, que n'importe qui aurait envie de les porter.

Le pick-up roule, il entend le bruit de l'autoroute et il change légèrement de position. Des magazines entrouverts lui glissent dessus, découvrant des bouts de texte et de peau. Il attend. Un moment, court ou peut-être long, la camionnette s'arrête, mais le moteur tourne encore. Il entend la portière s'ouvrir, voit passer, par la vitre latérale, la tête de Natalie qui contourne le véhicule. Elle ouvre le coffre d'un coup et le soleil brillant derrière elle forme un halo de lumière autour de sa tête, ce qui l'empêche de distinguer ses traits ou même de voir sa bouche quand elle s'adresse à lui :

— Génial, tu t'en es bien sorti. Tu peux passer à l'avant maintenant.

Elle retire ses longs cheveux bruns, découvrant une tête ronde hérissée de minuscules cheveux, comme la sienne. Il lui passe la main sur la tête, puis sur la sienne à lui. Elle l'imite. Ils sont pareils. Il y a au moins vingt brins de fils de cuivre posés au sol entre eux deux, en vrac, leurs extrémités pointues dirigées en tous sens. À l'autre bout, ils ont été torsadés et tressés ensemble pour former un embout d'un diamètre suffisant pour s'ajuster parfaitement à l'allume-cigare. Il ramasse un fil qui traîne là et l'attache au collier qu'il porte autour du cou, également fait de fils de cuivre. Il en tortille un deuxième qu'il se passe à chaque poignet et Natalie, les yeux sur la route, l'imite. Il fait de même autour de ses chevilles, juste un cran au-dessus de ses nouvelles bottines noires sans lacets. Le courant à faible intensité passe doucement. Un courant plus fort conviendrait mieux, tel quel c'est à peine suffisant.

— La vache ! Incroyable ! s'exclame Natalie.

— La vache, reprend-il en écho.

— C'est chouette de se déplacer comme ça. Nous, on fait les choses à notre façon.

— On verra bien.

— Ça ne devrait pas être trop difficile de modifier ton apparence, s'il le faut. Tu as exactement l'air d'un fils ordinaire, c'est super.

— C'est sûr, dit-il.

— Est-ce que je viens de dire ça ? J'en sais rien. On fera l'école à la maison en tout cas.

Parfois, une construction rappelle une maison, une ferme, ou bien un magasin. Avant, il connaissait des mots en allemand. Il faut entretenir ça, qu'on te le rappelle pour que tu saches, la même chose tous les jours même si c'est faux, dit Natalie. Et puis tu peux oublier et puis te rappeler d'autres choses, jusqu'à ce que tu les oublies, comme ça tu n'es jamais coincé... Natalie dit qu'elle se sent de mieux en mieux et qu'elle comprend comment les gens pensent. Les fils de cuivre forment une sorte de toile d'araignée qui la relie au tableau de bord. Les fils sont attachés aux lobes de ses oreilles, là où ils sont percés, et du coup, elles pendent un peu sous la tension. D'autres fils passés entre les boutons disparaissent sous sa chemise, connectés à on ne sait quoi. Elle sourit, elle conduit, elle parle :

— Ça part d'un bon sentiment, mais du fric, j'en ai plein pour nous.

Dehors, c'est le désert, relief plat parsemé de buissons de sauge et d'arbres bas dont il ignore le nom. Des pylônes métalliques bordent la route de chaque côté, géants amicaux qui se découpent sur le ciel clair.

— Ça fait longtemps que je les ai, ces bottines ? demande-t-il.

— Ce sont des vêtements qui plaisent, que n'importe qui aurait envie de porter, dit-elle.

Toute l'eau se trouvait sur sa droite, l'océan et les séquoias immenses. Des épicéas, des genévriers, des pins. Natalie connaît tous ces noms. C'était hier, ou la veille, ou peut-être aujourd'hui. Le soleil fait des bonds dans tous les coins du ciel, et parfois c'est la lune. Il se souvient encore du nom de ses amis, mais ça s'arrête à peu près là. Il espère qu'ils vont bien, que tout marche comme ils le veulent. Il se souvient de sa famille, vaguement, ceux d'entre eux avec qui il a vécu. Natalie, il la connaît bien, elle fredonne une chanson, c'est la chanson des parasites qui sortent de la radio. Elle monte le son et il en sent directement l'effet, à travers les fils, elle passe dans son corps, remonte le long de ses jambes, de ses bras, fait plusieurs fois le tour de son cou. Il tourne la tête vers elle. Ils roulent vers le sud, en plein milieu de la Californie. Elle lui montre la carte. Il connaît Natalie, même si désormais elle se fait appeler Susan. Il sent bien que ce nom lui échappe parfois, puis il le retrouve et il l'oublie encore.

— Des amis ? demande-t-elle. Ce sera moi, ton amie. Je t'en trouverai des amis, si tu ne te satisfais pas de moi… ça, je peux le faire.

— Dans notre maison, dit-il. On y est presque.

Ils mangent des bonbons acidulés en forme de vers. Rouge et jaune et vert, les sacs défilent les uns après les autres. Les fils sont secoués de tremblements sous l'action de leurs mâchoires. Elle parle, et il n'a aucun doute sur le fait que ses paroles sont directement liées à ses pensées, sans calcul ni hésitation, que ce qu'elle dit est vrai, qu'elle s'y tiendra, et qu'il l'aidera.

— Pour que les gens puissent suivre, il faudrait qu'ils soient comme nous, qu'ils pensent de la même façon que nous, et s'ils étaient comme nous, dans ce cas, ils n'auraient pas envie de suivre.

— C'est une devinette ?

— Parfaitement, dit-elle. De quoi est-ce qu'on était en train de parler, encore ?

— Des arbres ?

— C'est ça. Bon, eh bien, il n'y a pas d'arbre ici.

— Redis-moi comment je m'appelle.

— Paul, répond-elle. C'est bien ce que j'avais dit avant, non ? Peu importe… Paul.

— Paul, répète-t-il.

Il se retourne pour regarder à l'arrière de la camionnette. Il voit les perruques vides. Avec les secousses, on dirait des petits chiens. Il voit toutes les affaires, habits et magazines, sous lesquelles quelqu'un pourrait se cacher.

— C'est notre camionnette.

Il tourne son regard vers elle, ce qui lui rappelle que ses oreilles sont percées aussi. Il attrape un fil à l'extrémité dénudée, se l'enfonce dans le lobe et en fait une boucle en en tortillant la pointe.

— Les amis, les amis… Et moi, comment je m'appelle ? demande-t-elle.

— Susan.

— C'est bien. Susan. Et si j'ai besoin que tu utilises un autre nom pour m'appeler, je te le dirai. On pourra s'entraîner.

Sur son visage, le soleil brille, tout comme sur les fils. Elle a fait passer ses bras au milieu des fils et, les mains sur le volant, elle conduit la camionnette. Les véhicules à leur droite et à leur gauche sont de couleurs et de tailles variées. Certains, qui roulent trop vite, les doublent, d'autres, trop lents, se font doubler. Les véhicules entrent sur l'autoroute et en sortent en permanence.

— Mais j'ai presque pas de poils sous les bras, dit-il. Ou même à l'entrejambe.

— C'est pas aussi génial que ce que peuvent en dire les gens, dit-elle.

Dehors, des vaches sont parquées dans un corral. C'est le matin. C'est l'après-midi.

— C'est au lycée que je vais aller ?

— Je te ferai la classe à la maison.

— Je ne vais pas me mettre à porter des perruques.

— Personne n'a dit que c'était obligatoire.

— J'ai pris tout l'argent. D'où est-ce que je le sors encore ?

— Ça part d'un bon sentiment, dit-elle, mais j'en ai largement assez pour nous deux. Le tien ne sera pas nécessaire, économise-le.

Ils sont entourés de champs verdoyants. Les tuyaux d'irrigation crachent de l'eau parfois claire, parfois blanche. Des collines lointaines sont bordées de rangées d'éoliennes blanches, hautes et minces dont les têtes à trois pales tournent dans des directions et à des vitesses différentes. En les voyant, elle sourit et les montre du doigt.

— Les éoliennes fabriquent de l'électricité, dit-il. Elles l'emmagasinent.

— On ira y brancher nos fils directement, dit-elle, dans la cour, et ça alimentera toutes les pièces de la maison. On en aura toujours à portée, il n'y aura qu'à tendre la main.

— Dans notre maison. On y est presque.

— On sera amis, on aura des amis. On aura de bonnes relations de voisinage.

— Nous, on fait les choses à notre façon, dit-il.
— On achètera une maison avec une éolienne, dit-elle.
— Ou alors on achètera une maison et on construira une éolienne.
Il connaît bien ce passage, le reconnaît, y croit pleinement.
— Ou alors on achètera une éolienne et on construira une maison.
— Oui, on fera ça.

26.

Sur les eaux noires du fleuve, un bateau restaurant remontait le courant sans effort. Seule la ribambelle de lumières sur le pont témoignait de la taille phénoménale de la péniche. Il passa devant Oaks Park, la silhouette sombre de sa grande roue et le squelette noir du grand huit. Le silence régnait sur les attractions : on était mercredi soir, le parc était fermé car en cette fin de saison, il n'ouvrait plus que les week-ends.

Chris et Kayla marchaient à côté des rails longeant l'arrière du parking.

— Je suis tellement contente, je n'en peux plus d'attendre.

Chris tourna la tête du côté du parc d'attractions. Il remarqua dans l'obscurité la lueur de cigarette du veilleur de nuit, près des auto tamponneuses. À gauche, plus loin derrière les eaux peu profondes et noires de la réserve à oiseaux, les arbres cassés en deux, les souches à moitié englouties dépassaient à la surface comme les chicots d'une bouche édentée. Au sommet de la colline, la présence carrée et blanche du crématorium pesait sur la vallée. Un croissant de lune éclairait faiblement la nuit noire. Si on décidait de brûler des corps à cette heure, Chris se demanda à quel moment la fumée se fondrait dans l'obscurité. Combien de temps fallait-il pour faire brûler un cadavre ? Les plus vieux brûlaient-ils plus vite, comme le bois qui a eu le temps de sécher ?

— Comment ? demanda Kayla.

— J'ai l'impression que cet été, on a pris un sacré coup de vieux. On a complètement oublié comment on a démarré tout ça, ce qu'on voulait faire au début. Et c'est bientôt la rentrée. Au moins, on va pouvoir revoir Leon… il va bien falloir qu'il retourne au bahut.

— Tu n'as pas de ses nouvelles non plus ?

— Ses parents m'ont appelé un soir, il y a quelques jours. Ils ne savaient pas où il était. Ils m'ont demandé de leur passer un coup de fil si je le voyais. J'aurais dû leur dire de faire pareil. Il faudrait que je les appelle… C'est ce que je vais faire, plus tard.

Des lignes électriques passaient le long de la voie ferrée. Les pylônes étroits en portaient six, trois de chaque côté, qui reposaient sur des supports isolants en verre. Les lignes tendues à mort partaient de là où ils étaient et se prolongeaient dans la direction où ils allaient.

— Ne te fais pas tant de souci, dit Kayla.

Elle donna un coup de pied dans une bouteille en verre vide qui rebondit sur les rails sans se briser, en produisant un son de cloche. Sur leur droite, les phares des voitures indiquaient l'emplacement du Sellwood Bridge, tandis que sur l'eau, les péniches étaient immobiles dans l'obscurité de leur mouillage.

— Il n'y a jamais de train qui passe par ici, non ? demanda Chris.

— Pratiquement jamais, répondit Kayla.

Ils avançaient. Des ronciers denses avaient poussé de chaque côté des voies et la masse de leurs feuilles bougeait imperceptiblement, comme une respiration, ou comme si quelqu'un dormait en dessous. Chris sursauta au passage d'un chat qui, le dos arqué, s'en alla dans la direction opposée à la leur, sans même leur prêter attention alors qu'il était si proche.

— Il faut qu'on réfléchisse comme Leon si on veut avoir une chance de le retrouver, disait Kayla.

Chris jeta un coup d'œil derrière lui. À présent que le chat avait disparu, il se rendit compte qu'il s'agissait en fait d'un raton laveur. Kayla reprit :

— Tout ce dont on a besoin se trouve dans le cahier qui est dans mon sac à dos…

Les rails bifurquaient sur la droite, s'éloignaient du fleuve pour se diriger vers les quartiers habités et leurs maisons sombres.

— Je connaissais un gamin qui habitait cette rue, fit Chris en la montrant du doigt. Ils avaient un stroboscope dans leur garage et une table de ping-pong.

Les lumières étaient éteintes derrière presque toutes les fenêtres, tout le monde dormait. Au fur et à mesure de leur progression le long de la voie ferrée, Chris et Kayla semaient derrière eux une traînée d'aboiements. Dans le lointain, depuis une rue parallèle quelque part, leur parvenait la musique métallique du camion du marchand de glace, complètement déplacée en ce lieu et à cette heure. Ils s'arrêtèrent un instant, puis reprirent leur marche autour d'un gros bâtiment abandonné. Chris devait presser le pas pour se maintenir au niveau de Kayla. Puis l'air se fit plus dense autour d'eux et, en écoutant attentivement, il remarqua le bourdonnement sourd.

Fixé sur un portail en grillage très haut, un panneau indiquait TRANSFORMATEUR ÉLECTRIQUE DE SELLWOOD. Un autre, DANGER DE MORT, montrait la foudre frappant à la poitrine un bonhomme stylisé projeté en arrière.

— Nous y voilà, annonça Kayla.

Un manteau épais de lierre grimpait jusqu'en haut du grillage. En plissant les yeux, Chris parvint à distinguer l'intérieur : des groupes de transformateurs immenses, les tours de commutation, toutes les lignes électriques qui y entraient et en sortaient. Un grésillement dans les hauteurs le fit sursauter. Les structures à l'intérieur étaient plus grosses que des maisons, immenses tours de poutrelles métalliques assemblées à la façon d'un Meccano, pareilles à des squelettes de bâtiments auxquels manqueraient planchers, murs et plafonds. L'ensemble vibrait dans cette demi-obscurité à la fréquence du bourdonnement dans l'air. Des lanternes d'un autre âge, dont certaines ne marchaient pas, avaient été installées assez bas. Elles émettaient des cercles d'une lumière falote qui s'entrecroisaient sur le sol de gravier blanc. Le transformateur s'étendait assez loin, il avait la taille d'un pâté de maison. Des fils serpentaient de toute part, entraient et sortaient de tambours semblables à des piles géantes, à des fusées.

— C'est immense, hein ? dit Kayla qui le regardait absorber l'ampleur du lieu.

— Tu es déjà venue ici ?

— Très souvent. Pour essayer de comprendre comment ça marche pour la question du voltage, et tout le reste.

Ils se trouvèrent pris dans le mouvement circulaire des phares d'une voiture. Au moment où elle roulait sur un ralentisseur, elle fit un bond brusque dans un bruit de casserole effrayant. Puis ses feux arrière s'évanouirent dans la nuit.

— Il faut qu'on fasse le tour par-derrière, dit Kayla. On est trop exposés là, à la lumière, tout le monde peut nous voir.

Chris la suivit tandis qu'elle tournait l'angle de la rue, s'engageait dans Linn Street et s'enfonçait dans les fourrés. À cet endroit, un mur de trois mètres de haut en béton alternait avec de petites sections grillagées. Kayla s'arrêta face à une des sections, accroupie et cachée par l'ombre des buissons. Elle posa son sac à terre et en sortit lentement un amas de pièces de métal et de fils de fer emmêlés. Elle en fit une boule qu'elle balança par-dessus le grillage et qui, dans la lumière des spots, se débobina en l'air. À l'endroit de l'atterrissage, le gravier de la cour fut projeté dans les airs.

— C'était quoi ça ? demanda Chris.

— Tu as peur ?

— Oui.

Elle se redressa, une pince coupante à la main. Elle grimpa au grillage et, une fois en haut, sectionna les trois rangées de fils de fer barbelé qui barrait son chemin, puis d'un bond, revint sur le sol. Un autre chien se mit à aboyer. Une question traversa l'esprit de Chris : leur aboyait-il dessus ou après quelqu'un d'autre ?

Kayla passa de l'autre côté et à son tour il atterrit près d'elle à l'intérieur de l'enceinte. Le chien avait cessé ses jappements. Est-ce qu'ici, de l'autre côté du mur, l'air était plus dense, plus lourd, la charge plus tangible ? Il en avait l'impression. Chris frissonna au contact des graviers pointus sous ses pieds. Est-ce qu'il y avait des alarmes ? Il avait envie de croire Kayla, il lui faisait entière confiance, encore à présent. Elle ramassa les fils à terre et se mit en route en les démêlant. Ses cheveux avaient retrouvé leur douceur, ils étaient assez longs pour pousser à plat de nouveau. Les projecteurs, lueurs étranges, faisaient reluire le gravier blanc et les exposaient comme s'ils s'étaient trouvés sur le devant d'une scène, sous une luminosité extrême contrastant avec l'obscurité étouffante des alentours. Ils pressèrent le pas, laissant derrière eux les pylônes, les transformateurs, leurs ombres claires créées par les lampes situées dans tous les coins de l'enceinte. Ce monde d'ombres allongées et rigides bougeait doucement à mesure qu'ils les contournaient.

Le bruit des ventilateurs parvenait aux oreilles de Chris, tout comme celui, vaguement perceptible, d'un crépitement dans l'air. Kayla lui donnait les explications tout en désignant les transformateurs, les lignes de transmission réceptrices, la haute tension, et les lignes de distribution d'un diamètre moindre.

— Sept mille deux cents volts, dit-elle. C'est la norme pour la consommation domestique.

— Qu'est-ce qu'on fait, là ?

— On grimpe. Non, pas de ce côté-là. Tu veux nous tuer, ou quoi ? Celui-ci, c'est pour nous. J'ai tout calculé. Bon, allez, tu pèses combien ?

— Cinquante-quatre kilos, répondit Chris.

— Très bien. Vas-y, grimpe ici. Mets-toi debout sur cette plateforme. Ne touche à rien pour l'instant. Et écoute-moi bien, c'est le plus important. Il faut qu'on se parle tout le temps.

— Quoi ?

— Ça va être chaud, dit-elle. C'est inévitable si on s'y prend comme il faut. Alors, tiens bon et essaye de parler aussi longtemps que tu peux.

Les barres métalliques transversales des poutrelles formaient comme des barreaux d'échelle, faciles à gravir. Il ressentait la présence de Kayla, quelques crans plus bas, qui grimpait elle aussi. Il continua sa progression, dépassa à moitié aveuglé le niveau des lampes et parvint à une plateforme étroite située à environ cinq mètres du sol. Il était en face d'une rangée de transformateurs blancs d'un mètre de haut, qui faisaient penser à des bougies d'allumage avec les fils qui sortaient de la tête. En bas, dans toutes les directions, s'étendait une blancheur uniforme, en haut c'était les ténèbres et les câbles fantomatiques.

Kayla, à ses côtés, s'appuya sur lui, son épaule contre la sienne. Elle lui mit quelque chose dans la main, un objet métallique, la poignée d'une scie à main peut-être, reliée à l'aide de fils de cuivre tressés ensemble à une autre poignée qu'elle avait à la main.

— Tous les deux, on les garde à la main, et puis quand je compte jusqu'à trois, on attrape de notre main libre ce fil dénudé, là, à l'endroit où il sort du transformateur.

— Pourquoi on ne le fait pas chacun à notre tour ? demanda-t-il. Ce ne serait pas moins risqué ?

— C'est comme ça que j'ai tout calculé. Tout ce qu'on a à faire, c'est de ne pas s'arrêter de parler. Je ne réponds pas, tu romps le contact. Pareil pour moi. Comme ça il ne va rien nous arriver.

Chris, debout dans cette demi-obscurité, la regardait. Même à travers l'épaisseur de ses semelles, il sentait à quel point la grille de métal sous ses pieds était coupante. Kayla donna le signal :

— Un, deux, trois.

En même temps, ils se saisirent du gros fil au sommet du transformateur. Au début, ils ne sentirent rien.

— Combien de temps, demanda Chris ?

— Dix minutes, même pas… Je n'avais pas envie que ça soit trop rapide ou trop risqué, au début.

— Quoi ?

— Ça prendra le temps qu'il faut.

À cette hauteur, le gravier semblait tout lisse, d'un bloc, fait d'une matière douce et laiteuse qui donnait l'impression que, s'il tombait dedans, il s'en sortirait indemne. Le ciel, d'un bleu sombre, était constellé d'étoiles. La peau de Kayla, très claire avec presque des nuances bleutées, luisait légèrement. On distinguait en haut de son torse la ramification de ses veines qui montaient vers sa gorge, et sa tête commençait à être prise de tremblements, ou alors peut-être était-ce la sienne qui tremblait par l'effet de sa vision vacillante. Sur toute la surface de sa peau, il sentait des picotements aigus et diffus en alternance. Puis cette sensation laissa la place à une douleur creuse dans ses os qui lui fit prendre conscience de chaque partie de son squelette, de ces milliers de couteaux enfouis sous sa peau.

— Chris ! appela Kayla. Parle-moi.

— Ça fait mal.

Il articulait avec peine, raideur, ses mâchoires ne se desserrant que partiellement.

— Je parle. Je ne sais pas quoi te raconter.

— Écoute, tu sais quoi ? Tu savais que Leon avait pris tous nos sous dans la planque de Forest Park ? Je ne te l'avais pas encore dit.

— Tu y es allée toute seule ? Sans moi ?

— Seulement pour vérifier, mais la boîte était vide, et il ne restait qu'un mot de Leon qui disait qu'il avait besoin de l'argent et bye-bye.

— Quoi ?

— Mais on va le retrouver, ne t'inquiète pas. Après ça, ici, on le comprendra mieux.

Les yeux de Chris étaient pris de tremblements et ses paupières sèches se fermaient par à-coups : ce son qui lui parvenait aux oreilles, qu'est-ce que c'était ? Il tourna le regard vers Kayla, tenta de faire le point sur elle, mais sa vision, vacillante, l'en empêchait. N'était-il pas en train de remarquer un mouvement dans les buissons, une forme debout devant le même grillage qu'ils avaient escaladé ?

— Chris ! l'appela-t-elle.

— Je suis ici. Peut-être bien qu'on devrait arrêter ?

— Écoute, je pensais à un truc marrant : tu sais, quand un enfant est porté disparu, on peut faire avec des ordinateurs des photos de lui plus vieux ? Comme sur les briques de lait[29] ou je

29. Référence aux campagnes de recherche des enfants disparus aux États-Unis, qui font appel au grand public en faisant imprimer les visages des dis-

ne sais quoi ? Pour Leon, ils vont faire évoluer son visage, et à l'arrivée ça ressemblera à quelqu'un qu'il ne sera jamais, plus âgé, et pour nous peut-être que…

— Je vois quelqu'un, dit-il.

— C'est moi, répondit-elle. Ce n'est que moi. Accroche-toi, ne te mets pas à dire n'importe quoi, on y est presque.

— Non. Derrière toi. Il y a quelqu'un qui arrive.

La forme avait franchi le grillage et se rapprochait. La silhouette de l'homme projetait des ombres douces et saccadées tout autour d'elle ; il portait des chaussures noires vernies, un pantalon à pinces, une chemise blanche et le sac de Kayla sur son dos. Parvenu à leur aplomb, il renversa la tête en arrière pour les voir, et son visage sérieux encadré d'une barbe noire leur apparut nettement.

— Victor ! cria Kayla d'une voix méconnaissable et peu assurée. Repose mon sac par terre. Ressors d'ici.

— J'arrive pour vous aider, dit l'homme. Je viens jouer avec vous.

— C'est le type du tunnel, dit Chris. Tu le connais ?

— Seulement son nom, j'ai lu des trucs sur lui, répondit-elle avant de crier de nouveau :

— Va-t'en ! Pose mon sac par terre !

— Je vous ai suivis jusqu'ici, continua l'homme. Je vous ai vus. Je ne suis pas censé être là, mais après tout, je me suis dit que je devais le faire. Parce que j'en avais envie.

Il commença à escalader une tour à côté de la leur. Ses longs membres s'étiraient et se pliaient à angle aigu au fur et à mesure de son ascension.

Chris ne sentait plus le fer sous ses pieds, il n'avait plus de sensation aux extrémités du corps, ni sur sa peau. Par contre, il avait la conscience physique de la présence de Kayla à ses côtés, malgré le fait qu'ils ne se touchaient pas. Ils regardaient l'homme monter.

— Kayla, dit Chris. Kayla.

parus sur les briques de lait.

Comme il les prononçait, ces mots, son nom, semblaient se détacher, tomber en pièces. Il essaya de laisser tomber la poignée de métal mais ses doigts se refermèrent dessus avec encore plus de force : impossible de lâcher prise.

L'homme était parvenu au même niveau qu'eux, et, debout sur sa plateforme, il n'était qu'à cinq mètres de distance. Il se retourna face à eux et leur adressa un sourire.

— Tout le temps, je vous ai suivis. C'est formidable, enfin !

D'un coup de pied, il quitta ses chaussures à bout pointu qui rebondirent puis s'immobilisèrent sur le gravier blanc. Il déboutonna minutieusement sa chemise blanche et révéla une poitrine couverte de poils noirs. Sans cesser de sourire, il les observait avec attention et, pour conserver l'équilibre, il déplia son long bras et s'empara d'un câble. Le courant le traversa immédiatement, sans pour autant l'empêcher de parler :

— Ça ne va pas poser de problème, vous allez voir, on va bien s'amuser tous les trois !

L'électricité, telle un serpent bleu, lui entoura les épaules. Le sac à dos de Kayla tout d'abord se consuma lentement, puis s'enflamma, boule de feu sur son dos. En un instant, sa barbe s'était volatilisée. Son visage émit une lueur blanche tandis que son corps se convulsait, maintenu en place. Des étincelles virevoltaient en tombant à travers les trous de la grille, mais elles disparaissaient plus bas dans les flots de lumières et le fond blanc et uni du gravier au sol. Partant de sa tête, le courant l'enveloppa d'une nasse d'étincelles bleutées qui se transformèrent lentement en flammes rouges. Les flammes faisaient des boucles sur elles-mêmes, leur centre, cette masse sombre prise de secousses qu'était Victor. Elles l'emportèrent, son corps embrasé tomba.

Détournant le regard, Kayla vit, courant sur les câbles au-dessus d'elle, la charge électrique qui venait contredire et démonter tous ses calculs. L'impulsion aux reflets bleus rampait à la surface des fils et se rapprochait d'eux, descendait inexorablement dans leur direction. Elle donna un grand coup de pied à Chris, qui lui fit lâcher prise. Les mains dégagées à présent, ses jambes se dérobèrent sous lui mais il parvint à garder l'équilibre.

Chris se retourna. Sa peau, rendue insensible, commençait à lui faire mal, à résonner. Il gifla Kayla jusqu'à ce qu'elle aussi lâche les poignées qui tombèrent sur la grille en se tordant au milieu d'un jet d'étincelles. Des mini-éclairs couraient paresseusement le long des câbles, plus haut, ralentissant dans un crachotement à mesure que s'enclenchaient les disjoncteurs, les interrupteurs et les mécanismes de sécurité.

— Viens, dit Kayla.

Ils redescendirent en tremblant. Arrivés sur le gravier pointu, ils ne sentaient plus leurs pieds. Ils contournèrent lentement les cendres du sac à dos de Kayla.

Victor était étendu immobile sur le dos. Il avait les yeux grands ouverts sur le ciel et les bras en croix. Ses cheveux étaient intégralement roussis et il avait le visage gris et charbonneux. Sa chemise s'était consumée complètement et son pantalon, en fondant, s'était mêlé à la chair de ses jambes.

— Est-ce qu'il est mort ? demanda Chris.

— On ne peut pas vraiment dire qu'avant il était vivant, conclut Kayla.

La cloche d'une alarme se mit en route, à laquelle répondirent les échos lointains de sirènes. Kayla entraîna Chris. Une fois passé le grillage, ils se retrouvèrent, le pas mal assuré, à errer dans le lotissement plongé dans la pénombre. Les réverbères s'éteignaient les uns après les autres comme des bougies sur un gâteau d'anniversaire, l'obscurité progressant par vagues en provenance du transformateur électrique.

27.

Steven roulait vers l'ouest. Il traversa le Burnside Bridge, puis prit à droite sur la Quatrième Avenue, franchit le grand portail rouge, et se gara. Chinatown était relativement petit et les points de repère qu'il avait relevés pendant cette drôle de journée, le portail, les enseignes indiquant Cindy's : *Publications pour Adultes* et Japanese Happy Fast Bowl étaient impossibles à rater. Il eut moins de mal à retrouver la boutique que ce qu'il avait imaginé.

Après avoir mis quelques pièces dans le parcmètre, il descendit la rue en se frottant les mains jusqu'au Shanghai Shanghai dont il poussa la porte vitrée, puis il pénétra dans l'espace mal éclairé.

Les lanternes de papier suspendues au plafond frémirent dans le courant d'air de l'ouverture de la porte. Les étagères avaient l'air moins poussiéreuses que dans son souvenir, plus garnies, mieux rangées. Pourtant, sans l'ombre d'un doute, l'endroit était bien le même.

— Puis-je vous être utile, monsieur ?

Un Asiatique entre deux âges avec un tablier blanc se tenait derrière le comptoir. Une raie parfaite séparait ses cheveux noirs et luisants en leur milieu et il lui souriait, les mains jointes.

— Est-ce qu'il est ici, le propriétaire ?

— C'est moi le propriétaire, Henry Yee.

— Chesterton. Je crois que c'est le nom du propriétaire. Un noir, plutôt grand ?

— Peut-être pourriez-vous m'expliquer ce que je peux faire pour vous ?

— C'est très aimable de votre part, mais je ne crois pas que vous puissiez faire quoi que ce soit pour moi.

L'homme, dans un effort pour se montrer patient, laissait reposer ses mains sur le comptoir.

— Comment l'affirmer, répliqua-t-il, alors que je suis toujours dans l'ignorance de ce que vous désirez.

D'un pas, Steven s'approcha de lui. De l'autre côté de la vitrine, les voitures, au passage des nids-de-poule, étaient secouées en tous sens, et le bruit des conversations de la rue leur parvenait graduellement ; il enflait pour s'évanouir aussitôt.

— Je me doute bien que ce n'est pas un sujet qu'on aborde comme ça, de but en blanc, continua Steven, mais savez-vous quoi que ce soit concernant les activités pratiquées à l'étage ?

— À l'étage ?

L'homme se retourna vers l'arrière de la boutique, là où l'escalier se perdait dans l'obscurité. Steven reprit :

— Je suis au courant, j'y suis déjà monté.

— Il n'y a rien à l'étage.

— Ça vous embête si je monte, juste pour jeter un coup d'œil ?

— Si ça peut vous faire plaisir.

La lampe de l'escalier était éteinte, mais le couloir était éclairé par la lumière du jour en provenance des fenêtres qui donnaient sur la rue. Steven monta les marches deux par deux. Il marqua un temps devant la porte de la première pièce : elle était vide, peut-être même venait-on de la balayer. Il ne restait rien, à l'exception des quatre marques rondes dessinées par les pieds d'une table disparue et d'un tableau d'affichage en liège criblé d'épingles aux têtes rouges, blanches et bleues.

La deuxième pièce, celle qu'il connaissait, était encore plus nue que la précédente. Même les stores sales avaient été retirés. Par la fenêtre, Steven aperçut les mêmes enseignes que la dernière fois, sa voiture garée dans la rue. Il arpenta ensuite la pièce en frôlant les murs. Les griffures causées par les armoires métalliques étaient visibles au sol. En se penchant, il passa ses doigts sur le lino usé et récolta de minuscules copeaux de cuivre, trace infime de ce qui s'était déroulé ici.

C'était là, en effet, que tout s'était passé, mais il semblait bien qu'en tous les cas, cela n'aurait plus jamais lieu ici. Il avait nourri l'espoir de trouver un moyen de refaire l'expérience, afin qu'Heather puisse voir, et mieux encore, se voir elle-même.

Il se redressa, retourna dans le couloir et se dirigea vers l'escalier. Au dernier moment, au moment de s'engager sur la première marche, il se ravisa et rentra dans la première pièce. Lorsqu'il alluma la lumière, le tableau de liège vide et les épingles aux têtes multicolores plantées au hasard s'éclairèrent. Un sentiment d'impuissance s'abattit sur lui. Il n'était pas seulement déçu pour Heather, mais aussi pour lui : il y avait peu de chances qu'ils réalisent le projet dont elle avait parlé, le plan secret qui lui aurait permis de se voir. Il se demandait même si à présent elle lui dévoilerait le contenu de ce plan.

Quand Steven fit demi-tour pour quitter la pièce, il remarqua une épingle à tête rouge fichée dans le montant de la porte, à un endroit qu'il ne pouvait voir jusque-là. On avait épinglé un petit bout de papier, une publicité découpée dans le journal pour une marque de matelas. Il s'en saisit, et retourna le papier : de l'autre côté, un bref article de la semaine précédente parlait d'un fait divers dans un transformateur à Sellwood. Un homme du nom de Victor Machado, en liberté surveillée pour avoir molesté des mineurs, avait été retrouvé mort électrocuté. Le journaliste expliquait qu'au moment des faits, Machado était considéré comme suspect dans l'affaire de la récente disparition d'un mineur de la région de Portland, Leon Carmean.

Steven entendit des bruits de pas dans l'escalier. L'instant d'après, l'Asiatique apparaissait à la porte, son tablier toujours à la taille.

— Vos recherches ont-elles été fructueuses ?

— Tout est différent, tout a été déplacé.

— Je suis désolé, je crois bien que vous aviez raison.

L'homme baissa les yeux vers ses pieds, il portait des sandales de caoutchouc et des chaussettes noires. Il reprit :

— Je ne suis pas en mesure de vous aider : je ne suis au courant de rien.

— Quoi ? Comment ça ?

— Je ne suis jamais vraiment entré dans ces pièces. Je n'ai aucune idée du genre d'activité qui s'y pratiquait.

Steven raccrocha l'article au mur.

— Je veux bien comprendre que, dans certains cas, les règles soient différentes. Qu'il y a des façons de procéder qui me sont étrangères. Pourriez-vous seulement me dire où il est allé ? Quand il est parti ?

— Je ne peux vous dire que ce que je sais. Et je ne vois pas pourquoi je vous le cacherais. M. Chesterton est parti il y a deux jours et il a annoncé qu'il ne reviendrait pas. Il a résilié son bail et m'a revendu le restant de la marchandise. Il s'est posté sur le trottoir et a regardé les gens qu'il avait embauchés vider les pièces du haut. Armoires métalliques, lits de camp, chaises et tables, rien de spécial : ils ont tout jeté dans une benne et l'ont emportée.

— Je vois, fit Steven.

— Il n'est pas exclu qu'il me donne de ses nouvelles, mais je ne compterais pas dessus. J'aimerais bien pouvoir vous en dire plus, j'ai moi-même des questions sans réponses.

Il eut un haussement d'épaules et, tandis qu'il pointait du doigt le rez-de-chaussée, il fit demi-tour.

— La porte du magasin est encore ouverte, je ne peux pas me permettre de rester en haut plus longtemps…

— J'avais dans l'espoir de trouver un compromis avec Chesterton, dit Steven en emboîtant le pas à l'homme. Rien de plus. Peut-être que je peux vous laisser mon nom et mon numéro de téléphone ?

— C'est vous qui voyez, répondit l'homme.

28.

Sous le ciel noir, la caravane abandonnée de Natalie semblait singulièrement imprégnée d'humidité, visiblement en train de pourrir et de s'enfoncer dans le sol. Au pied du cèdre, Kayla, les yeux rivés sur le sol, s'efforçait de trouver les traces de pneus de la camionnette de Natalie – comme si, au cas où elle les repérerait, elles avaient pu lui apprendre quoi que ce soit.

Elle fit quelques pas en direction du mobile home. Sous ses pieds, la terre était tapissée de verre brisé et pourtant toutes les fenêtres paraissaient intactes. Elle se baissa pour ramasser un morceau de forme triangulaire. Il était au milieu d'autres bouts de miroir, étalés parmi des pages de magazines déchirées. Elle aurait été incapable de dire si ce qu'elle voyait étaient des bras ou des jambes et quelle partie du corps humain ces poils recouvraient.

— Natalie ? appela-t-elle sans réellement crier.

Le nom ne trouva aucun écho, comme s'il n'avait jamais été prononcé en ce lieu, comme si elle n'avait jamais résidé ici.

Le porche, sous le poids de Kayla, pencha d'un côté. À l'intérieur, la réaction ne se fit pas attendre : dans un bruit de papier qu'on déchire, un peuple de souris s'éparpilla dans toutes les directions, sur le plancher, les plans de travail, en quête de sécurité dans un recoin de la caravane. La porte d'entrée n'était pas fermée à clef. Lorsqu'elle appuya sur l'interrupteur, les néons, comme elle s'y attendait à moitié, s'allumèrent et jetèrent une lumière froide sur le fatras de magazines qui recouvrait tout. De la bourre blanche s'échappait du canapé et des coussins par les trous creusés par les souris qui y avaient fait leurs nids. Une poudre orange, du Tang, avait été répandue partout dans la cuisine.

Les fenêtres obscures renvoyaient son image – les bras écartés, les yeux écarquillés, ses touffes de cheveux ébouriffés – seule dans la caravane de Natalie. Elle inspira profondément, l'air était chargé de moisissure et de poussière, mélange aigre composé de l'odeur des vieux magazines et des crottes de souris.

Comme les caches avaient été retirés des prises au mur, on voyait les fils dénudés de leur isolant. Le cuivre luisait d'un reflet morne. Elle passa dans le couloir, puis dans la chambre, déserte à l'exception d'un matelas nu et d'un cadre de bois vide qui avait sans doute contenu un miroir dans le passé. Sur le mur le plus proche, la porte en fer de la boîte à fusibles était entrouverte et le sol et les étagères étaient jonchés de montagnes de fusibles grillés : ceux de petite taille et ronds dont la partie en verre était brisée, ceux en carton troués sur le côté. De minces fils de cuivre pendaient de la boîte, ils étaient tordus et semblaient prêts à être passés au poignet ou au doigt de quelqu'un.

Kayla entendit un bruit, des pas qui piétinaient le papier.

— Il y a quelqu'un ? demanda-t-elle.

Elle retenait son souffle et s'était plaquée contre le mur, aux aguets.

— C'est moi, fit Chris depuis l'autre pièce.

Elle le trouva assis sur le canapé en entrant.

— Hello, la salua-t-il, en levant à moitié la main. Il n'y a personne ici. C'est le désert.

— Je ne savais pas si tu viendrais ou pas. Je ne t'ai pas vu au lycée.

— Avec la rentrée, c'est le gros bazar.

Kayla s'approcha. Elle s'assit sur le sol au milieu des magazines dont les pages de couvertures, elle s'en rendit compte à ce moment-là, avaient toutes été arrachées.

— Est-ce que tu cherchais à m'éviter, au lycée ? lui demanda-t-elle.

— Je n'avais envie de voir personne. Le seul truc dont les gens veulent parler, c'est de Leon. Mais en même temps, ils ont la trouille de prononcer son nom. Tu sais, ils veulent réunir tout le bahut pour parler des enfants disparus, des gens louches, de la drogue…

— Pitoyable, commenta Kayla. C'est complètement parti en vrille.

Elle posa sa main gauche sur la coque en caoutchouc à l'avant des baskets de Chris et se mit à feuilleter les magazines de son autre main. Il y avait des moustachus à toutes les pages, vantant les mérites de marques de cigarettes, de déodorants, de radios CB. Les gens dont il était question à l'intérieur – Abbie Hoffman, Elton John, Ursula Andress – elle n'en avait jamais entendu parler. Les pages centrales de chaque magazine, avec les posters du mois, avaient toutes été arrachées.

— La seule personne qui savait ce qui est arrivé à Leon, c'est ce type, là, Victor, dit Chris.

— C'est ce que les gens disent… Bon, ça dépend d'une chose : que Leon ait eu un rapport quelconque avec Victor, ce dont je doute.

— Ah bon, tu crois ?

— Ça n'a pas vraiment d'importance. Ils ne le… nous ne retrouverons jamais Leon.

— Comment tu sais ça ?

— Je le sais, c'est tout.

Kayla se redressa et alla s'asseoir sur le canapé à côté de Chris. Leurs planches étaient posées les roues en l'air sur le plancher. Sur celle de Kayla on déchiffrait à peine le mot INDÉCIS, pratiquement effacé par les *rail slides* et les multiples figures qu'elle avait subies depuis que Leon l'avait écrit.

— Il faut qu'on reste ensemble, dit-elle.

— Je n'ai pas envie qu'on refasse le truc de l'autre fois, dit-il. Les fils, tout ça…

— Non, dit-elle. On n'en a pas eu assez, on n'est pas allés assez loin. Et même si on l'a fait, ça nous prendra pas mal de temps avant qu'on en reconnaisse les effets. Et en plus, à ce moment-là, on ne sera plus en mesure de faire la différence. On ne se souciera plus du tout de tout ça.

— Allez, viens, on s'en va.

Il se leva, attrapa sa planche et ajouta :

— Il n'y a plus rien pour nous ici.

Les feuilles des magazines s'écartaient sous leur pas. Ils marchaient côte à côte, leurs épaules se percutaient et leurs bras se frôlaient constamment.

— J'ai envie d'aller voir dans la dernière pièce, dit Kayla. Donne-moi une seconde.

Ils s'arrêtèrent sur le seuil de la pièce en attendant que la lumière du néon atteigne sa pleine puissance.

— Qu'est-ce qu'il y a ? demanda Chris.

— Il ne reste quasiment rien, répondit Kayla.

Douze têtes de polystyrène, trois au pied de chacun des quatre murs se regardaient d'un bout à l'autre de la pièce. Sur certaines, on avait peint des visages à l'aide de vernis à ongles et de maquillage, sur d'autres, plus amochées, il manquait un nez ou une oreille. Des crochets avaient été montés au mur, et le sol était jonché de boîtes à chaussures vides. Et derrière chaque tête blanche et chauve, quatre points de patafix au mur indiquaient les emplacements rectangulaires où on avait affiché les posters des pages centrales de magazine. Les têtes avaient servi à poser les perruques de Natalie, toutes ses différentes coiffures, les crochets à suspendre ses habits et les boîtes à ranger ses chaussures. En partant Dieu seul savait où, elle avait tout emporté avec elle.

Kayla éteignit la lumière et suivit Chris dehors. Ils traversèrent la cour, passèrent sous le grand cèdre et débouchèrent sur la route gravillonnée. Sous l'éclairage de la pleine lune, leurs ombres pâles glissaient à leurs côtés.

— J'ai peut-être tout compris de travers, dit Kayla.

— C'est pas grave, c'est terminé maintenant.

— Ce n'est pas terminé, non. Quoi que tu en dises, tu te trompes. On avance au ralenti maintenant, mais après ce qui s'est passé, on est quand même différents. Personne d'autre n'est comme nous.

Ils marchaient en silence, et sous leurs pieds, le bitume succédait à la terre battue. Sans se concerter, ils posèrent leur planche sur la route, et d'une poussée du pied, ils partirent dans l'obscurité. Chris suivait Kayla, puis les rôles s'inversaient. L'écho de leurs huit roulettes produisait un son creux dans l'air nocturne tandis qu'ils filaient à toute allure devant les maisons sombres, sous les ombres noires des séquoias géants.

Maquette intérieure : j·Feigean
Couverture : François Grivelet et j·Feigean

ISBN : 978-2-919547-53-1

Dépôt légal : décembre 2017
IMPRIMÉ EN FRANCE

Achevé d'imprimer le 4 décembre 2017
sur les presses de l'imprimerie « La Source d'Or »
63039 Clermont-Ferrand
Imprimeur n° 19908

Dans le cadre de sa politique de développement durable,
La Source d'Or a été référencée IMPRIM'VERT®
par son organisme consulaire de tutelle.
Cet ouvrage est imprimé - pour l'intérieur -
sur papier bouffant « Munken Print Cream » 80 g (main 1,8)
provenant de la gestion durable des forêts,
produit par des papetiers dont les usines ont obtenu
les certifications environnementales ISO 14001 et E.M.A.S.